社担任编辑。

帕乌斯托夫斯基和他父亲一样，性好流浪，用他自己的话说，"漫游之神"常常支配着他。到三十年代初，他已游历了苏联和波兰的许多地方。他把这种漫游视作"到生活里去，以便熟悉生活、体验生活、了解生活"的一种方式。他认为，没有生活经验，写作这条路是根本走不通的。他说过："几乎我的每一本书都意味着一次旅行。换句话，说得更确切些，每次旅行之后，我总写成一本书。"

一九三二年，他的中篇小说《卡拉-布加兹海湾》问世。小说描写俄罗斯人民改造自然的斗争，将文献资料与艺术构思有机地结合在一起，是他的成名作，评论界称其为"科学小说"。此书出版后，他便辞去通讯社的工作，专门从事文学创作。

一九三三年，他响应高尔基写工厂史的号召，完成传记小说《夏尔·朗赛韦的命运》，以一名拿破仑军官被俄军俘获后，在俄国一重工业工厂内所度过的余生为主线，反映了这个工厂的历史。一九三四年发表中篇小说《科尔希达》，描绘排干沼泽地的艰苦过程；两年后发表中篇小说《黑海》，主题与前书相同，结尾为沼泽地变成了繁花似锦的亚热带地区；又两年后发表中篇小说《北方故事》，由三篇小说组成，第一篇写十二月党人的起义，第二篇写十月革命，第三篇写现当代。自一九四五年起开始写多卷集自传体小说《一生的故事》：《遥远的岁月》(1946)、《不平静的青春》(1955)、《前程无量的时代》(1959) 和《投身南方》(1962)。多卷集以优美的语言和严谨的风格，反映了十九世纪末至二十世纪三十年代作者的经历，是帕乌斯托夫斯基的压卷之作。

一九六八年，帕乌斯托夫斯基在莫斯科与世长辞。

帕乌斯托夫斯基是一位具有鲜明创作个性的作家。早期作品富有浪漫主义色彩，充满幻想，自中期起，作品开始具有强烈的心理学倾向，着力于探讨人的情感和个性，从写多彩而奇特的英雄人物转而写普通人，塑造农民、劳动者和手艺人的形象，致力于发掘他们身上的"永恒之光"。

他不仅写出了一系列优秀的中篇小说，而且尤其擅长写抒情色彩的短篇小说。他的许多短篇小说借景抒情，寓情于景，文笔细腻，格调清新，宛如一首首散文诗。

他创作特色中最突出的一点是善于用诗一般优美、动人的语言描写自然科学领域内的故事。他的《卡拉-布加兹海湾》和《科尔希达》曾被高尔基和克鲁普斯卡娅誉为小说和科学结合的创新范例。

帕乌斯托夫斯基还以知识渊博著称，著有一系列关于普希金、莱蒙托夫、果戈理、契诃夫、雨果、福楼拜、莫泊桑及音乐家柴可夫斯基、画家弗鲁别利①的传记作品。

苏联卫国战争前，帕乌斯托夫斯基在莫斯科高尔基文学研究所散文讲习班讲授写作技巧和心理学有十余年之久，授课内容十分丰富，但既未印成讲义，也未速记下来。帕乌斯托夫斯基遂决定将其写成书，题名《铁玫瑰》。这一书名取之于乌克兰流浪歌手奥斯塔勃的经历。这位歌手曾用铁打了一朵玫瑰花。可是他刚刚着手写这部作品，卫国战争爆发了，写作因之中断。直到五十

---

① 米哈伊尔·亚历山德罗维奇·弗鲁别利(1856—1910)，俄国画家。思想上受象征主义影响，艺术风格接近现代派。

年代，帕乌斯托夫斯基才重新开始此项工作。其时关于铁玫瑰的故事，他已写进了自传体小说《一生的故事》第一卷《遥远的岁月》，作者便调整了原先的写作计划，将此书易名为《金蔷薇》。以上便是《金蔷薇》一书之缘起。

一九五五年，苏联《十月》杂志第九和第十期连载了《金蔷薇》。同年，苏联作家出版社出版了此书单行本。一九五七年，作者对《金蔷薇》作了一次修改，收入该年苏联国家文艺书籍出版社出版的六卷集《帕乌斯托夫斯基文集》第二卷。

此后，帕乌斯托夫斯基曾着手写作《金蔷薇》第二卷，探讨散文的诗化、旅行对于创作的意义、虚构的意义、文学与生活的关系等问题，但未及成书，便离开了人世。在他生命的最后几年，他又一次对《金蔷薇》第一卷全书作了全面的修订润饰，还重写了《契诃夫》和《亚历山大·勃洛克》，新写了《伊凡·蒲宁》和《插在纽孔中的一朵小玫瑰花（记尤里·奥列沙）》。此乃最终的修订本，收入苏联国家文艺书籍出版社一九八二年出版的九卷集《帕乌斯托夫斯基文集》第三卷。这个中译本即据此版本译出。

帕乌斯托夫斯基本人把《金蔷薇》称作中篇小说，也有评论家将其归为探讨人文科学的"科学小说"，而实际上这是一部总结作家本人的创作经验、研究俄罗斯和世界许多大作家的创作活动，探讨写作上一系列问题的散文集。娓娓而谈，清新隽永，对作家如何培养观察力、提炼素材、锤炼语言、丰富知识等等都有独到的见地，对想像的必要性，细节描写的功能、人物性格的逻辑性以及灵感的由来等等也作了深刻的阐述。对绘画、雕塑、音乐、建筑等艺术领域亦有所探讨，且旁及天文、地理、气象、地质、植物、海洋、光学等自然科学领域，给人以信笔拈来、皆成文章之感。

《金蔷薇》全书共十九篇，每篇分别以诗情画意的笔触阐发一个或若干个有关文学创作的问题，并无情节上的依存性和连续性。然而人们却不觉得此书结构松散，内容庞杂。这是因为有一条红线似磁石一般贯穿全书，将所有章节凝聚成一个严密的整体。这条红线便是以本书书名《金蔷薇》所象征的作家对文学事业、对祖国、对人民、对大自然、对生活的爱和对美的锲而不舍的追求。作者认为真正的文学作品无不是以此为出发点的。

此书问世时，庸俗社会学和教条主义尚盛行于苏联文坛，卫道者们言必称文学的阶级性和党性原则，强调作家的首要任务为世界观的改造，要求于作家的是歌功颂德，图解政策，把探讨自我表现和写作技巧的言论斥为离经叛道的异端邪说。所以像《金蔷薇》这样一部挣脱条条框框的桎梏，探讨文学创作本身规律的作品的问世，在当时苏联文学界无疑是沙漠中的一泓清泉，长年来一直受到普遍的欢迎。几十年过去了，几番斗转星移，旧貌已改新颜，然而《金蔷薇》因其本身的文学价值，仍为俄罗斯的读者所珍视。

《金蔷薇》早在二十世纪五十年代末即由上海文艺出版社出版了中译本。大概由于该书同当时的政治氛围和文化氛围不合，有许多违碍之处，所以出版社将该书作为"内部读物"发行。

其时中国文坛的境况与苏联颇为相似。文学作品的功能已超越文学，而进入政治领域，且被无限扩大，成了阶级斗争的晴雨表，成了若不能兴邦必将导致亡国的令人股栗的大事。起初奉为圭臬的文学概论之类此时已被斥为修正主义。文学创作所应遵循的已不再是文学创作的准则，而是阶级斗争的规律，所以《金蔷薇》中译本的面世，对于尚未忘却文学，对文学仍有爱心的人来说，不啻满天乌云中的一线阳光，自然趋之若鹜。

如今教条主义极"左"思潮早已在我国分崩离析，文学作品审美价值的回归已成为衡量作品优劣的标准。那么这本阐述作家本人及世界许多大作家的创作心得的书，必将大有益于我国的读者。是为序。

戴　骢
2003 年 7 月—2006 年 11 月

目 录

献给我忠实的朋友

塔季扬娜·阿列克谢耶芙娜·帕乌斯托夫斯卡娅

文学不受衰亡这种规律的制约。

唯独文学是不朽的。

萨尔蒂科夫-谢德林①

应当永远追求美。

奥诺尔 · 巴尔扎克②

本书有许多地方写得琐屑凌乱，也许还相当含混不清。

有许多地方必然会引起争议。

本书并非理论性的学术著作，更非教科书，而不过是一篇札记，漫谈我对写作的一些看法和我的创作经验，如此而已。

书中没有触及有关我们作家工作的思想基础的各个重要问题，因为在这方面，我们没有任何重大分歧。文学应当起到英雄主义和教育的作用，这是人人都清楚的。

在本书中，我只谈了眼下我来得及谈的一些事，为数十分有限。

但如果我多少还是向读者说清了一点作家劳动的美好实质的话，那么我认为我已尽了自己对文学的义务。

珍贵的尘土

　　这则关于巴黎一个叫让·夏米的清扫工的故事,我是从哪儿知道的,已不复记忆。夏米是靠了替一个街区的工匠们打扫作坊挣钱糊口的。

　　夏米住在巴黎郊外一间窳陋的窝棚里。本来我完全可以不惜笔墨,把这个郊区的景色绘声绘影地描写一通,可是这会把读者引离故事的主线。不过有一点我看还是值得旁涉一笔的,那就是巴黎郊外那些古堡的壁垒直到今天还保存得完好无损。而在这则故事发生的时候,这些壁垒还淹没在金银花和山楂等杂树丛中,是野鸟营巢栖息的所在。

　　清扫工夏米的窝棚歪歪斜斜地搭在北面那堵壁垒的脚下,同洋铁匠、鞋匠、捡烟头的和叫花子的陋屋为邻。

　　如果莫泊桑当初注意到这些棚户居民的生活的话,那么他大概还会写出几篇杰作来。说不定这些作品还能给他无可动摇的荣誉再增添几顶新的桂冠。

　　遗憾的是除了暗探,外人谁也不到这种地方来。即使暗探也只有在搜索贼赃的时候才会来。

　　邻居们给夏米起了个绰号,管他叫"啄木鸟",据此可以想像得出他是个瘦子，鼻子尖尖的，帽子底下总是戳出一撮头发，活像鸟的冠羽。

让·夏米当年也曾过过一段好日子。在墨西哥战争[①]期间，他曾在"小拿破仑"[②]的军队里当兵吃粮。

夏米可说是命大福大。他在韦拉克鲁斯[③]得了严重的疟疾病。于是这个病号还未打过一仗，就被遣送回国了。团长借此机会，托夏米把他的女儿苏珊娜，一个八岁的小姑娘，带回法国。

团长是个鳏夫，所以不论到哪里都不得不把女儿带在身边。可这回他决意同女儿分离，把她送到鲁昂[④]的姐姐那儿去。欧洲孩子受不了墨西哥的气候，闹不好就会丧命。何况神出鬼没的游击战争杀机四伏，常常会出现意想不到的危险。

夏米回返法国途中，大西洋上溽暑蒸腾。小姑娘终日一言不发。即使看到鱼儿从油汪汪的海水中飞跃出来，脸上也没有一丝笑意。

夏米尽其所能地照料苏珊娜。他当然知道苏珊娜期待于他的不仅是照料，而且还要抚爱。可是叫他这个殖民军团的大兵能够想出什么抚爱的方式呢？他能用什么来叫小姑娘开心呢？玩骨牌？或者唱几支兵营里粗野的小曲？

但又不能老是这样同她默默相对。夏米越来越经常地捕捉

---

① 指法国皇帝拿破仑三世发动的侵略墨西哥的掠夺战争（1862—1867）。
② 指法国皇帝拿破仑三世(1808—1873)，亦即路易·波拿巴，是拿破仑一世之侄，他于1852年称帝，1870年巴黎革命时被废。"小拿破仑"是雨果在一篇同名政论中给他起的绰号。
③ 墨西哥东岸最大城市和重要海港。
④ 法国北部城市。

到小姑娘向他投来的困惑的目光。他终于决定开口，把自己的身世讲给小姑娘听。他讲得虽然凌乱，可是挺详细，连拉芒什海峡①岸边那个渔村的好些细节，诸如流沙、退潮后的水洼、乡村教堂那口有了裂缝的破钟、他那给邻居们治疗胃灼热的母亲等等都想了起来。

夏米认为这些回忆中没有一丝一毫东西能够使苏珊娜开心起来。但叫他奇怪的是小姑娘居然听得津津有味，甚至还没完没了地缠着他把这些故事讲了又讲，而且还要他讲得一回比一回详细。

夏米搜索枯肠，挤出了一个又一个细节，临了连他自己都不敢相信是否真有其事了。其实，这不是对往事的回忆，而是回忆的淡淡的影子。这些影子好似一团团薄雾，早已飘散殆尽。这也难怪夏米，因为他从来没想到过有朝一日还要他重新去回想他一生中这段早已逝去的岁月。

有一天，他隐隐约约地回想起了关于金蔷薇的事。他家乡有个年老的渔妇，在她家那座耶稣受极刑的十字架上，挂着一朵用金子打成的、做工粗糙的、已经发黑了的蔷薇花。但他已记不清，是亲眼看到这朵金蔷薇的呢，还是听旁人说的。

不，大概个是听旁人说的，有一次他好像还看到过这朵蔷薇，他至今还记得那天虽然窗外阴云密布，海峡上空起了风暴，可是这朵蔷薇却微微闪烁着金光。夏米越往下讲，就越清晰地想起那朵金蔷薇的光华——在低矮的天花板下闪烁着点点金灿灿的火花。

---

① 即英吉利海峡。

全村的人都很奇怪，这老婆子干吗不把这件宝物卖掉，否则准能卖到一大笔钱。只有夏米的母亲一个人要人家相信这朵金蔷薇是不可以卖掉的，因为这是当初，老婆子还是个嘻嘻哈哈的姑娘，在奥迪埃尔纳①一家沙丁鱼罐头厂当女工的时候，她的未婚夫为了祝愿她"幸福"馈赠给她的。

"像这样的金蔷薇世上是少有的，"夏米的母亲说。"谁家有金蔷薇，谁家就有福气。不光这家子人有福气，连用手碰到过这朵蔷薇的人，也都能沾光。"

夏米那时还是个孩子，他急切地期待着老妇人交上好运。结果连好运的影子也没见到。老妇人的小屋在风中颤抖，每天晚上屋里连盏灯都点不起。

夏米没等到老妇人时来运转就离开了村子。直到一年之后，夏米才在勒阿弗尔②碰到一个在邮船上当司炉的熟人。那人告诉他，老妇人的儿子，一位画家，出人意料地由巴黎回到了家乡。画家留着大胡子，是个快活而又古怪的人。自打他回来后，老妇人的小屋就完全变了样，不但充满了欢笑，而且十分富足。据说这些画家，只消信手涂上几笔，就能赚到一大笔钱。

有一回，夏米坐在甲板上，用他那把铁梳子替苏珊娜梳理被风吹乱了的头发。苏珊娜问他：

"让，会有人送给我一朵金蔷薇吗？"

"世上什么事都可能发生，"夏米回答说。"说不定也会有

---

① 法国西部一滨海小渔港。
② 法国海港，滨英吉利海峡。

个傻小子来找你的，苏珊①。我们连队有个当兵的。别看他人挺瘦，运气可好哩。这小子在战场上捡到了半副坏了的金牙，就用它来请全连的人喝酒，喝得好痛快呀。那还是安南战争②时候的事儿。喝醉了酒的炮手们为了逗乐，一个劲儿地打白炮，有一发炮弹正巧落进一座死火山的喷火口，在里边炸了开来，可不得了，火山开始爆发了，突突地直往外冒岩浆，我都忘了这座火山叫什么来着！好像是叫喀拉喀-塔喀火山③。火山爆发得好厉害！有四十个村民给活活烧死。你想想看，就为了这么半副假牙，有这么多人白白地送了命！后来才弄清楚假牙是我们团长丢失的。这事不消说只好悄悄地了掉啦，因为军队的声誉高于一切。反正那一回我们一个个都喝得烂醉如泥。"

"这事发生在什么地方？"苏珊将信将疑地问道。

"我不是告诉你了吗，发生在——安南。在印度支那。那儿的海洋烈焰滚滚，就跟地狱一样，可是海蜇却漂亮得像芭蕾舞女演员穿的那种花边短裙。安南那地方可潮湿哩，一夜的工夫，我们的靴子里就长出了蘑菇！要是我胡诌，就把我吊死！"

在此之前，夏米听到过不少大兵们的胡诌，可他自己从来没说过一句瞎话。倒不是因为他不会说，只是从来不曾有过这种必要罢了。而现在，他认为他的神圣职责就是千方百计地使

---

① 苏珊娜的昵称。
② 指1858至1884年法国侵略越南的战争。
③ 此处是夏米在胡诌。"喀拉喀-塔喀火山"显系喀拉喀托火山之误。该火山不在越南境内，而是印度尼西亚的苏门答腊同爪哇两岛之间的一座活火山岛。1883年，喀拉喀托火山曾大爆发，引起了剧烈的海啸和地震，毁去原有岛屿的2/3，淹没邻近岛屿的许多村庄，死亡约5万人。——原编者注

苏珊娜开心。

夏米把小姑娘带到了鲁昂，当面把她交给一个瘪着蜡黄的嘴唇的高个子女人——苏珊娜的姑妈。这老婆子浑身缀满了黑玻璃珠子，亮闪闪的，活像马戏团里的一条蛇。

小姑娘一看到老婆子，就吓得紧紧地偎着夏米，把身子贴在他那件褪了色的军大衣上。

"没关系！"夏米悄声地安慰苏珊娜说，轻轻地推了一下她的肩膀。"我们这些当兵的也是没法给自己挑选连队长官的。苏珊，你是个女兵，忍耐着点！"

夏米走了。他好几次回过头来望着那幢死气沉沉的房子的窗户，只见挂在那里的窗帘连风都不愿去吹动。在湫隘的街巷中可以听到各家小店铺里时钟匆忙的滴答声。夏米的军用背囊里，藏着苏珊的一件纪念品——她扎辫子用的一条揉皱了的天蓝色缎带。不知为什么这条缎带有一股子淡淡的馨香，仿佛曾在紫罗兰的花篮里放了很久似的。

墨西哥的疟疾使夏米的身体垮掉了。他未能得到士官的军衔就退伍了。他是以一个普通列兵的身份复员回去过平民百姓的生活的。

多少年过去了，夏米始终一贫如洗。他曾换过许多微贱的职业，最后当了巴黎的一名清扫工。从那以后，不论到哪里，他总是闻到一股尘土和污水的气味。甚至从塞纳河上越过重重房屋飘到街上来的微风中，从林荫道上衣着干净的老太婆们兜售的一束束湿润的鲜花中，他闻到的也是这种气味。

逝去的时日连成一片黄腾腾的烟雾。但有时，夏米心灵的眼睛却能在这片浑浊的烟雾中看到一朵玫瑰红的浮云，这是苏珊娜的一件旧衣裳。这件衣裳发出一股春日清新的气息，仿佛也曾在紫罗兰的花篮里放了很久似的。

她，苏珊娜，现在在哪里？她的情况怎么样？他只知道她现在已出落成一个大姑娘，而她的父亲因负重伤不治而死。

夏米一直打算去鲁昂探望苏珊娜，但每回都把行期推迟。就这样一再蹉跎，直到最后他才明白即使去也为时已晚，苏珊娜一定早已把他忘掉了。

每当他想起同她告别时的情景，就不由得大骂自己是头蠢猪。按理说应当亲亲小姑娘，可他却一把将她推到老恶婆子跟前，还说什么："苏珊，你是个女兵，忍耐着点！"

大家都知道，清扫工是在夜阑人静的时候干活的，这有两个原因：首先，由沸腾的然而并非总是有益的人类活动所产生的垃圾，大都是在一天的末尾积聚起来的，其次，巴黎人的视觉和嗅觉是不容许玷污的。而深更半夜，除了老鼠以外，几乎不会有人看到清扫工干活。

夏米已习惯于夜间干活，甚至爱上了一天之中的这段时间。他尤其爱曙光懒懒地廓清巴黎上空的那个时分。塞纳河上腾起一团团的雾，但这雾却从不超越桥栏。

有一回，也是在这样一个烟雾朦胧的拂晓时分，夏米走过伤残人桥，看到一个少妇，穿着一身镶黑花边的淡雪青色连衣裙，凭栏俯视着塞纳河。

夏米停下来，脱下沾满灰尘的便帽，说道：

"夫人，这个时候的塞纳河水寒气很大。还是让我送您回家去吧。"

"我现在没有家了，"那少妇一边迅速地回答，一边掉过身来望着夏米。

夏米的便帽落到了地上。

"苏珊！"他悲喜交加地说道。"苏珊，女兵！我的小姑娘！我到底见到你啦。你大概已经把我忘了。我是让·欧内斯特·夏米，就是那个把你送到鲁昂可恶的姑妈家去的第二十七殖民军团的列兵。你长得多美呀！你的头发梳得多好看呀！可我这个笨手笨脚的大兵，当初给你梳的是什么头呀！"

"让！"少妇大声叫道，扑到夏米的怀里，搂住他的脖子，失声痛哭起来。"让！你还是跟当初一样心地善良。我什么都记得！"

"嗳，尽说傻话！"夏米喃喃地说。"我心地善良管什么用，又不能给别人带来一点儿好处。我的小姑娘，什么事叫你这么难过？"

夏米紧搂住苏珊娜，做了当初他在鲁昂没敢做的事——摸了摸她亮闪闪的头发，并且吻了一下。但马上往后退了一步，生怕苏珊娜闻到他短上衣上耗子的臊味，可苏珊娜却更紧地伏在他的肩上。

"小姑娘，你出了什么事儿？"夏米不知所措地又问了一遍。

苏珊娜没有回答。她已哭得欲罢不能。夏米明白了，眼下什么也不该问她。

"我在古堡的墙脚下有个小窝，"他急忙说。"离这儿挺远的。我家里当然什么也没有，只有四堵墙壁。但烧个水，睡个觉什么的还是行的。你可以在那儿洗个脸，歇一会儿。总之你要住多久都行。"

苏珊娜在夏米家住了五天。在这五天之内，巴黎的上空升起了一个非同寻常的奇异的太阳。所有的房子，即使是积满烟煤的旧屋，所有的花园，甚至连夏米的窝棚，都像一颗颗宝石似的，在这轮红日的辉耀下璀璨生光。

谁要是从来未曾听到过沉睡着的年轻女人的依稀可闻的鼻息声，并因此而激动过，谁就不懂得何谓温柔。她的双唇比含露的花瓣还要鲜艳，她的睫毛因夜来的泪珠而熠熠闪光。

是的，苏珊娜的遭遇，正像夏米所料想的那样：她的情人，一个年轻的演员，另有新欢了。但是苏珊娜在夏米家寄居的五天时间，已足以使她同那个演员言归于好。

夏米是参与了这件事的。他不得不为苏珊娜传递书信给那个男演员。当那人想赏给夏米几个苏①作为脚钱的时候，他又不得不教训那个懒散的花花公子要懂得待人接物的礼貌。

没隔多久，那个男演员便乘了一辆出租马车来接苏珊娜了，并做了这种场合下应该做的一切事情：鲜花、接吻、闪着泪花的笑，悔过和声音微微有些发颤的轻松的谈话。

当这对年轻人要离去时，苏珊娜是那样的迫不及待，竟忘了同夏米告别就跳进了马车。但她马上发觉了自己的疏忽，脸涨得通红，歉疚地把手伸给夏米。

"既然你喜欢给自己选择这样的生活，"夏米最后一次不无责备地说，"那就祝你未来幸福。"

"未来怎么样，我还一点也不知道呢，"苏珊娜回答说，双眸中闪烁着泪花。

---

① 苏系法国旧辅币，20苏为1法郎，自1947年起停止流通。

"我的小乖乖，你何苦这么激动，"那个年轻演员不满地曼声说道，同时又叫了她一声："我的迷人的小乖乖。"

"要是有人送给我一朵金蔷薇就好了！"苏珊娜叹了口气。"那就一定会幸福了。让，我直到今天还记得你在轮船上讲给我听的那个故事。"

"谁知道！"夏米回答说。"反正这位先生是不会给你金蔷薇的。原谅我说话直来直去，我是个当兵的。我不喜欢花花公子。"

一对年轻人相互看了一眼。演员耸了耸肩膀。马车启动了。

过去，夏米总是把从作坊里扫出来的垃圾一股脑儿倒掉，但自从送别苏珊娜后，他就不再把首饰作坊里的尘土倒掉了。他把这些作坊里的尘土全都偷偷地倒进一个麻袋，背回家去。街坊们都认为这个清扫工"发了精神病"，很少有人知道这种尘土里混有一些金粉，因为工匠们打首饰时总是要锉掉少许金子的。

夏米决定把首饰作坊的尘土里的金子筛出来，铸成一小块金锭，然后用这块金锭打一小朵金蔷薇，送给苏珊娜，祝愿她幸福。说不定这朵金蔷薇还能像母亲当年所说的那样，给许多普通人带来幸福。谁知道！他决定在这朵蔷薇没有打成之前，先不同苏珊娜见面。

夏米没把自己的打算讲给任何人听。他害怕当局和警察。司法机关的那些吹毛求疵的人总是说到风就是雨。他们很可能宣布他是窃贼，把他投入狱中，没收他的金子。说到底，这金子毕竟是人家的嘛。

夏米入伍前，在一个乡村神父的农场里当雇工，所以懂得怎么簸扬麦子。这方面的知识现在可以派上用场了。他想起了扬麦的情景，沉甸甸的麦粒落到地上，而轻盈的尘土则随风飘散。

夏米做了一个小小的簸扬机，每当夜深人静，他就在院子里簸扬从首饰作坊里背回来的尘土。每回他都焦灼不安地扬着，一直要见到料槽里隐隐出现了金粉才安下心来。

许多日子过去了，金粉日积月累，终于可以铸成一块金锭了。但夏米却迟迟没有把金锭拿去请工匠打成金蔷薇。

倒不是因为他付不起手工费——他只消用三分之一的金锭作为手工费，任何一个工匠都会乐意接下这桩生意的。

问题不在手工费上。问题在于同苏珊娜见面的时刻一天近似一天，然而从某个时候起，夏米却开始害怕这个时刻。

他要把久已深埋在心底的温情全都给予她，给予苏珊娜一人。可是谁会稀罕一个丑陋的老人的温情呢！夏米久已发觉凡是碰见他的人，唯一的愿望便是尽快离开他，忘掉他那张皮肤松弛、目光灼人、干干瘪瘪、灰不溜丢的脸。

他窝棚里有一片破镜子。夏米偶尔也拿起这片镜子来照照，但每回都破口大骂地立刻把镜子扔到一边。还是别看到自己的好，别看到这个瘸着两条患风湿病的腿的丑八怪的好。

当蔷薇花终于打成的时候，夏米得知苏珊娜已经在一年前离开巴黎去了美国，据说这一去就不再回来了。而且谁也告诉不了夏米她在美国的地址。

最初夏米甚至有如释重负之感。但后来那种企望愉快地、充满温情地同苏珊娜见面的心情，不知怎么变成了一块锈铁。

这块戳人的锈铁卡在夏米胸中靠近心脏的地方，于是夏米一再祈求上帝让这片锈铁快一点刺入他衰老的心脏，使它永远停止跳动。

夏米不再去打扫作坊。一连好几天他躺在自己的窝棚里，面孔朝墙，默默地不发一声，只有一回，他把破上衣的袖子蒙住眼睛，微微地笑了。但是谁也没见到他笑。邻居们甚至没有人来看望过夏米，因为他们每个人都在为自己的温饱奔走。

只有一个人在注视着夏米的动静，这就是那个老工匠。正是他用金锭给夏米打了一朵极其精致的蔷薇花，蔷薇花旁边有根细枝，枝条上有一朵尖形的小巧的蓓蕾。

老工匠不时来看望夏米，但从没给夏米带过药来。他认为药物对夏米来说，已经没有用处了。

果然，有一次老工匠来探望夏米的时候，夏米已经悄悄地死去了。老工匠托起这位清扫工的脑袋，从灰不溜丢的枕头底下拿出了用一条揉皱了的天蓝色缎带包好的金蔷薇，然后掩上吱嘎作响的门扉，不慌不忙地走了。那条缎带上发出一股耗子的臊味。

这时正是深秋。秋风和忽明忽灭的灯火摇曳着沉沉的暮色。老工匠想起夏米死后脸变了样，显得严峻而又安详。他甚至觉得凝结在这张脸上的痛苦也是优美的。

"凡是生所没有给予的，死都会带来，"一脑门子这类陈腐念头的老工匠想道，同时喟然长叹了一声。

没隔几天，工匠就把这朵金蔷薇卖给了一个衣着邋遢的上了年纪的文学家，据工匠看来，这个文学家寒酸得很，不配买这种贵重物品。

很清楚，这位文学家之所以买下金蔷薇，完全是因为听工匠讲了这朵蔷薇的历史。

多亏这位老文学家的札记，人们才得以知道前第二十七殖民军团列兵让·欧内斯特·夏米生活中的这段凄惨的遭遇。

老文学家在他的札记中深有感触地写道：

"每一分钟，每一个在无意中说出来的字眼，每一个无心的流盼，每一个深刻的或者戏谑的想法，人的心脏的每一次觉察不到的搏动，一如杨树的飞絮或者夜间映在水洼中的星光——无不都是一粒粒金粉。

"我们，文学家们，以数十年的时间筛取着数以百万计的这种微尘，不知不觉地把它们聚集拢来，熔成合金，然后将其锻造成我们的'金蔷薇'——中篇小说、长篇小说或者长诗。

"夏米的金蔷薇！我认为这朵蔷薇在某种程度上是我们创作活动的榜样。奇怪的是没有一个人花过力气去探究怎样会从这些珍贵的微尘中产生出生气勃勃的文字的洪流。

"然而，一如老清扫工旨在祝愿苏珊娜幸福而铸就了金蔷薇那样，我们的创作旨在让大地的美丽，让号召人们为幸福、欢乐和自由而斗争的呼声，让人类广阔的心灵和理性的力量去战胜黑暗，像不落的太阳一般光华四射。"

摩崖石刻

一个作家只有当他确信自己的良心同他人的良心一致的时候，才会充分感到欢乐。①

萨尔蒂科夫-谢德林

我住在里加海滨沙丘上的一幢小屋里。整个海滨都被白雪淹没了。积雪不断从参天的松树上一长缕一长缕地坠落下来，散为雪尘。

积雪坠落下来，有时是因为吹过一阵风，有时是因为松鼠在枝头跳来跳去。每当万籁俱寂的时候，可以听到松鼠毕毕剥剥咬开松球的声音。

小屋就在大海边上。但要看到大海，还得出栅栏的小门，顺着一条在雪地上踏出的小径走上一小段路，途中还要绕过一幢门窗都已钉死了的别墅。

别墅的窗户打从夏末起就已拉上了窗幔。那一条条窗幔随风微微地拂动着。想必是风穿过肉眼看不见的罅隙吹进了这幢空屋的缘故，但是从远处看去，总觉得好像有个什么人正在掀起窗幔，小心翼翼地窥视着你的行踪。

海水没有结冰。漫漫的白雪覆盖了海岸，直达水边。积雪上可以看到兔子的脚印。

每当海上涌起波浪的时候，听到的不是拍岸的涛声，而是冰层的坼裂声和积雪沉陷的窸窣声。

冬日的波罗的海是荒凉的、阴郁的。

拉脱维亚人称波罗的海为"琥珀之海"。也许不仅仅是因为波罗的海盛产琥珀，而且还因为海水隐隐地泛出黄澄澄的琥珀色。

地平线上终日堆满层层叠叠的浓重的阴霾，遮蔽了低低的海岸的轮廓。只有在大海上空，阴霾中有些地方垂下好些毛茸茸的白练——那里正在下雪。

这一年，鸿雁北归得过于早了，不时落到海面上鸣叫。焦灼的鸣声在海岸上远远地传开去，但是没有引起一声应和，因为冬天海滨的树林里是几乎没有鸟的。

在我住的那幢小屋里，白天过的是我久已熟稔的生活。木柴在彩色瓷砖的壁炉里毕毕剥剥地燃烧，打字机发出低沉的嗒嗒声，沉默寡言的女服务员莉莉娅坐在舒适的门厅里编织花边。一切都那么平常，那么自然。

可是一到晚上，无边的黑暗便团团围住了小屋，松林仿佛移到了屋子的紧跟前。当你离开灯光明亮的门厅，走到屋外，孑然一身面对着寒冬、大海和黑夜的时候，一种强烈的孤独感

---

① 引文见萨尔蒂科夫-谢德林的《寄语波谢洪尼耶人》。波谢洪尼耶是谢德林的《波谢洪尼耶往昔》和《波谢洪尼耶故事集》中的一个地名，这是个落后、愚昧的地方。此句的全文是："作家不是田鼠，躲在漆黑的耗子洞里履行天赋的使命，而是人，是社会的、群居的人，一个作家只有当他确信自己的良心同他人的良心一致的时候，才会充分感到欢乐。"——原编者注

便会油然而生。

大海伸展到千百里外的黑沉沉的远方。海上看不到一星灯火，也听不到一息涛声。

小屋像是世间最后一座灯塔，孑立在雾茫茫的深渊边上。大地到此就猝然断裂了。可是小屋里却仍然若无其事地亮着灯光，收音机播送着乐曲，柔软的地毯使人走起路来连声音都没有，桌上摊开着书本和手稿，这种恬静的氛围不能不使人感到惊讶。

由此往西，隔着浓重的阴霾，在文茨皮尔斯[①]那边，有一座小小的渔村。这是个普通的小渔村，矮矮的房子，袅袅的炊烟，一张张渔网张在风中晾干，一艘艘黑糊糊的小汽艇拉到了沙滩上，一条条易于受骗的毛茸茸的狗在各处蹿来蹿去。

几百年来，一代又一代拉脱维亚渔民居住在这个村子里。有多少目光羞涩、嗓音清脆、淡色头发的少女变成了皮肤粗糙的矮墩墩的老妇人，终日裹着厚实的围巾。又有多少两颊红润、戴着漂亮鸭舌帽的小伙子变成了满脸刚须的老头儿，睁着一双双与世无争的眼睛。

可渔夫还是和几百年前一样，出海去捕捞鲱鱼。而且和几百年前一样，并非所有的渔夫都能生还。尤其秋天，当风暴在波罗的海中卷起狂澜，寒冷的浪花像开了锅一般沸腾的时候，更是如此了。

然而尽管发生过不知多少次海难，尽管曾不知多少次摘下帽子以悼念葬身鱼腹的伙伴，渔民们却仍然继续他们的事

---

① 拉脱维亚海港，滨波罗的海。

业——那充满了风险的、繁重的、由祖辈和父辈传下来的事业。人不应当向大海低头。

在村旁的海中兀立着一座高大的花岗石岩礁。很久很久以前，渔夫们在岩壁上刻下了一行铭文："悼念所有死于海上和将要死于海上的人。"这行铭文远远就能望见。

我知道这行铭文后，觉得它跟一切墓志铭一样，不免有些忧伤。但是把这件事讲给我听的那位拉脱维亚作家，却不同意我的看法，他说：

"恰恰相反。这是一行极有英雄气概的铭文。它说明人是永远不会屈服的，不管风险有多大，也要继续自己的事业。我倒想把这行铭文作为卷首语，题在每一本描写人类的劳动和不屈不挠的精神的书本上去。对我来说，这行铭文可以读作：'悼念所有曾经征服和将要征服这个大海的人'。"

我同意他的说法，并且认为这行卷首语也适用于叙述作家劳动的书。

作家一分钟也不应屈服于苦难，不应在障碍面前退却。无论发生什么样的事情，作家都必须不间断他们的事业，这事业是先辈们传给他们，同时代人托付给他们的。萨尔蒂科夫-谢德林说得好，要是文学沉寂了，即使只沉寂一分钟，其后果的严重不下于人民的死亡。

作家的写作不是一种墨守成规的手艺，也不是 一种行当。作家的写作是一种使命。我们查考一下某些字眼，研究一下这些字眼的发音，就会发现它们最初的含意。譬如"使命"这个字在俄语中源出于"召唤"。

任何时候都不会召唤人们去做一个墨守成规的匠人。只会召唤人们去履行天职，完成艰巨的任务。

是什么促使作家去从事他那种虽然有时令他痛苦，但却是美好的劳动的呢？

首先是他自己心灵的召唤。良心的声音和对未来的信念不允许一个真正的作家像一朵不结实的花那样在世上度过一生，而不把充满他内心的巨大、丰富的思想和感情，慷慨地、毫无保留地奉献给人们。

一个作家若不能使人们的视力增添哪怕些许的敏锐，就不能算是一个作家。

但一个人之所以成为作家，并不仅仅由于心灵的召唤。我们大都是在青年时代能听到心灵的声音。那时我们的感情世界生气蓬勃，还没有什么摧残过这个感情世界，没有将它肢解成碎片。

而到了成年时代，除了自己心灵的召唤声外，我们还能清晰地听到另一种强有力的召唤，那就是自己时代的召唤，自己人民的召唤，人类的召唤。

使命感和内在的动力激励着一个人去经受磨难，创造出奇迹。

可资证明这一点的例子之一是荷兰作家爱德华·德克[①]的命运。他的笔名叫"穆尔塔图里"。这是个拉丁字，意思是

[①] 爱德华·德克(1820—1887)，荷兰作家。生于船长家庭。曾在爪哇任官职多年，因公开谴责荷兰殖民主义被解职。回国后在报刊发表文章，揭露殖民主义罪恶。代表作有长篇小说《马克斯·哈弗拉尔》，反映荷兰殖民地居民所受的压迫，揭露资本家和殖民地官吏的罪行。散文集《情书》、《观念集》和剧本《皇家学校》对资本主义社会也有所批评。

"备受苦难的人"。

我所以会在这里，在这阴郁的波罗的海之滨想起德克，大概是因为他的祖国尼德兰①也是位于阴沉沉的北方的大海之滨吧。他曾痛苦而羞愧地谈到他的祖国："我是尼德兰的儿子，是位于弗里西亚群岛和斯海尔德河之间的那个强盗之国的儿子。"

当然，荷兰并不是文明的强盗之国。强盗终究是少数，代表不了人民。荷兰是热爱劳动的人的国家，是叛逆的"乞丐"②和梯尔·欧伦施皮格尔③的后裔的国家。直到今天"克拉阿斯的骨灰还在敲击着"④千百万荷兰人的心，那骨灰也曾敲击过穆尔塔图里的心。

穆尔塔图里出身于航海世家，曾被任命为爪哇岛的行政官员，履职不久就升任这个岛上一个区的驻扎官。他前途无量、荣誉、褒奖、财富，甚至总督的高位都在等待他，可是……"克拉阿斯的骨灰在敲击着他的心"。因此穆尔塔图里把锦绣前程视同粪土。

他以罕见的勇气和顽强的精神，力图从内部炸毁荷兰政府和大商人对爪哇人的长期奴役。

---

① 此处之尼德兰系指荷兰。
② 1566年，尼德兰（其时包括荷兰、比利时、卢森堡及法国东北部）爆发了反天主教会（西班牙统治尼德兰的主要支柱）的"圣像破坏运动"，随之掀起反西班牙统治的武装起义，尼德兰人民组成"海上乞丐"和"森林乞丐"游击队，从海上和陆上打击西班牙人。此处之"乞丐"即指此而言。
③ 梯尔·欧伦施皮格尔是比利时作家科斯特(1827—1879)所著《欧伦施皮格尔的传说》一书中的主人公。
④ 这是引用梯尔·欧伦施皮格尔讲的一句话，他曾说过："克拉阿斯的骨灰在敲击着我的心。"克拉阿斯是梯尔的父亲，死于西班牙人的火刑，梯尔将其父的骨灰缝于囊中，终生挂在胸前。

任何时候他都挺身而出保护爪哇人，不让他们遭到欺凌，他严惩贪官污吏。他公然奚落总督及其近臣，不消说，这些人都是虔诚的基督徒，他便引证基督要爱他人的教义来为自己的行为辩解。他使他们理屈词穷，无从驳倒他。但是他们却可以消灭他。

当爪哇人爆发起义的时候，穆尔塔图里站到起义者一边，因为"克拉阿斯的骨灰在继续敲击着他的心"。他怀着感人肺腑的爱描写爪哇人，描写这些轻信的孩子，同时满腔愤怒地描写他的同胞们。

他揭露了荷兰的将军们想出来的卑劣的作战方法。

爪哇人性好清洁，极端厌恶污秽的东西。荷兰人便在爪哇人的这种性格上打主意。

他们命令士兵在冲锋的时候向爪哇人投掷大粪。爪哇人敢于迎着最猛烈的火力与敌人交锋，可是却受不了这种作战方式，纷纷退却了。

穆尔塔图里被撤职，遭返欧洲。

他一连好几年向荷兰社会力陈应当公正地对待爪哇人。他到处陈述这种看法。他还向大臣们和国王写了不少请愿书。

然而一切都归徒劳。人们不耐烦地勉强听他讲完，没过多久，就宣称他是个危险的怪物，甚至说他是个疯子。他无处可以求职，全家陷于饥饿的境地。

就在这时，穆尔塔图里听从了心灵的声音，换句话说，听从了那久已存在于他心中，然而直到当时还不清晰的使命感，开始从事写作。他写了一部暴露性的长篇小说《马克斯·哈弗拉尔》，抨击在爪哇的荷兰人。但这仅仅是第一次尝试。他在这部小说中仿佛还在摸索他尚未牢固掌握的文学技巧。

然而他的第二本书《情书》却是以震撼人心的力量写成的。这种力量产生于穆尔塔图里对自己的正义性的狂热信念。

这本书中有些章节就像人们在见到令人发指的不公平现象时抱住自己的脑袋发出的痛苦叫喊；有些章节辛辣而又俏皮，是指桑骂槐的寓言；有些章节像是对所爱的人的温存的抚慰，带有悲伤的幽默色彩；而有些章节则像是在作最后的努力，指望童年时代的天真的信仰得以复活。

"上帝是不存在的，否则他就应当是心地善良的，"穆尔塔图里写道，"要到哪一天才不再榨取穷苦人！"

他离开了荷兰，指望能在异国挣到一小块面包。妻子儿女留在阿姆斯特丹，他没有钱带他们一起走。

他，这个嘲弄权贵、受尽磨难、为上流社会所不容的人，穷极潦倒地浪迹于欧洲各个城市，不间断地写作，写作。他几乎没有收到过妻子的信，因为她连邮票都买不起。

他想念她，想念子女，尤其想念小儿子，他的小儿子长有一双清如碧波的眼睛。他担心这个小男孩会忘掉怎样向人们信赖地微笑，他恳求大人们不要使他过早地流泪。

穆尔塔图里的书谁也不愿意出版。

但终于还是有人问津了！一家大出版社同意买下他的手稿，条件是从此以后不得再在其他出版社出版这些作品。

已受尽折磨的穆尔塔图里，答应了这个条件。他回到了祖国。他们甚至付给他一笔为数不太多的钱。而出版社之所以买断他的手稿，无非是为了要解除这个人的武装。这些手稿都出版了，但印数是那样的少，书价又是那样的昂贵，无异于把这些手稿查禁。荷兰商人和政府是非要把这个火药桶弄到手不可的，否则他们就难以放心。

穆尔塔图里终于没有盼到正义就与世长辞了。而他本来还可以写出许多优秀作品，这种作品正如常言所说，不是用墨水，而是用心血写成的。

他尽其所能地作了斗争，最后牺牲了。但是他"征服了海洋"。也许，不久就会在独立的爪哇，在雅加达，给这位大公无私的受难者树立起一座纪念碑。

这就是那位把两项伟大的使命集于一身的人的生平。

在狂热地忠于自己的事业这一点上，穆尔塔图里有一位同道，也是荷兰人，而且还是他的同时代人，这人就是画家文森特·凡·高[①]。

很难找到比凡·高更愿为了艺术而终身受苦的例子了。他曾经梦想在法国创立一个"美术家兄弟会"——在这个类乎公社的团体里，没有任何东西能使画家们放弃绘画。

凡·高一生坎坷，尝尽了艰辛。他在《吃土豆的人们》和《囚徒放风》两幅画作中写出了他在陷入人生苦难的绝境后的感受。他认为画家的事业就是用自己的全部天才竭尽全力地对抗苦难。

画家的事业是——创造欢乐。所以他运用他的最娴熟的手

---

① 文森特·凡·高(1853—1890)，荷兰画家，后期印象派代表人物之一。

段——色彩①来创造欢乐。

他用画布改变了大地的面貌。他仿佛用神奇的水洗涤了大地，大地因此焕然一新，无处不辉耀着明快浓厚的色彩，每一棵老树都变成了雕塑品，每一块种植三叶草的田地都变成了化作无数朴素小花冠的阳光。

色彩的变化是不停顿的，但凡·高为了让我们能够深入领略色彩的美，运用自己的意志，使其停顿了下来。

在此之后，难道还能断言凡·高待人冷漠吗？他把他所拥有的最好的东西——在这辉耀着无奇不有的色彩及其所有最细微的变化的大地上生活的才能，献给了人们。

他贫困、高傲，不会算计。他把最后的一块面包同那些无家可归的人分食，他亲身体验了什么叫做社会的不公平。他蔑视廉价的赞扬。

当然，他并非斗士。他的英雄主义表现为狂热地相信劳动的人——农夫和工人、诗人和学者。必定会有美好的未来。他未能成为一名斗士，然而他愿意而且做到了把自己的一份心血——他颂扬大地的绘画，贡奉给未来的宝库。

在大地所拥有的各种各样的美中，凡·高只选择了一种：颜色。大自然那种总是能使色彩对比得无懈可击的特性，色彩所拥有的无穷无尽的中间色，以及土地那种无时无刻不在变化，而又不论在什么季节，不论在什么纬度都同样美丽的色

---

① 凡·高初期用色较暗，如《吃土豆的人们》。1886 年去巴黎，受印象画派和日本浮世绘的影响，先用点彩画法，后来变为强烈而响亮的色调，以跃动的线条、凸起的色块表达其主观感受和激动的情绪。

彩，总是使凡·高惊喜不已。

是时候了，该恢复对凡·高，对弗鲁别利、鲍里索夫-穆萨托夫①和高更②这样一些美术家以及其他许多美术家的公正评价了。

凡是能够丰富社会主义社会的人的内心世界的东西，凡是能够提高其精神生活的东西，都是我们所需要的。这个尽人皆知的真理难道还需要再花笔墨来加以论证吗？

按理说，我们应当成为一切时代、一切国家的艺术的占有者。我们应当把那些仅仅因为美的存在不依他们的意志为转移便对美切齿痛恨的伪道学者，逐出我们的国家。

请原谅我越出文学的范畴谈了一通绘画。我认为一切艺术样式都有助于一个作家提高他的写作技巧。关于这一点，我以后还要专门谈。

使命感是不可丧失的。无论是冷静思考还是文学经验都替代不了使命感。

作家的真正的使命感中绝不会杂有庸俗的怀疑论者所说的激发创作欲的那类东西，诸如虚假的激情，作家自负地认为自己起着非同常人的作用等。

普里什文③是个具有绝对的作家使命感的人。他一生听从

---

① 维克托·埃利皮季弗罗维奇·鲍里索夫-穆萨托夫(1870—1905)，俄国画家。作品遵循外光画原则，富有装饰性。
② 高更(1848—1903)，法国画家，后期印象派的代表人物。
③ 米哈伊尔·米哈伊洛维奇·普里什文(1873—1954)，俄罗斯作家，善于刻画儿童心理，擅长描绘大自然。

这种作家使命感的支配。然而恰恰是他说了这样一句至理名言："作家最大的幸福是：不把自己视作特殊的、独来独往的人，而是做一个和一切人一样的人。"

几朵木花①

　　每当我思考我的文学工作时，常常问自己：这是什么时候开始的？一般来说，人们怎么会开始写作的？最初是什么东西促使一个人去拿起笔来，并且至死不再放下它的呢？

　　最难的事莫过于回想起这是什么时候开始的。显然，创作欲作为一种精神状态，远在一个作家写满几令②纸以前，即已在他身上萌发。可能还是在少年时代，也可能在童年时代就已经萌发了。

　　在童年时代和少年时代，世界对我们来说，和成年时代迥然不同。童年时代的太阳要炽热得多，草要茂盛得多，雨要大得多，天空的颜色要深得多，而且觉得每个人都有趣极了。

　　在孩子看来，每一个大人，不论是提溜着一套发出刨屑味的木工工具的木匠，还是知道草为什么会是绿颜色的学者，都有几分神秘。

　　诗意地理解生活，理解我们周围的一切——是我们从童年时代得到的最可贵的礼物。

要是一个人在成年之后的漫长的冷静的岁月中，没有丢失这件礼物，那么他就是个诗人或者是个作家。说到底，诗人与作家之间的差别是不大的。

若能感觉到生活时时刻刻都在更新，那么这种感觉便是肥沃的土壤，艺术会在这种土壤上开花结实。

我是个中学生的时候，不消说我写过诗，而且写了那么多，一个月就写满了整整一厚本练习簿。

那那是一些蹩脚的诗——华丽而又空泛，可当时我却觉得写得相当美。

这些诗我现在都忘记了，只记得个别的几节。不妨举个例子：

啊，快摘下低垂的繁枝上的朵朵秋花！
疏雨正在静静地把田野浇洒。
一片片黄叶纷纷地飘往天边，
那里燃烧着秋日嫣红而又朦胧的落霞……

后来我益发变本加厉，把形形色色华而不实的辞藻都堆砌到诗里去了：

那因思忆亲爱的萨迪③而勾起的愁绪和太息，

① 是指一种用薄木片做的假花。这种木片窄而薄，近似刨花，是在专门的刨床上刨出来的，原用于制作匣子和填料。
② 稿纸单位名称，旧制1令为480张，新制为500张。
③ 萨迪，13世纪的波斯作家、思想家。著有《果园》、《蔷薇园》等。

好似蛋白石一般闪烁在岁月缓缓迁流的篇章里。

为什么愁绪会像"蛋白石一般闪烁",不论当时还是现在我都无法解释。说穿了无非是因为我醉心于音韵。我根本没有去考虑字义。

当时我的诗大都是写海的。可那时我对海几乎还一无所知。

我笔下的海并不是某个具体的海,如黑海、波罗的海或地中海,而是充满节日气氛的"笼统的海"。这种海把千奇百怪的色彩和远离真实生活、真实地域和时代的狂放不羁的浪漫情调统统汇集到怀抱里。当时在我眼里,这种浪漫情调就像浓密的大气那样团团围住了地球。

这是水珠飞溅的欢乐的海洋,是展翅飞翔的舰艇的和无所畏惧的航海家的故乡。海岸上一座座灯塔闪烁出绿宝石般的光芒。所有的港口都沸腾着无忧无虑的生活。漂亮得见所未见的皮肤黝黑的女郎,在我的笔下,一个个都在受着残酷的情魔的煎熬。

诚然,随着年龄的增加,我写诗时华而不实的辞藻用得越来越少了。异国情调渐渐从我的诗中消失。

不过,老实说,在童年时代和少年时代,谁都免不了要向往遥远的异国情调,这既可能是热带国家的风光,也可能是国内战争时期的鏖战。

在童年时代,谁没有围攻过古老的要塞,谁没有在麦哲伦海峡①和新大陆沿岸②的舰船上战死过，谁没有同恰巴耶夫③一起乘着载有机枪的二轮马车奔驰在外乌拉尔的草原上，谁没有去探寻过被斯蒂文森④神不知鬼不觉地藏在神秘的金银岛上的宝库，谁没有听到过博罗季诺战役⑤中军旗的哗哗声，又有谁没有在印度半岛难以通行的丛林中帮助过莫格里⑥？

异国情调给生活增添了一层奇异的、不平凡的色彩，这种色彩是每个敏感的少年人所不可或缺的。

狄德罗⑦说过，艺术就是在平凡中找到不平凡和在不平凡中找到平凡。他说得对。

至少，我至今不会因自己童年时曾向往异国情调而咒骂自己。

对异国情调的向往，当然不是一下子就从我身上消失得无影无踪的。它在我身上羁滞了很久，就像丁香花浓郁的香味久久不肯从花园中消散一样。正是这种向往，使得基辅这个我所稔熟的、甚至觉得有点儿烦琐的城市在我眼睛里改变了面貌。金色的夕辉在基辅的一座座花园中燃烧。而在第聂伯河对岸黑

---

① 此处是指葡萄牙航海家麦哲伦(1480—1521)于1520年首先经南美大陆和火地岛之间的海峡(后即称麦哲伦海峡)进入太平洋作首次环绕地球航行一事。
② 此处是指意大利航海家哥伦布(约1451—1506)和亚美利哥(1451—1512)先后航行到南美洲大陆沿岸一事。新大陆即指美洲。
③ 恰巴耶夫(1887—1919)，一译夏伯阳，苏联国内战争时期的英雄，红军的优秀指挥员。
④ 斯蒂文森(1850—1894)，英国小说家。小说《金银岛》是其主要作品之一。
⑤ 指1812年8月26日(公历9月7日)俄法两军在俄国博罗季诺村外进行的一场激战。俄军在库图佐夫统率下，在此役中顽强地抗击了拿破仑亲自指挥的法军。
⑥ 莫格里是英国小说家吉卜林(1865—1936)所著的描写印度生活的《丛林故事》中的主人公之一，原是一个狼孩。
⑦ 狄德罗(1713—1784)，法国启蒙运动者，唯物主义哲学家，《百科全书》的创办者和编辑，同时又是美学和文学理论家。

沉沉的空中，则不时打着闪电。我仿佛觉得那边是一个神秘的雷雨之国，国中无处不响彻着树叶的喧嚣。

春把栗花撒满了基辅。栗花嫩黄色的花瓣上洒满了红点。落花是那么多，以致在下雨时，一堆堆花像水坝那样堵塞了雨水的急流，有些街道变成了小小的湖塘。

在雨霁天晴之后，基辅的天空像用月长石砌成的拱顶一般熠熠生辉。于是有首诗以我所料想不到的力量回到了我的记忆里：

> 春的神秘的力量同你额上的繁星
> 主宰着我的心灵。
> 你，温柔的人儿！许诺在这扰攘的世间
> 给予我幸福……①

这时我第一次萌动了对爱情势所难免的憧憬。这是一种美妙的心理状态，觉得几乎所有的少女都是美丽的。在大街上、在公园里、在电车上萍水相逢的少女身上的任何一个特征：羞涩而又专注的眼波，头发上的馨香，微启的双唇中牙齿的闪光，被微风吹得露了出来的小小的膝盖，无意间碰到的冰凉的手指——都会使我联想起，我此生迟早也会得到爱情的。对这一点我深信不疑。我是愿意遐想这件事的，而且我也的确这样想了。

———————————

① 引自俄国诗人阿法纳西·阿法纳西耶维奇·费特（1820—1892）的诗作《五月的夜》。

每次我在遇见这样一个少女之后，都会感到一阵莫名的惆怅。

我的穷困的，而且又是相当痛苦的青年时代，有很大一部分时间，在诗歌中，在内心的这种模糊的激荡中流逝了。

没有多久我就不再写诗了。我懂得了我写的那些诗是徒具形式的劣作，是涂上了好看的颜色的木花，是镀金的纸箔。

放弃诗歌后，我写出了我的第一篇短篇小说。写这篇小说也有一段经历。我将在下一章中谈这件事。

第一篇短篇小说

我由切尔诺贝利镇搭乘轮船,沿普里皮亚季河回到了基辅。这年暑期我是在切尔诺贝利镇附近一位姓列弗科维奇的退伍将军的荒芜的庄园里度过的。我的级任老师推荐我到列弗科维奇家当家庭教师,给将军顽劣的小儿子补习功课,他秋天有两门课要补考。

老式的地主宅第筑在低洼地上。每到晚上,宅第周围就弥漫着凉飕飕的迷雾。青蛙在四周的沼地里竞相聒噪。矶踯躅花的气味熏得人头疼。

列弗科维奇的几个儿子全都爱胡闹,常常在喝晚茶时,径直从凉台上开枪打野鸭子。

至于列弗科维奇本人,一个唇髭已经灰黄,眼珠鼓出,一脸凶相的大胖子,则成天坐在凉台上一把扶手椅里喘气,他患有哮喘病。偶尔,他嘶哑着嗓子,冲着几个儿子骂道:

"哪像个家,简直是一帮二流子!简直成了小酒馆啦!我把你们统统撵出家门!取消你们的继承权!"

可是谁也不理睬他声嘶力竭的叫骂。掌管庄园和宅第大权的是他的妻子——"列弗科维奇夫人"。她还不算老,举止轻浮，为人非常吝啬。整整一个夏天，她都束着那种会吱吱发响的紧身。

除了这几个吊儿郎当的儿子外，列弗科维奇还有个待嫁的女儿，年纪二十上下。家里人都管她叫"贞德①"。她从早到晚都按男子骑马的姿势，骑着一匹褐色的烈马，做出一副异常强悍的女性的样子。

她老爱翻来覆去地讲"我鄙视"这几个字，但是在绝大多数情况下，她这么讲是没有任何用意的。

当人们向她介绍我时，她从马背上把手伸给我，直视着我的眼睛，说：

"我鄙视！"

我做梦也没想到我居然能逃离这个疯狂的家庭。所以当我爬上大车，坐到用块粗麻苦布盖着的干草上，车把式"依纳爵·罗耀拉②"——在列弗科维奇家，从上到下，人人都用个历史人物的名字作为绰号；当然随便点，也可叫他伊格纳特③——拉动缰绳，我们慢吞吞地、一步步地向切尔诺贝利镇行去时，我大有死里逃生之感。

我们的大车一走出庄园大门，长有矮小的树木的低洼地便以它的恬静迎送着我们。

到太阳落山时，我们才赶到了切尔诺贝利镇，投宿在一家

---

① 贞德(1412—1431)，一译冉·达克，英法百年战争末期抗击英国侵略军的法国女英雄。曾率军6 000，重创英军，扭转了战局。后被封建主出卖，在康边要塞附近被俘。教会法庭秉承英人旨意，诬其为"女巫"，判处火刑。翌年就义。
② 依纳爵·罗耀拉(约1491—1556)，西班牙贵族，天主教耶稣会创始人。
③ 伊格纳特这个俄国人名字与依纳爵这个西班牙名字的俄文译音近似。

客栈里。因为轮船脱班了。

这家客栈的掌柜是个犹太人，姓库舍尔。

他把我安顿在小客厅里睡觉，客厅里挂满了祖先的遗像，一色都是蓄着花白络腮胡子、戴着缎子小圆帽的老头子和戴着假发①、裹着花边黑披肩的老太婆。

厨房里的灯散发出一股煤油味。我刚刚躺到厚厚的、闷热的鸭绒褥子上，臭虫就从所有的缝隙里蜂拥而出，成群结队地朝我袭来。

我赶紧跳起身，急忙穿上衣服，走到了门廊里。客栈筑在河滩边上。普里皮亚季河泛着昏暗的光。河岸上堆着一垛垛木板。

我在门廊里的长凳上坐了下来，翻起了中学生制服大衣的领子。夜寒料峭，我打着冷战。

台阶上坐着两个陌生人。在夜色中我看不清他们的模样。其中有个人在抽马合烟②，另一个伛偻着腰，仿佛睡着了。打院子里传来依纳爵·罗耀拉震耳欲聋的鼾声——他睡在大车的干草上，我此刻着实羡慕他。

"有臭虫？"那个抽马合烟的人用高亢的声音问我。

根据声音我辨出了他是谁。他就是那个愁眉苦脸、光脚穿着一双套鞋的矮个儿犹太人。当我跟依纳爵·罗耀拉到达客栈的时候，他替我们推开了院子的大门，为此向我们讨十个戈比。我给了他。库舍尔站在窗口看到了这件事，便大声骂道：

---

① 据犹太教教规，凡已婚妇女都必须戴假发，不得露出真发。
② 一种劣质烟草。

"打我院里滚出去，臭要饭的！跟你说过多少回了！"

可那个穿套鞋的人甚至都不屑回过头去看一眼库舍尔。他朝我眨了眨眼睛，说道：

"您听到吗？他恨不得人家的每分钱都落进他的腰包。这人这么贪心不会有好收场的，您记住我的话！"

后来我问库舍尔，那个开门的是什么人，他不大情愿地回答说：

"噢，约夏！是个疯子。依我说，一个人既然是个穷光蛋，那就得对别人尊敬点儿。看起人来别像大卫王①从宝座上看下边那么神气活现。"

"为了那些臭虫，你还得外加库舍尔一笔小费呢，"约夏深深地吸了口烟，对我说，这时我看到了他脸上的胡子茬。"一个想发财的人是什么不要脸的事都干得出来的。"

"约夏！"那个伛偻着腰的人突然嘎哑着嗓子恶狠狠地说。"你为什么要害死赫莉斯嘉？都一年多了，我怎么也睡不着觉……"

"尼基弗尔，只有疯子才会这样胡说八道！"约夏气呼呼地大声说。"是我害死了她？！您可以去找你们的神父米哈伊尔，问问他究竟是谁害死了她。要不，您去问县警察局长苏哈连科也行。"

"我的朵尼亚呀！"那个叫尼基弗尔的痛不欲生地说。"我的太阳永远沉落了，落到泥潭里去了。"

"住嘴！"约夏喝住他道。

———————————

① 大卫王是《圣经》人物，传说是公元前962年以色列—犹太王国的国王。

"连追思弥撒都不允许给她做！"尼基弗尔不理睬约夏，照旧往下说。"我要到基辅去见都主教①。不赦免她，我就不罢休。"

"住嘴！"约夏又嚷道。"哪怕要我拿我这条倒霉的命去换她的一根头发，我也情愿。哪像您，只知道讲空话，耍嘴皮子！"

约夏突然失声哭泣起来，由于竭力想忍住，喉咙里发出了微弱的吱吱声。

"哭吧，傻瓜，"尼基弗尔平心静气地，甚至颇为赞许地说。"要不是赫莉斯嘉生前爱你这个不中用的可怜虫，我早把你干掉了。我也早就成了杀人犯了。"

"您干掉我吧！"约夏叫喊着说。"请您干掉我吧！兴许这正是我求之不得的呢。我宁肯在坟墓里烂掉，也比这样活着好！"

"你是个傻瓜，过去是，现在还是，"尼基弗尔忧伤地回答说。"好吧，等我去基辅回来，我就把你干掉，免得你再来伤我的心。我好命苦，成了个孤老头儿。"

"你要出远门，把房子托给谁看管？"约夏停止哭泣，问道。

"我谁也不托。把门窗钉死——不就完了！如今这房子对我来说，还不就像鼻烟对死人一样，有什么用！"

听着他俩交谈，我莫名其妙，不知他们在说些什么。普里

---

① 系东正教高级主教的职称，均为城市教会的主教，其教职等级仅次于东正教最高首脑牧首。

皮亚季河上腾起了浓雾。潮湿的木板散发出刺鼻的药材气味。镇上的狗有气无力地汪汪吠着。

"连魔鬼的发面缸，我是说那条轮船，也跟咱们过不去，不知道什么时候才到！"尼基弗尔懊恼地说。"不然我跟你，约夏，也好上船去买它半瓶酒喝喝。酒能浇愁嘛。可现在上哪儿弄酒去。"

我由于穿着大衣，身子暖了过来，不知不觉靠着墙壁打起盹来。

早上轮船还没有来。据库舍尔说，由于雾太重，轮船停靠在什么地方过夜了，他叫我宽心，反正轮船在切尔诺贝利镇要停靠好几个小时。

我喝饱了茶。依纳爵·罗耀拉驾着车走了。

坐着也无聊，我便到镇上去逛逛。大街上几家铺子已经开门，打店堂里冲出一股鲱鱼和洗衣皂的气味。理发店门口的橡钉上挂着一块招牌，一个穿着白大褂的满脸雀斑的理发师站在门口嗑葵花子。

我反正没事，便走进去修面。理发师一边唉声叹气，把凉丝丝的肥皂沫涂到我的腮帮子上，一边和我敷衍，向我提出了小地方的理发师为了表示客气必然要提出的那个问题：我是干什么的，到这个小镇上来有什么事儿。

突然，一群男孩子打着呼哨，扮着鬼脸，打窗外的木板人行道上跑了过去，随即传来了熟悉的约夏的声音。他高声地叫喊着：

我不会用雄壮的歌声去惊醒

我的美人儿绮丽多彩的睡梦……

"拉扎尔!"有个女人在板壁后面喊道。"快把门闩上!约夏又喝醉了。真是造孽呀,天啊!"

理发师闩上门,拉上了窗帘。

"要是他看见理发店里有顾客,"理发师叹了口气,向我解释说,"马上就会跑进来,又是唱歌又是跳舞,又是哭鼻子。"

"他是怎么了?"我问。

但是理发师没能来得及回答。从板壁后面走出一个头发蓬乱的年轻女人,两只眼睛由于激动奇异地闪着光。

"顾客,听我说!"她讲道。"首先向您问好!其次,拉扎尔也讲不出什么名堂,因为男人哪儿懂得女人的心。什么?!拉扎尔,别摇头!您先听我讲,然后好好想想我讲的话,也好让您知道,一个姑娘爱上一个小伙子后,为了爱情,哪怕叫她下地狱也心甘情愿。"

"玛妮娅,"理发师说,"你可别迷了心窍。"

这时约夏已在远处什么地方高声叫喊着:

> 我两腿一伸,
> 你就来上坟,
> 给我带上香肠,
> 外加烧酒一瓶!

"太惨啦!"玛妮娅说。"这就是当年那个小约夏!就是那个本来应当在基辅学当医士的约夏，就是切尔诺贝利镇上心地最好的女人彼霞的儿子约夏。谢天谢地，她总算死得早，没看见儿子这么丢人现眼。顾客，您懂吗，一个女人甘愿为一个男人去受那么大的苦，她爱得该有多深！"

"玛妮娅，你在说些什么！"理发师叫了起来。"人家顾客根本听不懂你在讲些什么。"

"过去我们镇上有个集市，"玛妮娅说。"有一回，有个姓尼基弗尔的鳏夫，是个护林员，带着他的独生女儿赫莉斯嘉，打卡尔皮洛夫卡来赶集。可惜您没眼福，没见到过她。要是见到了，嗬，准会丢掉魂的。告诉你听吧，她的眼睛蓝得跟天空一样，两根辫子黄灿灿的，像是在金水里洗过的。那个温柔劲儿，那个苗条，我都不知道该怎么形容！再说约夏吧，一见到她，就神魂颠倒，连话都说不出来了。他爱上了她。在这件事上，我跟你说，我认为没什么好大惊小怪的。哪怕沙皇本人见到了她，也准会害相思病的。奇怪的是，她也爱上了约夏，您不是见到约夏了吗？身材矮得像那个半大小子，一脑袋红头发，讲起话来尖声尖气，满脑门子的怪念头。还是长话短说吧，赫莉斯嘉扔下父亲，住到了约夏家里。您不妨去看看那个家，欣赏欣赏那间房子！连一只山羊住在里边也嫌挤得慌，别说是他们三个人了。只有一桩事没说的，屋里收拾得叮干净哩。您猜怎么着，彼霞把她像公主一般接进了家门。于是赫莉斯嘉就同约夏一起过日子了，像是名正言顺的妻子。他，约夏，高兴得浑身都闪闪发光，活像盏灯笼。您可知道，一个犹太人跟一个正教的女人一起过活，是闹着玩的吗？他俩不能在教堂里举行婚礼。整个小镇像一百只抱窝的母鸡那样咯咯地叫开了。这时约夏决定改信正教，便跑到教堂去找米哈伊尔神父。可神父对他说：'你应当先改信正教，然后再糟蹋正教的姑娘。可你却颠倒了过来，如今没有都主教的特许，我不给你这个耶路撒冷的贵族举行洗礼。'约夏骂了他几句不好听的话就走了。这时我们的拉比①出场了。他得知约夏想归化正教，便在会堂②里为这事诅咒了约夏的十代祖宗。而尼基弗尔又偏偏在这个时候来凑热闹，跪在赫莉斯嘉面前，求她回家去。她只是一个劲儿地哭，就是不回家去。不用说，肯定是有人撺掇小孩子们说脏话。他们一看见赫莉斯嘉就大喊大叫：'喂，赫莉斯嘉，你是块犹太人吃的肉！你想不想尝一块禁食之肉？'同时还向她做下流的手势。她一上街，大伙儿都回过头来看她，或者望着她的背影笑话她。有时候，有人拾起一把牲口粪，打栅栏里掷到她背上。彼霞大婶家的房子前前后后都涂满了柏油③，您想像得出吗？"

"唉，彼霞大婶！"理发师叹了口气说。"这才叫女人呢！"

"别插嘴，让我把话说完！"玛妮娅喝住了他。"拉比把彼霞大婶叫去，对她说：'尊敬的彼霞·以色列芙娜，您治家不严，竟听任家里边做出这种伤风败俗的秽行。您违犯了教规。为此我诅咒你们全家，耶和华会把你视作叛教的女人而降罚于你，您应当怜惜自己的一头白发。'可您知道她是怎么回敬他

---

① 犹太教负责执行教规、律法并主持宗教仪式者的称谓。
② 系犹太人的公共祈祷场所。
③ 俄旧俗，把柏油涂在人家门上是表示这家人家的女子有不轨行为，以示侮辱。

的吗！她说：'您不是拉比，您是个警察！人家相亲相爱关您什么事，您干吗要伸出油渍的爪子去拆散人家！'她啐了口唾沫就扬长而去。于是拉比又在会堂里诅咒了她。瞧，我们这儿整起人来有多狠毒。我这话您可别去给别人讲。全镇的人把全副心思都用到了这件事情上。最后，连县警察局长苏哈连科也出马了，他把约夏和赫莉斯嘉叫到他那儿去，说道：'鉴于你，约夏，辱骂东正教会神职人员米哈伊尔神父，我要把你交付法庭审判。让你在我这儿尝尝服苦役的味道。至于赫莉斯嘉，我要用强制手段把她送回父亲家去。我给你们三天时间去考虑。你们俩把全县闹得鸡犬不宁。为了你们的事，我准会挨到省长大人的训斥。'

"苏哈连科当场就把约夏关进了看守所——事后他说只不过是为了吓唬吓唬约夏。结果出了什么事，您料得到吗？您听了也不会相信的，赫莉斯嘉死了，伤心得死了。当时见到她真叫人难过。所有善良人的心都碎了。她一连哭了好几天，哭到后来连眼泪都哭干了，眼睛干枯。她什么东西也不吃，只求让她到约夏那儿去。就在开庭那天的晚上，她睡着了，从此再没有醒过来。她躺在那儿是那样的洁白，那样的幸福，想必是感谢主把她召了回去，让她脱离了卑鄙的尘世。为什么要这样厉害地惩罚她，硬要她爱上那个约夏？请您告诉我——为什么？！难道世界上就没有别的人可以爱了？苏哈连科赶紧把约夏放了出来，可他已经精神错乱，打出狱那天起，他就开始纵酒，靠讨饭过日子。"

"要是我的话，宁可死掉，"理发师说，"举起枪来，对准自己的脑门就是一枪。"

"嗬，您可真是条好汉！"玛妮娅大声说道。"不过要是这种事当真落到你头上，你不躲开死神一百俄里①才怪哩。你根本不懂得爱情能把一个女人的心烧成灰。"

"女人的心也罢，男人的心也罢，有什么两样！"理发师回答说，耸了耸肩膀。

我从理发店出来后，回到了客栈。无论约夏还是尼基弗尔都不在那里。库舍尔穿着一件破旧的坎肩坐在窗口喝茶。肥硕的苍蝇在屋里嗡嗡地飞来飞去。

小火轮直到傍晚时才到。它在切尔诺贝利镇一直待到夜里。我买到了一张客舱票，沙发铺位是漆布面子的，已经褪色。

半夜里又起了雾。轮船把船头对着岸停泊了下来。直到第二天上午雾散之后才又开动。我在船上没找到尼基弗尔。想必他同约夏喝酒喝得误点了。

我之所以不厌其详地叙述这件事，是因为我回到基辅之后，立即就把那几本写满了我早期诗歌的练习簿付之一炬。我毫不惋惜地目睹那些典雅纤巧的诗句化作灰烬，目睹"泡沫般的水晶"、"蓝宝石般的苍穹"随同酒吧间和西班牙吉卜赛女郎的舞蹈，一起走向万劫不复的毁灭。

我恍然大悟。原来伴随爱情而来的并不是"垂死的百合花的苦楚"，而是牲口的一摊摊粪便。人们把这种粪便掷到美好的、一往情深的女人的背上。

----

① 1俄里等于1.06公里。

我一边这么想，一边决定写我的第一篇短篇小说，我对自己说，这是一篇以赫莉斯嘉的身世为主题的"真正的短篇小说"。

　　我呕心沥血，花了很多时间才写完，我弄不懂为什么我这篇小说那么苍白无力，尽管内容写的是生离死别、悲欢离合。后来我明白了。首先是因为小说通篇用的都是人家的话，其次是因为我全神贯注于赫莉斯嘉的爱情，忽略了小镇残忍的习俗。

　　我重写了这篇小说。我自己也觉得奇怪，这篇小说中怎么也"安插不进"典雅、华丽的辞藻。小说要求的是真实和质朴。

　　我把我的第一篇小说送到那个过去发表过我诗作的杂志编辑部去，编辑跟我说：

　　"年轻人，你的心血白费了。这个短篇不能发表。光是那个县警察局长就可以叫我们吃不了兜着走。不过总的来说，小说写得挺棒。您还是给我们一点儿别的东西吧。而且请您务必要用笔名。您还是个中学生。校方会因为您写稿子把您开除的。"

　　我把小说拿回家，藏了起来。直到下一年春天，我才把它拿出来看了一遍，于是我又明白了一件事：在这篇小说中，感觉不到作者的存在，既看不到他的愤怒，也看不到他的思想和他对赫莉斯嘉爱情的崇敬。

　　于是我又一次重写了这篇小说，然后送给那位编辑去看——不是为了发表，而是请他评定一下好坏。

　　编辑当场看完了小说，然后站起来，拍拍我的肩膀，说了三个字：

"祝贺您！"

就这样，我第一次证实了对作家来说最主要的是，在任何作品中，甚至是在这样一篇短短的小说中，都要毫无保留、毫不吝啬地表达自己，从而表达自己的时代、自己的人民。任何情况——无论是不必要地担心在读者面前出丑，无论是生怕重复（当然是用另一种方式）其他作家已经说过的话，无论是对批评家和编辑的顾虑，都不应该阻止一个作家去表达自己的思想感情。

在写作的时候应该忘掉一切，好像这是在写给自己看，或者世上最亲近的人看的。

必须让自己的内心世界自由驰骋，必须为它打开所有的闸门，于是你就会突然惊异地发现你意识中所蕴含的思想、感情和诗的力量远比你想像的要多。

创作过程本身在其进程中自会获得新的素质，自会更加复杂和丰富。

这颇似自然界中的春天。太阳的热能是一年四季不变的。然而春天却能使冰雪消融，使空气、土壤和树木转暖。大地上充满了喧声、汩汩声、滴水和雪水的嬉闹声——真是春光处处，然而其时，我再重复一遍，太阳的热能并未改变。

创作中也是如此。意识就其实质来说是不变的，然而在写作时，意识却能唤起新的思想的、新的形象的、新的感受的和新的语言的旋风、洪流、瀑布。所以有时作者本人也会对自己的作品感到惊喜交集。

只有能多少向人们讲出一点儿新的、有意义的、有趣味的东西的那种人，只有能看到许多为旁人所没有觉察到的东西的人，才可能成为一个作家。

至于说到我本人，那么我当时很快明白了，我能够讲出来的东西少得可怜。而且还明白了，我的创作激情如果缺乏营养的话，就会像它的产生一样，轻而易举地熄灭。当时我所积累的对生活的观察太贫乏，太狭窄了。

那时候我的书本知识多于生活，而不是生活多于书本知识，我必须用生活最大限度地充实自己。

我在明白了这一点之后，便完全放下了写作（达十年之久），像高尔基所说的那样，"到人间去"，开始在俄罗斯各地流浪，经常更换职业，同各色各样的人交往。

但这并不是人为地创造的生活。我并不是一个职业观察者或者资料的搜集者。

不，不是的！我只是生活罢了，压根儿没想到要为未来的书记录点什么下来，或者记住点什么。

我生活、工作、恋爱、痛苦、憧憬、幻想，只知道一点——到我成年的时候，或者甚至到我年老的时候，迟早我是要开始写作的，但是我之开始写作，绝不是因为我以此为任务，而是因为我的整个身心要求我去做这件事。还因为对我来说，文学是世界上最壮丽的现象。

闪电

构思是怎么诞生的?

构思的诞生和发展各各不一,几乎没有雷同的。因此要回答"构思是怎么诞生的"这个问题,显然不应去寻找笼而统之的答案,而要结合一篇篇具体的短篇小说、长篇小说或者中篇小说来谈。

至于问到需要具备一些什么,构思方能出现,或者用比较枯燥的话来讲,构思的产生必须以什么为先决条件,这倒是比较容易回答的。构思的出现始终是由作家的内心状态孕育出来的。

要解释构思的产生,看来,最好的办法莫过于借重比喻。一些极其复杂的事情,若用比喻来加以解释,往往能收拨云见天的效果。

有一次,人们问天文学家金斯① 我们的地球有多大年纪了。

"你们想像一下,"金斯回答说,"有一座巍峨的大山,比方说吧,高加索的厄尔布鲁士山。你们再设想一下,有一只小麻雀在山顶上无忧无虑地跳来跳去,啄着这座山。这只麻雀把厄尔布鲁士山啄光需要多长时间，地球就已存在多长时间了。"

至于有助于领会构思是怎样产生的比喻，就远要简单得多了。

构思好比闪电。电日日夜夜在地面的上空积累，一旦空气中的电达到了饱和状态，一朵朵洁白的积云就会变成阴森的积雨云，于是从积雨云的稠密的带电的水汽中，便会爆发第一道火花——闪电。

几乎紧接在闪电之后，一场暴雨便会倾泻而下。

构思就如闪电，产生于人的满含思想、感情和记忆的印痕的意识之中。所有这一切是逐步地、慢慢地积累的，等到电位差增大到一定程度时，就必然导致放电现象。这时，意识这个被整个儿压缩的、还多少有点混乱的世界，便会诞生闪电，也就是说诞生构思。

构思之得以产生同闪电之得以产生一样，往往只需要一个极为轻微的推动力。

谁知道这种推动力是什么呢，可能是一次偶然的相逢，可能是印在心中的一句话，可能是一场梦，可能是远方的呼声，也可能是水滴映射出来的阳光或者是轮船的汽笛声。

存在于我们周围世界和我们自己身上的一切，都可能成为这种推动力。

列夫·托尔斯泰看见了一株断掉的牛蒡，便爆发了闪电：产

---

① 金斯(1877—1946)，英国天体物理学家，天文学家，数学家，在天体演化、宇宙起源等领域都有贡献。

生了描绘哈吉·穆拉特①的那部令人惊叹的中篇小说的构思。

然而，托尔斯泰要是从未去过高加索，不知道也没有听说过哈吉·穆拉特的事迹，那么牛蒡就无从触发他这个构思。唯其因为托尔斯泰心里对这个题材已有所酝酿，所以牛蒡才引起了他必要的联想。

如果说闪电好比是构思的话，那么豪雨就是构思的体现。体现为形象与语言的和谐的洪流。体现为书。

但是跟明亮炫目的闪电不同，构思最初往往是模糊不清的。

"当时，这部自由的小说的远景，我虽然透过魔法的水晶，却仍然没有看得分明。"②

构思只可能逐步成熟，逐步吸引作家的才智和心灵，逐步趋于周密、趋于复杂化。但是所谓"构思酝酿"的过程却全然不像某些幼稚的人所想像的那种样子。这绝不表现为作家抱住脑袋坐在那里向壁虚构，或者独自一人像个狂人似的口中念念有词地踱来踱去。

不，决不是这样的！构思的形成和充实是个不间断的过程，每日每时，随时随地，在一切偶然事件中，在劳动中，在我们"转瞬即逝的生命"的喜怒哀乐中，不停顿地进行着的。

要想使构思成熟，作家决不可脱离生活，一味地去"苦思冥想"。相反，只有始终不渝地接触现实，构思才得以绽出鲜

---

① 哈吉·穆拉特(18世纪90年代末—1852)，高加索山民反对俄国统治者的解放斗争的参加者，是阿瓦尔汗国的执政者之一。曾大败俄军。1851年投诚俄军，次年悔悟，准备逃返深山，为俄军杀害。
② 引文出自普希金《叶甫盖尼·奥涅金》第8章第50节。

花，灌满土地的浆汁。

　　总的说来，对于作家的工作存在有许多偏见和成见。其中有些庸俗得令人哭笑不得。

　　被庸俗化得最厉害的莫过于灵感了。

　　那些一知半解的人几乎总是把灵感曲解为诗人怀着莫名的狂喜，鼓出双眼，仰望天空，要不然就是咬鹅翎笔。

　　有部叫《诗人与沙皇》的影片，不消说，许多人还记得。在这部片子里，普希金坐在那里先是梦幻般地举目望一阵天空，随后痉挛地抓起笔来挥臂疾书，写了一阵又停下来，仰望苍天，咬鹅翎笔，然后又急急忙忙地奋笔疾书。

　　我们已看到过不知多少描绘普希金的文艺作品，把他糟蹋得像个亢奋的躁狂者！

　　在一次美术展览会上，展出了一座普希金的塑像，普希金又瘦又小，头发拳曲得像电烫过的，目光"充满灵感"。就在这座塑像前，我听到了一段有趣的对话。有个小姑娘皱着眉头，对这位普希金端详了半天后，问母亲道：

　　"妈妈，他在那里幻想还是怎么的？"

　　"是的，女儿，普希金伯伯在幻想，"母亲温柔地回答说。

　　普希金伯伯在不着边际地"幻想"！然而正是这位普希金曾这样谈到自己："我将长久地被人民喜爱，因为我的诗歌激起善良的感情，我在这冷酷的时代歌颂自由，并且为倒下的人[①]

---

　　① "倒下的人"指十二月党人。

呼吁宽容。"①

而假如"神圣的"灵感"忽然降临"（必定是"神圣的"，而且必定是"忽然降临"）到作曲家身上，那么他就会抬起双眸，从容不迫地为此刻无疑正在他心中进涌而出的如天籁般美妙的乐声打着拍子，那副样子跟莫斯科那座矫揉造作的柴可夫斯基纪念碑毫无二致。

不，灵感绝非如此！灵感乃是人的一种严谨的工作状态。精神的昂扬、焕发，绝非做戏时那种装腔作势、故作亢奋的动作。已成为老生常谈的"创作的甘苦"也是这样。

普希金曾对灵感作过言简而意赅的阐述。他说："灵感是能活跃地接纳印象，因此也就能敏捷地理解概念的一种情绪。而这种敏捷的理解力是有助于解释概念的。"他补充说："批评家们把灵感与亢奋混同了起来。"②就像读者有时会把真实和貌似真实混同起来一样。

这还是小而言之。尤有甚者是某些画家和雕塑家把灵感同"癫狂状态"混为一谈。这实在是对作家艰苦劳动的无知和不敬。

柴可夫斯基曾经断言，灵感是人像犍牛一样竭尽全力地工作时的一种状态，而绝不是搔首弄姿地挥舞手臂。

请原谅我离开本题谈了上面这些话，但是我上面所谈的决

---

① 引自普希金的诗作《纪念碑》。
② 引自普希金的一篇札记。这篇札记所谈的是俄国诗人、批评家维·卡·丘赫里贝克尔(1797—1846)写的一篇文章。这篇文章收在当时有很大影响的4卷本文选《记忆女神》中。普希金的原文中不是"批评家们"而是"批评家"，系指文章的作者丘赫尔别凯尔。——原编者注

非小小不言的事。因为世上还有鄙俗的人。

每个人一生中至少都出现过几次充满灵感的状态，亦即精神昂扬，生气勃勃，敏锐地感受现实，思想活跃并意识到自己的创造力的状态。

是的，灵感乃是一种严谨的工作状态，但是它有其自己的诗的色彩，我认为不妨说，有其自己的诗的潜台词。

灵感来到我们身上时，就像夏日明媚的清晨，静夜的雾霭刚刚被它驱散，湿润丛浓的绿叶上披满晶莹的露珠，它，这清晨，小心翼翼地把有益于健康的凉气拂到我们的脸上。

灵感犹如初恋，这时心由于预感到即将有奇妙的约会，即将见到美丽得难以形容的明眸和微笑，即将作欲言又止的交谈而怦怦跳动。

这时我们的内心世界犹如一件调好了弦的神奇的乐器，能够敏锐而正确地响应生活中的一切声音，即使这声音是最隐秘、最细微的。

关于灵感，作家和诗人写下了许多真知灼见。"诗人敏锐的耳朵刚一接触到神的声音"①（普希金），"我那不安的心灵就归于宁静"②（莱蒙托夫），"声音正由远而近，于是我的心灵便听命于这哀愁的声音，变得越来越年轻"③（勃洛克），费特对于灵感曾作过中肯的形容：

---

① 引自普希金的诗作《诗人》。
② 引自俄国作家和诗人米哈伊尔·尤里耶维奇·莱蒙托夫（1814—1841）的诗作《当金黄的田地泛起波浪的时候……》一诗。
③ 引自俄国诗人亚历山大·亚历山德罗维奇·勃洛克（1880—1920）所作的一首无题诗。该诗收于组诗《祖国》之中。

只消推动一下，一条生气蓬勃的帆船
就可滑离被落潮熨平了的沙滩，
只消一个浪头，就能使它获得新生，
消受由繁花似锦的岸上送来的清风。

只消一个声音就能惊破一场忧伤的梦，
使你立即进入神秘而又亲切的意境，
使生活得到喘息，使隐痛化为喜悦，
使初逢的陌生人顷刻间变作了骨肉至亲……

　　屠格涅夫把灵感称作"神的君临"①，称作人的思想和感情的豁然开朗。他曾心有余悸地谈起过他在把这种豁然开朗的思想和感情形诸文字时所经受的闻所未闻的痛苦。

　　托尔斯泰对灵感所作的定义看来是最简明的了。他说："灵感就是突然显现出你所能做到的事。灵感的光芒越是强烈，就越是要细心地工作，去实现这一灵感。"

　　尽管我们对灵感所下的定义不尽相同，但是我们都知道灵感是有助于成功的，它不应当没有给人们结出任何果实就悄然逝去。

---

① 引文出自尼·奥斯特洛夫斯卡娅所著《忆屠格涅夫》。

作品人物的反叛

在旧时代，人们搬家时，往往雇用当地监狱里的犯人搬运家具什物。

我们这些孩子总是怀着强烈的好奇心和怜悯心等犯人来。

犯人由蓄着小胡子、腰里别着"斗犬"牌大左轮枪的狱吏们押送。我们一个个睁大眼睛，望着这些穿灰色囚衣、戴灰色圆形囚帽的人。我们在端详着这些把哐啷哐啷响的、做工精致的脚镣用带子系牢在腰间的囚犯时，不知为什么，总是肃然起敬。

所有这一切都带有一种浓厚的神秘色彩。但最使我们感到奇怪的是几乎所有的囚犯看上去都是些满面倦容的普普通通的人，怎么也不相信他们会是凶手和歹徒。恰恰相反，他们无不彬彬有礼，而且说彬彬有礼还不够，简直可以说是温文尔雅，他们最怕的是在搬动笨重的家具时碰着了什么人或者碰坏了什么东西。

我们这些孩子跟大人串通好，想出了一条妙策。妈妈把狱吏们请到厨房里去喝茶，一等妈妈把他们引开，我们就赶紧把面包、灌肠、白糖、烟叶，有时还有钱，塞到犯人们的衣兜里。这些东西都是父母给我们的。

我们认为这是在干一桩冒险的事情，因此当犯人们一边朝厨房那边眨眨眼睛，一边悄声向我们道谢，把我们的那些小礼品转藏到贴身的暗袋里去时，我们无不欣喜若狂。

有时犯人们还偷偷地把信交给我们转寄。我们贴上邮票后，就成群结队地跑去把信丢进邮筒，在丢进去之前，我们环顾四周，看看附近有没有警官或者警士。好像他们能一眼看透我们投寄的是什么样的信似的。

我至今还记得在犯人当中有个络腮胡子已经花白了的人。大伙儿都管他叫领班。

搬运的事由他指挥。有些家具什物，特别是大橱和钢琴，常常会卡在门里，进退不得。有时尽管犯人们想尽了方法，使尽了力气，这类家具就是不肯进入给它们指定的新位置。家具公然进行反抗。有一回，有口大立柜怎么也不肯俯首听命，于是这位领班说道：

"把它放在它乐意待的地方吧。你们干吗折腾它！我搬家具搬了五年了，了解家具的脾气。既然它不愿给放在这儿，你怎么治它，它也不会依你的，它宁愿给砸烂，也不会依你。"

我所以追述老囚犯所说的这段格言，是因为我由此联想到了写作提纲和文学作品中人物的行为举止。家具什物和文学作品中的人物，在行为举止上有某种相同之处。作品中的人物常常不肯依从作者，跟他作对，而且几乎总是能把作者制服。关于这点，我将在下文中另谈。

不消说得，差不多每个作家在写一部作品前都要先拟一个提纲。有的拟得详尽而又准确。有的则仅仅拟一个大概。还有的作家一个提纲中不过写几个字，而且字与字之间看上去似乎没有任何联系。

也有的作家信笔写来，皆成文章。只有具备这种才能的作家才无须事先写提纲。在俄国作家中，深具这种才能的作家是普希金，而在我们当代小说家中则要推阿列克谢·尼古拉耶维奇·托尔斯泰。

依我看，天才的作家即使不拟任何提纲也能着手写作。天才的内心世界是那样的丰富充实，任何一个题材，任何一个思想，任何一桩偶然事件或者任何一样东西，都可激发他滔滔不绝的联想的洪流。

青春年少的契诃夫曾对柯罗连科[1]说：

"瞧，咱们桌上有只烟灰缸。要不要我立刻给您写出一篇关于这只烟灰缸的短篇小说。"

只要他动手写，当然一定能写出来的。

我们不妨这样设想，有个人在街上捡到一张揉皱的卢布，他便从这张卢布开始他的长篇小说，开始得轻松、随便，好像闹着玩似的。但很快这部小说就向深度和广度发展，充满了人物、事件、光和色，在想像力的推动下，开始流畅地、平稳地进涌而出。这时小说要求作者作出越来越多的牺牲，把他所珍藏的形象和语言毫无保留地献给它。

于是这部从一桩偶然事件开始的小说，便产生了思想，产生了人物复杂的命运。作者已无法克制自己激动的心情。他会像狄更斯那样对着自己的手稿哭泣，会像福楼拜那样痛苦得连

---

[1] 弗拉基米尔·加拉克季昂诺维奇·柯罗连科(1853—1921)，俄国作家。

连呻吟，或者像果戈理那样放声大笑。

这就像在深山老林中，一个微不足道的声音，猎枪的一声枪响，就能震得一溜亮晶晶的积雪开始顺着陡坡往下滚落。转眼间，这一溜雪变成了一条宽阔的雪流，奔腾而下，又过了几分钟，雪崩爆发了，雪朝着山谷猛烈地冲下去，惊天动地的巨响震撼了山坳，空气中充满了闪着金星的雪尘。

同样，才华洋溢而又具有即兴写作才能的人，也是轻易就可进入创作状态的。关于这一点，有许多作家都曾谈起过。

难怪十分熟悉普希金写作情况的巴拉丁斯基，要这样形容普希金了：

> 年轻的普希金，这个了不起的轻浮的人，
> 随便涂上几笔，就写出了有血有肉的生命……①

我要说，有些写作提纲乍看上去，似乎是文字的堆砌。

这就举个小小的例子。我有一篇短篇小说，名字叫《雪》。在让这篇小说出世前，我写了满满一页提纲，由这个提纲诞生了这篇小说。那么提纲中都写了些什么呢？

> 一本失传了的关于北方的书。北国的基调——箔。河上的水汽。女人们在冰窟窿里洗濯衣服。烟。亚历山德拉·伊凡诺芙娜的门铃旁写着："我挂在门边，使劲点儿拉吧！""门

---

① 引自俄国诗人叶夫根尼·阿勃拉莫维奇·巴拉丁斯基(1800—1844)的诗作《伊·费·波格丹诺维奇》。伊波利特·费奥多罗维奇·波格丹诺维奇(1744—1803)亦系俄国诗人。

铃是瓦尔代①的礼品，在拱门下发出凄凉的声音。"这种门
铃叫做"瓦尔代的礼品"。战争。塔尼娅。她在哪里，流落
到了哪个荒凉的小镇上？孤身一人。月亮被云堆遮没，昏暗
无光，——月亮在极远极远的地方。生活被压缩在一个小小
的光圈里。那是灯光。整整一夜，墙壁中有什么东西在呼呼
地响。树枝挠着玻璃窗。我们在严冬的静夜绝少到户外去。
应当考验考验这一点……孤独和等待。一只愤世嫉俗的老
猫。什么也无法博得它的欢心。好像一切尽收眼底——连钢
琴上那几支螺纹状的蜡烛(橄榄色的)也都看到了，但目前除
这几支蜡烛外一无他物。她曾寻找一个有三角钢琴的公寓
(是位女歌唱家)。疏散。倾诉自己是怎样苦苦地等待的。别
人的家。老式房子，自有其舒适之处，几盆橡皮树，斯塔姆
鲍利牌或者是麦萨克苏迪牌的老牌烟丝。曾经有个老人住在
这里，他死了。胡桃木的写字台，绿呢台面上有好几摊黄色
的斑点。小姑娘。灰姑娘。保姆。暂时还没有其他人。俗话
说千里姻缘一线牵。只能写一篇描写等待的短篇小说。等待
什么？等待谁？她自己也不知道。这使人心碎肠断。人们在
千百条道路的十字路口偶然相逢，却并不知道他们以往的全
部生活正是为这次相逢做准备。概率论。这也适用于人心。
对于愚蠢的人来说，一切都是简单的。国家沉没在雪里。一
个人的必然出现。有个什么人不停地给一个已死去的人寄
信。这些信已在写字台上枳起了一大摞。这些信是解开谜底
的线索。这都是些什么信？信里都写了些什么？海员。儿
子。对他将要来到而感到的恐惧。等待。她心地的善良是没

---

① 俄罗斯地名，以产家用器具著称。

有涯际的。信变成了现实。又是螺纹状的蜡烛。是另一种性质的。乐谱。一条绣有橡树叶的毛巾。三角钢琴。桦树木柴的烟。一个调校乐器的人——所有捷克人都是出色的乐师。头巾一直包到眼睛上边。一切都清楚了！

勉勉强强可以把这称作这篇小说的提纲。没有看过这篇小说的人，读完这个提纲后就会清楚，虽然提纲拟订得并不清晰，节奏也相当缓慢，然而它对主题和情节的探索却是执著的。

而那些经过周密思考、反复修订得无懈可击的写作提纲的遭遇又如何呢？说真的，它们大多夭折了。

一旦作家开始动笔，作品中出现了人物，一旦这些人物按照作家的意志获得了生命，他们就会开始对提纲提出异议，与提纲作起对来。作品开始按其本身的内在逻辑展开，而给予这种逻辑以推动力的，不用说，是作家本人。作品中的人物是按他们各自的性格行动的，虽然这些性格的创造者是作家。

如果作家硬要作品中的人物不按内在逻辑行动，如果作家迫使他们回到提纲的框框中去，那么他们就会开始失去生气，变成公式化、概念化的东西，变成机器人。

列夫·托尔斯泰曾经极为简单明了地谈过这个看法。

有个人曾到亚斯纳亚·波利亚纳①去见托尔斯泰，责怪他

---

① 亚斯纳亚·波利亚纳是托尔斯泰的庄园，自 1874 年起，他断断续续地在那儿居住了很久。

对待安娜·卡列尼娜过于狠心，竟让她卧轨自杀。

托尔斯泰微微地笑了笑，回答说：

"您这个意见使我想起了普希金的一件事。有一回，他对一个朋友说：'你瞧，塔吉雅娜①跟我开了一个什么样的玩笑。她竟嫁人了。我怎么也没有料到她会做出这种事。'关于安娜·卡列尼娜，我也可以说同样的话。总的说来，我的男主人公们和女主人公们有时爱跟我开一些我所不喜欢的玩笑！他们做现实生活中所应该做的事，惯常做的事，而不是我想要他们做的事。"②

所有的作家都深知作品人物的这种桀骜不驯的脾性。阿列克谢·尼古拉耶维奇·托尔斯泰曾经说："每当我思如泉涌地写作的时候，我不知道我的主人公们在五分钟之后将要说些什么。我怀着一种诧异的心情亦步亦趋地跟着他们走。"

有时，次要人物竟会排开众人，擅自当起主要人物来，从而改变了作品的整个进程，使之跟着他跑。

一部作品只有当作家动手去写它的时候，才开始真正地、有力地活在作家的意识之中。所以此前的提纲被冲破或者推翻，没有什么可大惊小怪的，更没有什么可伤心的。

相反，这倒是很自然的事，恰恰证明了真实的生活突破了、充实了作家的意图，以其充满生气的咄咄逼人的攻势，扩展了、砸烂了最初的写作提纲。

但这么说绝非贬低提纲，因为作家的作用远非仅仅表现为

---

① 塔吉雅娜是普希金的长诗《叶甫盖尼·奥涅金》中的女主人公。
② 引文出自俄国革命家、社会民主党人尼·鲁萨诺夫的《亚斯纳亚·波利亚纳之行》。收在尼·阿波斯托洛夫编的《永生的托尔斯泰》一书中。——原编者注

依样画葫芦地记录下生活所提示的一切。因为作品中形象的生命是受作者的意识、记忆、想像、经验制约的，是受他整个内心系统制约的。

一部中篇小说的由来

"火星"

我想试试回忆一下我的中篇小说《卡拉-布加兹海湾》[①]构思的缘起。回忆一下怎么会发生这一切的。

我幼时住在基辅的那些年里，每天晚上都有个戴着一顶积满尘垢的帽子，宽大的帽檐向下耷拉着的老头儿，他扛着一架油漆已经斑驳了的天文望远镜，爬到第聂伯河畔一座名叫弗拉基米尔的山冈上，然后用很长的时间将望远镜安装到三根弯曲的铁支架上。

人们管这老头儿叫"占星家"，认为他是个意大利人，因为他总是故意讲半吊子的俄语，装出一副外国人的腔调。

那老头儿把天文望远镜安装好后，就像背书似的用单调的声音喊道：

"亲爱的先生们、女士们！晚上好！[②]诸位只消花五个戈比就可以从地球上飞到远远的月亮和各个星球上去观光。我特别推荐诸位瞧瞧那颗不吉利的行星——火星，它的颜色就像人血。谁出世那天要是犯了火星的星象，谁就会倒霉，打起仗来，准会吃火枪手的子弹，送掉性命。"

有一回，我跟父亲到弗拉基米尔山冈上去，从天文望远镜里看火星。

我看到了一片漆黑的深渊和一个红不棱登的球，这球没有任何支座托住，大无畏地凌空悬在这片深渊之中。就在我望着这个球的时候，它开始朝天文望远镜的边上游去，躲到望远镜的铜框后面去了。占星家稍微移动了一下天文望远镜，使火星又回到原来的位置上。可随即它又往铜框那边游去。

"怎么样？"父亲问。"你看到什么了吗？"

"看到了，"我回答说。"连运河我都看到了。"

我当时已听说火星上住有人，叫做火星人，也听说他们不知为了什么原因，在自己的星球上开掘了好多巨大的运河。

"不见得吧！"父亲说。"别瞎编啦！你什么运河都没看到。世界上只有一位天文学家——意大利人斯基帕雷利③看到过这些运河，而且还是用大型天文望远镜才观测到的。"

按说，斯基帕雷利是占星学家的同胞，后者听到这个名字后应当有所反应，可他竟木然置之。

"我还看到一颗什么行星，就在火星的左边，"我没有把握地说，"不过，不知为什么，它在天上到处乱跑。"

"嗨，这哪是什么行星！"占星学家好心地扬声说道。"准

---

① 《卡拉-布加兹海湾》是帕乌斯托夫斯基的成名作。小说主要描写苏维埃人民改造里海东岸沙漠的事迹。卡拉-布加兹海湾即土库曼斯坦的卡拉博加兹戈尔湾，位于里海东岸。
② 原文这两句话均系意大利语的俄文译音。
③ 斯基帕雷利(1835—1910)，意大利天文学家，曾观测到火星上有网状黑暗细纹，把它们称作"运河"。

是有只虫子飞进了你的眼睛。"

他一把捏住我的下巴，麻利地打我眼睛里揩去了一粒灰尘。

火星的景象使我毛骨悚然，周身发冷。所以我一离开天文望远镜就如释重负，顿觉灯光昏暗的基辅的大街小巷、南来北往的出租马车的辚辚声、凋谢了的栗花掺杂着尘土味的气息，是那么舒适和安全。

是的，那时我丝毫也不想飞离地球，到月亮或者火星上去！

"为什么它跟砖头一样是红颜色的？"我问父亲。

父亲告诉我说，火星是颗正在死亡的行星，先前也像我们地球一样美丽，有浩瀚的海洋，有绵亘的山岭，有繁茂的草木，但是渐渐的，海和河干涸了，草木枯死了，山岭风蚀殆尽，于是火星变成了一个无边无际的沙漠。想必火星上原先的山脉都是红岩，所以火星上的沙粒也就是红色的了。

"这么说，火星是个由沙粒构成的星球了？"我问。

"是的，看来是这样，"父亲同意说。"火星上所发生的事，我们地球上也可能发生。地球也会变成沙漠的。不过这将在亿万年之后。所以你不用害怕。再说，在那一天以前，人总会想出个什么办法来，制止这场灾祸的。"

我回答说，我一点儿也不害怕。其实我心里害怕得要死，为我们的地球忧心忡忡。何况回到家里，又听我哥哥说，即使现在，沙漠也已经快占到地球总面积的一半了。

自从那天起，我心里就种下了对沙漠的根深蒂固的恐惧，虽然其时我还从未见到过沙漠。尽管此后我在《环球》①杂志上曾读到过好几篇描绘撒哈拉沙漠，西蒙风②和被称作"沙漠之舟"的骆驼的动人的文章，但是并未被它们吸引。

不久之后，我就获得机会头一次体验到了什么叫沙漠。这益发加深了我对沙漠的恐惧。

有一年，我们全家到乡下我祖父马克西姆·格里戈里耶维奇家去度夏。

那年夏天雨水充沛，天气不冷也不热。野草十分茂盛。篱栅外的荨麻长到足有一人高。田里的庄稼在灌浆抽穗。打菜园子里飘来一阵阵多汁的莳萝的芳香。一切都预示着丰收在望。

但是有一天，我正跟祖父坐在河岸边钓鲕鱼，他蓦地站了起来，手搭凉棚，朝着河对岸的大田望了好久，然后沮丧地啐了口唾沫，说道：

"刽子手，恶魔，刮过来了！把这该死的玩意儿彻底消灭掉才好！"

我也朝祖父的方向望去，除了见到一长道像浑浊的波浪似的东西外，什么也没看到。这道波浪迅速地朝我们涌来。我以为要下大雷雨了，可是祖父却对我说：

"那是干热风！是该死的地狱之火！打布哈拉那边的沙漠里刮来的。会把一切统统烧毁。科斯契克③，大灾临头了。别说吃的，连呼吸的空气都要没有了。"

那道不祥的波浪贴着地面径直朝我们冲来。祖父一面匆忙

---

① 俄罗斯的一本记述世界各国风土人情的知识性杂志。
② 系指北非等地沙漠地带的干热风。
③ 系本书作者的名字康斯坦丁的昵称。

收起他那根长长的榛木鱼竿，一面对我说：

"快跑回家去，要不尘土会把你的眼睛糊住。我随后就来。你先跑！"

我朝农舍跑去，可是干热风在半道上撵上了我。旋风卷着漫天的沙土，呼呼地刮着，羽毛和刨花都扬到了半空中。顿时天昏地暗。太阳转眼之间就变得毛烘烘的，成了个血红色的球，活像火星。爆竹柳东倒西歪，发出嘘嘘的哨声。打背后扑来的热气是那样的烫人，就好像我衬衣的后背着了火似的。我嘴里满是沙土，一咬牙就发出咯嚓咯嚓的声音，眼睛也被沙土糊住了。

我的姑妈费奥多西娅·马克西莫芙娜站在农舍的门槛上，手里捧着用绣花手巾包着的圣像。

"主啊，拯救我们，饶恕我们吧！"她惊恐万状地喃喃念道。"圣洁的圣母啊，别让热风吹到我们家来吧！"

热风打着旋，朝祖父的农舍猛扑过来。油灰粘得不怎么牢的窗玻璃哐啷哐啷地乱响。屋顶上的苫草被揭下了一层。一群麻雀像一梭黑色的子弹，打苫草下边轰的一声飞了出来。

当时父亲没有和我们在一起，他留在基辅。妈妈吓得模样儿都变了。

我记得，那时最叫人受不了的是温度急剧升高。我以为再过一两个小时，屋顶上的苫草就会烘烘地着起来，然后我们的头发和衣服也会着火。我不由得失声大哭。

傍晚，密密层层的爆竹柳的叶子就全都蔫了，往下耷拉着，活像一条条灰不溜丢的破布条。家家户户的篱栅边上，被风吹拢来的尘土黑得好似蚊蚋，一堆堆地堆了起来。

天亮时，树叶全发黄了，发焦了。吹落下来的树叶，只消用手指一捏，就碎成齑粉。风势越来越大，开始把变得面目丑陋的枯萎的树叶纷纷从树上扫落下来，有好多树已片叶不存，变得光秃秃的，黑糊糊的，就跟深秋时那样。

　　祖父上田头去看了看，回来时嗒然若丧，一副可怜巴巴的样子。他怎么也解不开麻布衬衫领口上的那个结，他的手在瑟瑟发抖。他说道：

　　"要是今儿晚上风再不停下来，所有的庄稼就会统统烧死。果园也要完蛋，菜园也要完蛋。"

　　风并没有停下来。一连刮了两个星期，才略有减弱，但随即又更加猛烈地刮了起来。眼睁睁地看着沃野变成了灰蒙蒙的焦土。

　　家家户户的妇女都号啕大哭。庄稼汉们沮丧地坐在屋外沿墙的土凳上，一边避开风，一边用棍子刨着泥地，偶尔说道：

　　"哪是泥地，简直是石头！真是叫催命鬼一把揪住了袍子，连躲都没地方躲。"

　　父亲打基辅来了，把我们接回城里。我刨根究底地问他干热风的事，他不耐烦地回答我说：

　　"颗粒无收了。沙漠正在向乌克兰推进。"

　　"那么有什么办法可想吗？"我问。

　　"无法可想。你又砌不了一道两千俄里长的高墙。"

　　"为什么砌不了？"我问。"中国人不就砌了万里长城吗？"

　　"那是人家中国人，"父亲回答说。"中国人是伟大的能工巧匠，再说这都是什么时候的事了。"

随着岁月的迁流，童年时代的印象似乎渐渐淡薄。但是当然，这些印象继续活在我的记忆深处，而且偶尔还会浮到面上来。特别是遇到旱灾的时候，这些印象总会唤起我莫名的不安。

我在青年时代曾爱上了俄罗斯中部。我之所以爱它，很可能是因为那里的自然界生气蓬勃，有众多清澈凉爽的河川溪流，有郁郁苍苍的树林和绵绵的细雨。

因此每当干旱侵蚀到俄罗斯中部，热浪似决口一般涌入这个地区的时候，我的不安就被对沙漠的无可奈何的愤怒所替代了。

利夫内的雷雨

许多年后，沙漠又一次向我提醒它的存在。

一九三一年，我去奥廖尔州的利夫内市度夏。我的第一部长篇小说早已完稿，只消再作些润饰，就可付印，因此我急于找一个没有任何熟人的小城市住下来，免得有什么人什么事妨碍我专心致志于写作。

我过去从未去过利夫内。我喜欢这座小城的洁净，喜欢小城中不计其数的盛开的向日葵和用整块石板铺成的街道以及那条在坚厚的黄色的泥盆系①石灰岩上深切出河谷来的河流。这条河叫湍急的松树河。

---

① 指地质年代中古生代的第四个纪"泥盆纪"所形成的地层。泥盆纪约开始于400万年前，结束于320万年前。

我在城郊一幢破旧的木屋里租了个房间。木屋筑在临河的悬崖上,屋后有一大片果园,但是已经荒芜,半个园子长满了河边的那种杂草和灌木丛。

房东是个上了年纪的胆小怕事的人,在车站报亭里卖报,他妻子是个阴郁干瘦的女人。他们有两个女儿,大的叫安菲莎,小的叫波琳娜。

波琳娜是个体格孱弱、皮肤白净的姑娘。她跟我说话时,由于害羞,总是把那条金黄色的发辫解开了又编上,编上了又解开。那年她十七岁。

安菲莎当时十九岁,体态绰约,面色苍白,嗓音低沉,两只灰眼睛流露出一股森然之气。她天天穿一身黑衣服,活像个修女。她几乎从不做家务,终日躺在果园枯萎了的草地上看书。

在房东的阁楼上,堆放着许多被老鼠咬坏了的书,其中绝大部分是索伊金①版的外国古典作家的文集。我也从阁楼上把这些书拿下来看。

有好几次,我从上面的果园里看到安菲莎在下面湍急的松树河岸边。她坐在悬崖下一丛山楂树旁边,身旁坐着一个瘦弱的半大孩子,约摸十六岁,样子文静,头发呈浅色,两只大眼睛神情专注。

安菲莎偷偷地把东西拿到岸边来给那男孩吃。安菲莎总是含情脉脉地看着他吃,有时还伸过手去抚摩他的头发。

有一回,我看到她突然用手捂住脸痛哭起来,哭得连身子

---

① 彼得·彼得罗维奇·索伊金(1862—1938),俄国出版家。

都抖了。男孩停止了吃，惊恐地望着她。我悄悄地走开了，久久地克制自己不去想安菲莎和那个半大孩子。

可原先我还天真地以为在幽静的利夫内，谁也不会来把我从我小说所描绘的人物和事件的圈子里拖开去！但现实生活立刻粉碎了我天真的想法。在我还没有了解安菲莎的事以前，不消说，根本就谈不到专心致志地静心工作。

还在我看到她同那个男孩子在一起之前，我每日望着她那神情凄楚的眼睛，就料到她生活中必有什么隐痛。

果然不出我所料。

几天后的一个夜里，我被隆隆的雷声惊醒了。利夫内三天两头下雷雨。市民们解释说，这是因为利夫内市建造在铁矿床上边，矿床把雷雨"吸过来了"。

窗外，夜正在忙得不亦乐乎，一会儿用迅捷的白光掀开天幕，一会儿又把天幕阖上，黑得伸手不见五指。隔壁传来好几个人激动的声音。后来我听到安菲莎愤怒地喊道：

"这是谁想出来的？哪条法律上写着我不可以爱他？你们把这条法律拿给我看嘛！既然你们把我生了出来，就不该逼我去死。他身子一天比一天瘦弱，就像支小蜡烛，眼看就要烧光了。就像支小蜡烛！"她叫喊着，激动得连气都喘不过来了。

"孩子他妈，你少说几句！"房东没有把握地喝住妻子。"让这傻瓜爱怎么过日子就怎么过去吧。反正你再开导她，她也不会听你的。至于钱，安菲莎，我连一个子儿也不会给你。"

"我才不稀罕你们的臭钱！"安菲莎吼道。"我自个儿会挣，我把他带到克里米亚去。兴许他在那边还能多活一年半载。我反正铁了心，跟你们一刀两断。你们丢丑丢定了。记住这一点吧！"

我正在纳闷出什么事了，忽然听到房门外边的走廊里还有个人在抽抽搭搭地哭泣和擤鼻涕。

我打开房门，正好亮起一道没有雷声伴随的闪电。借着闪电的光，我看到原来是波琳娜额头贴着墙壁站在那里，身上裹着一条长披巾。

我轻轻唤了她一声。这时空中猛地炸开一个霹雳，使人觉得这声巨响把小屋齐屋顶打进了地里。波琳娜吓得一把抓住了我的手。

"天呀！"她嗄嗄地说。"这会闹出什么乱子来？偏偏又下这么大的雷雨！"

她悄声告诉我说，安菲莎死心塌地爱上了科利亚。科利亚是寡妇卡尔波芙娜的儿子。卡尔波芙娜是挨家挨户给人洗衣服的。她是个不声不响的温和的女人。科利亚有病，患有肺结核。安菲莎的脾气很坏，是个火性子，谁都拿她没办法。要是硬不依她，她会寻短见的。

隔壁屋里的说话声突然停止了。波琳娜也跑回自己房间里去了。我躺了下来，竖起耳朵听着，有好长时间怎么也睡不着。房东家的人一点声音也没有。我迷迷糊糊地打起盹来。我迷迷糊糊听到了懒洋洋的雷声和猖猖的犬吠声。后来我终于睡着了。

可我大概只睡了一小会儿。一阵猛烈的敲门声把我从梦中惊醒。是房东在敲我的房门。

"我们家出事啦，"房东隔着房门颓丧地说道。"我打扰您，请不要见怪。"

"出什么事了？"

"安菲莎跑掉了。什么东西也没带，空身走的。我这就要上小镇上卡尔波芙娜家去看看。安菲莎十有八九跑到她家去了。我只好来麻烦您。请照顾一下我家里的人。我妻子晕过去了。"

我赶紧穿好衣服，去给女主人服用了缬草酊。波琳娜喊了我一声，我跟她一起走到门廊里。我解释不清我是凭什么作出判断的，反正我断定要发生很不幸的事情。

"咱们上河边去看看，"波琳娜小声说道。

"你们家有手电筒吗？"

"有。"

"快拿来。"

波琳娜拿来了一只灯光暗淡的手电筒，于是我们一步步踩着滑不溜唧的悬崖，朝河边走去。

我当时料定安菲莎准在这儿附近。

"安菲莎——！"波琳娜突然绝望地喊叫起来，这叫声不知为什么使我心惊肉跳。"她再喊也白搭！"我心里思忖。"白搭！"

河对岸不时亮起闪电，但已经失去刚才的威势，显得平和多了。雷声已远远离去，勉强才能听见。悬崖上的灌木丛中，雨珠在滴滴答答地滴落。

我们沿着河边往下游走去，手电筒只剩下了一点点亮光。后来在我们当头的空中，闪过一道姗姗来迟的闪电，借它的光，我看到前面岸边有一摊白糊糊的东西。

我走到这摊白糊糊的东西跟前，伛下身去一看，原来是安菲莎的连衣裙和汗衫。她那双湿淋淋的鞋子也搁在那里。

　　波琳娜尖叫一声，拔脚就往家里跑。我跑到渡口，叫醒了摆渡的。我们坐上小木船，在两岸之间不停地划过来划过去，往下游行去，眼睛一眨也不眨地望着河里。

　　"黑灯瞎火的，哪找得着，再说雨又这么大！"摆渡的说着，打了个哈欠，他的睡意还没有消失。"没浮起来，再怎么找也找不着的。这么说，死神连美人儿也不放过呀。真是铁石心肠，我的亲爱的。她把衣服都脱了，这样好死得快些。嗬，这个姑娘！"

　　次日早晨，在河坝附近找到了安菲莎。

　　她躺在棺材里，美丽得难以形容。湿漉漉、沉甸甸的辫子像是用赤金打成的，苍白的双唇上挂着一抹歉疚的微笑。

　　有个老婆子对我说：

　　"你别看她，亲爱的。看不得的。这种美会叫人的心不知不觉碎掉。"

　　可我不能不看安菲莎。我平生第一次亲眼目睹了女性无限强烈的爱，这种爱是连死都不怕的。而在此之前，我只是在书本上看到过和听人谈起过这种爱情。不知为什么，我当时以为像这样的爱情大半落到了俄罗斯妇女的头上。

　　下葬那天有许多人来送葬。科利亚远远地跟在后面，他害怕安菲莎家里的人。我打算走到他身边去，可他一见到我撒腿就逃，转眼之间就拐进一条胡同，没有影儿了。

　　我心如刀割，再也无法写作，连一行都写不下去了。我只得由郊区搬到城里，确切点说，不是城里，而是搬到了车站，搬到了铁路上的医生玛丽娅·德米特里耶芙娜·夏茨卡娅的那幢低矮的、光线不太充足的房子里去。

在安菲莎自尽前不久，我路过城里的公园。只见露天影剧场外边，有一大群小男孩坐在地上。他们显然在等着干一件什么事儿，唧唧喳喳的，活像一群麻雀。

就在这时，打影剧场里走出一个头发花白的人，把电影票分发给孩子们。孩子们你推我搡，骂骂咧咧地拥进了剧场。

那个花白头发的人，面相还年轻，看上去四十岁还不到。他和气地眯细眼睛，看了我一眼，举手朝我打了个招呼，就走了。

我决定向孩子们打听这个怪人是谁。我走进影剧场，花了一个半小时去看一部老片子《红小鬼》①，同时听着孩子们打呼哨、跺脚、欢叫、惊呼和喘气。

散场时，我同孩子们一起出来。我问他们，请他们看电影的那个怪人是谁。

我马上被一群你嚷我叫的孩子围住了，我好歹知道了个大概。

原来这个花白头发的人是铁路上的医生玛丽娅·德米特里耶芙娜·夏茨卡娅的弟弟。他是个病人，"脑子坏了"。按月由苏维埃政府发给他一笔数目挺大的退休费。可为什么发给他就

---

① 这是苏联在 1923 年拍摄的一部曾轰动一时的故事片。由伊·尼·佩列斯季阿尼（1870—1959）执导。电影是根据苏联作家巴维尔·安德烈耶维奇·布利亚欣（1886—1961）所著同名小说的第一部改编的。《红小鬼》是一部中篇惊险小说，副题叫《青狐追捕记》。

不晓得了。每月给他送退休费来的那天，他把车站地区所有的孩子都召集拢来，领他们去看电影。

孩子们一天不差地知道退休费送来的日子。这天打一大早起，他们便成群结队地来到夏茨基家外面，坐在车站的小花园里，装出完全是顺便来玩玩的样子。

这就是我从孩子们嘴里打听到的全部情况。当然，此外还有一些无关宏旨的详情细节。譬如亚姆斯卡亚镇的孩子们也想来揩夏茨基的油，可是车站地区的孩子给了他们以毁灭性的回击。

我那位房东太太自从安菲莎死后，就卧床不起，总是说心口疼。有一天，有位大夫来出诊，这位大夫就是玛丽亚·德米特里耶芙娜·夏茨卡娅，我就这样跟她认识了。她戴着夹鼻眼镜，身材高大，是个坚强果断的妇人。尽管她已经上了年纪，可外表仍收拾得像个高等女校的学生。

我从她口中得知她的弟弟是位地质学家，患有精神病，政府的确发给他对他特定的退休费，因为他曾发表过在我国和欧洲都享有盛名的一系列学术著述。

"您不要再在这儿住下去了，"玛丽亚·德米特里耶芙娜用大夫特有的那种不容分说的口气对我说。"秋天快要到了，秋天一到，三天两头儿下雨，这儿的路会烂得没法走。再说这凄凄惨惨的环境，能写作吗！搬到我家去住吧。我家只有三口人：我的老母亲，我的弟弟和我，而我们在车站上的那套住房有五个房间。我弟弟对人很客气，不会妨碍您的。"

我同意了，搬到了玛丽亚·德米特里耶芙娜家去住。于是我得以结识了瓦西里·德米特里耶维奇·夏茨基——我未来的中篇小说《卡拉-布加兹海湾》的主人公之一。

这家人家的确很静，静得甚至有点儿死气沉沉。玛丽娅·德米特里耶芙娜成天不是在门诊所里，就是去出诊；她的老母亲终日坐在那里用纸牌占卜，而地质学家则很少出自己的房门。他打一大早起就看报，一版一版从头看到尾，然后就奋笔疾书，不知写些什么，几乎要写到深夜，一天能写满厚厚一本练习簿。

偶尔打荒凉的车站上传来一下汽笛声。那是这个车站唯一的一辆调车机车在鸣笛。

夏茨基起初一见到我就害臊，后来熟了，便跟我攀谈起来。从交谈中我得知了他病的特点。一早晨，夏茨基还没有疲倦的时候，是个完全健康的人，是个有趣的谈伴。他知识渊博。但只消稍微有一点儿疲倦，就开始胡言乱语。他的谵语是以一个躁狂性的想法为基础的，而这个想法又按照严密的逻辑生发开去。

夏茨基得病的经过，《卡拉-布加兹海湾》中作了描写。他在中亚细亚进行地质勘察期间，被白匪俘虏了。他们每天枪决人时，都把他同其他俘虏一起拉出去。但夏茨基命不该绝。当按照列队的次序，枪决每个逢五的人时，他正好逢三，枪决逢双的人时，他正好逢单。他虽然幸免于死，但是却发了疯。他的姐姐费了九牛二虎之力才在克拉斯诺沃茨克找到了他，那时他住在一辆毁坏了的货车车厢里。

每天傍晚，夏茨基都要上利夫内邮局去寄一封挂号信给人民委员会。根据玛丽娅·德米特里耶芙娜的要求，邮政局长不把这些信发往莫斯科，而是退还给她，由她烧掉。

我很想知道夏茨基每天的报告中都写些什么。不久我就知道了。

有天晚上，我正躺在床上看书，他走进了我的房间。我的鞋子脱在床前，鞋尖朝外。

"永远也不要这样摆鞋子，"夏茨基气呼呼地说。"这样摆有危险。"

"为什么？"

"你马上就可以知道了。"

他走了出去，一分钟后，拿了张信纸来给我。

"给您看看！"他说。"看完后，敲敲墙通知我。我上您屋里来，要是您有看不懂的地方，我解释给您听。"

他走了。我开始看这封信。

呈人民委员会

我已不止一次警告人民委员会，一场将导致我国毁灭的严重危险正在日益逼近。

尽人皆知，在各层地层中均蕴藏有强大的物质能（诸如在煤、石油、页岩等等之中）。人已学会释放这种能和利用这种能。

但很少有人知道，在各层地层中压缩有这些地层所生成的那些年代的精神能。

利夫内市位于欧洲泥盆系石灰岩地层厚度最大的区域。在泥盆纪，地球上刚刚萌生朦胧的意识，这是一种残暴的意识，无丝毫人道的特征可言。其时在地球上居统治地位的是盾皮鱼类混沌的脑髓。

这种原始的精神能浓缩在无脊椎动物——菊石中。菊石的化石确实充满在泥盆系石灰岩层中。

每一条菊石——都是那个时期一个小小的脑髓,蕴藏着巨大而又凶恶的精神能。

幸而多少世纪以来,人始终未能掌握释放沉积岩层中的精神能的方法。我之所以说"幸而",是因为这种精神能要是人一旦能够使其摆脱静止状态,那么它就会毁灭整个文明。人们在被它毒化后,就会蜕化为残暴的野兽,听凭卑鄙、盲目的本能的驱使。而这将意味着文明的毁灭。

然而,正如我已不止一次报告人民委员会的,如今法西斯分子已研究出释放泥盆纪精神能和复活菊石的方法。

因为我们利夫内地底下的泥盆系岩层最为厚实,所以法西斯分子准备在此地释放出这种能。一旦他们得逞,全人类的毁灭就再也无法防止。人类将先在精神上,继而在肉体上毁灭。

法西斯分子已经周密、详尽地制订出在利夫内地区释放泥盆纪精神能的计划。然而正如一切最复杂的计划一样,这个计划也同样是最容易挫败的。只要有一件微乎其微的小事没有预见到,整个计划就会失败。

因此,除了必须火速派重兵前来包围利夫内市之外,还应当严令阖城居民改变他们的习惯做法(因为法西斯分子所订计划的全部依据正是利夫内的生活习惯),而采取为法西斯分子所断断料想不到的做法。不妨举一例说明。利夫内的全体公民在就寝前,历来都把鞋子脱在床前,鞋尖朝外。今后应当改为把鞋尖朝里。也许恰恰就是这个细节是计划所没有预见到的,于是由于这件实际上是无足轻重的小事,计划便将落空。

必须补充一点,由利夫内泥盆系岩层中自然渗出的(诚然,是极少量的)精神病毒,导致了这个城市的民风较之其他同样大小、同样类型的城市的民风要粗野得多。有三个城市位于泥盆系石灰岩地层之上。这三个城市是:克罗梅、利夫内和叶列茨。怪不得关于这三个城市有这么一句古已有之的谚语:"克罗梅是小偷的宫闱,利夫内使小偷如鱼得水,而叶列茨是小偷的老子。"

法西斯政府派驻利夫内的密使是该市的药剂师。

看完这封信后,我恍然大悟,夏茨基为什么要我把鞋子掉过头去,让鞋尖朝里了。同时我不由得感到害怕。我明白了,夏茨基家的宁静是很不稳固的。他随时都可能发作。

很快我就发现,他发作的次数并不算少。只是夏茨基的母亲和玛丽娅·德米特里耶芙娜善于在外人面前掩饰这一点罢了。

翌日晚上,当我们围坐在桌子旁喝茶,平静地谈论着顺势疗法的时候,夏茨基拿起牛奶壶,不动声色地把牛奶斟进茶炊的烟囱里。老母亲叫了起来。玛丽娅·德米特里耶芙娜严厉地瞪了夏茨基一眼,说道:

"干吗胡闹?"

夏茨基歉疚地微笑着辩解说,正是把牛奶倒进茶炊这种野蛮的举动是法西斯分子在他们的计划中所绝对预见不到的,从而不消说,破坏了他们的计划,拯救了人类。

"回自己房间去!"玛丽娅·德米特里耶芙娜声色俱厉地说道,然后站起身来,怒气冲冲地把窗子打开,放掉屋里牛奶的焦煳味。

夏茨基垂下脑袋，乖乖地回到自己房间去了。

然而夏茨基在其"神志清楚"的时候却非常健谈。我由此知道了他过去绝大部分时间都在中亚细亚工作，是卡拉-布加兹海湾第一批勘察者之一。

他的足迹遍及海湾的东岸。这在当时来说，算得上是舍生忘死的壮举。他描绘了东岸的情况，标了地图，并在海湾附近寸草不生的山岭中发现了煤矿。

我从夏茨基嘴里第一次知道了里海有一个可怖的、谜一般的海湾叫做卡拉-布加兹海湾，知道了这个海湾的海水内芒硝储量之大是取之不尽的，还知道了沙漠是有可能消灭的。

夏茨基对沙漠的憎恨达到了一个活人所可能有的最大限度，恨得那样的强烈，那样的坚决。他把沙漠称之为干旱的瘟疫、疮痂、销蚀大地的癌、大自然莫名其妙的卑劣行为。

"沙漠所擅长的就是屠杀生灵，"他说道。"沙漠就是死亡。人类是应当懂得这一点的，当然，要是人类没有精神错乱的话。"

听一个疯子说出这样的话，不免感到奇怪。

"应当彻底征服沙漠，应当不停顿地、狠命地、毫不留情地打击它，不让它有片刻的喘息。要不知疲倦地打击它，直到把它置于死地。这样就可在它的尸体上栽培起风调雨顺的乐园。"

他唤醒了沉睡在我心中的对沙漠的憎恨——我童年时代那些经历的回声。

"要是人们把他们用于互相残杀的资金和人力，"夏茨基说，"分出一半来根治沙漠，那沙漠早就销声匿迹了。人们把人民的全部财富，把数以百万计的人的生命，都用到战争上去了。连科学和文化也用之于战争了。甚至连诗歌，人们都有能耐使之成为大规模屠杀的同谋者。"

"瓦夏①！"玛丽娅·德米特里耶芙娜从她的房间里大声喊道。"你放心吧！不会再打仗了。永远也不会了。"

"永远也不会——这是无稽之谈！"夏茨基出人意料地回嘴说。"不出今夜，石菊就要复活了。你们知道在哪儿复活吗？在亚当面粉厂附近。走，咱们出去散散步，侦察一下敌情。"

他开始说胡话了。玛丽娅·德米特里耶芙娜把他领回房间，给他服了"别赫捷列夫②片剂"，侍候他睡下。

至于我呢，急于想早日结束那部长篇小说，好开始写一本关于消灭沙漠的新书。就这样出现了《卡拉-布加兹海湾》的尚未清晰的构思。

我在深秋离开了利夫内。行前，我去向原来的房东告别。

房东老太太仍卧床不起。老头儿不在家，波琳娜送我回城。

天已暮色四合。车辙里的冰发出喀嚓喀嚓的声音。果园已经凋谢殆尽，但苹果树上还挂着泛红的枯叶。被寒冷的夕辉燃亮的最后一朵浮云，正在冻僵了的天空中渐渐熄灭。

波琳娜和我并肩而行，信赖地握住我的手。这个动作使我觉得她还是个天真无邪的小姑娘，我心中不由得充满了对

---

① 瓦西里的小名。
② 弗拉基米尔·米哈伊洛维奇·别赫捷列夫(1857—1927)，俄国著名神经精神病学家和心理学家。此处系指以他的名字命名的一种治疗精神分裂症的药。

她——一个孤独、羞涩的少女——的温情。

打城内的电影院里隐隐约约飘来一阵阵音乐声。家家户户都已点上了灯。茶炊的轻烟悬垂在各家各户的果园上。在光秃秃的树枝后面，繁星已经在闪烁了。

一股莫名的激动揪紧了我的心，我想，为了这样美好的大地，为了像波琳娜这样的姑娘，甚至只是为了她一个人，也应当召唤人们起来为争取过欢乐的、理性的生活而斗争。凡是使人悲伤、使人痛苦的事物，凡是哪怕会勾起人们一滴眼泪的事物，都应当连根铲除。这包括沙漠，包括战争，包括不公平，包括谎言，包括对人心的轻侮。

波琳娜一直把我送到市区的第一排房子前。在那里，我向她告别。她垂下眼睛，开始解开她那条金黄色的辫子，然后突然说道：

"康斯坦丁·格奥尔吉耶维奇①，我今后一定多读书。"

她抬起羞涩的双眸，握了握我的手，就快步回家去了。

我乘硬席车回莫斯科，车厢里挤得水泄不通。

半夜里，我上车厢口的通过台去抽烟。我放下车窗，探出头去。

火车正飞速地行驶在树叶已经凋落的森林里。几乎连一棵树也看不到。主要是根据声音——车轮的隆隆声在树丛中激起的急促的回声，才猜到这是在森林里。空气好似下雪珠时那样冷彻骨髓，把冻僵了的树叶的气息吹到我脸上。

①本书作者的名字和父称。这样称呼是表示尊敬的意思。

晚秋深夜的天空由于星光亮得耀眼，反像是蒙着一层轻雾。星空正同火车一齐向前飞驰，一步也不肯落后。一座又一座铁路桥相继短促地訇然震响。尽管火车在全速行驶，可仍能看到桥下黑油油的水中——不知是沼泽呢还是小河——倏忽即逝地映照出一道道星光。

火车隆隆地轰响着，嘶鸣着，喷出一团团的蒸汽和浓烟。车厢里，一盏盏挂灯叮叮当当地震响着，里边的蜡烛火光熊熊，但已行将燃尽。车窗外，一串串紫红色的火星顺着轨道向后飞去。机车陶醉于自己风驰电掣的速度之中，欢快地吼叫着。

我当时深信，火车正飞速地把我送向幸福。一部新的小说的构思在我脑海里诞生了。我相信，我一定能把这部小说写出来。

我把头探出车窗，唱起歌来，用不相连贯的歌词唱着秋夜，唱着俄罗斯，对我来说，世上再也没有比俄罗斯更亲切的地方了。风像少女松散开来的芬芳的发辫，把我的脸吹拂得痒痒的。我真想吻吻这发辫，这风，这如泉水一般清冷的土地。但这是我力所不及的，于是我只好前言不搭后语地唱着歌，活像个疯子。在东方的天际，出现了一线极其淡雅、极其柔和的泛出蓝光的鱼肚白，这美丽的景象使我叹为观止。

我奇怪东方的天际怎么会这样美，怎么会这样清澈，怎么会有这种淡淡的蓝光，后来我才想到这是新的一天正待破晓。

我自己也莫名其妙，我在车窗外所看到的一切以及在我心中激荡着的那股无可名状的欢乐感，竟会交织在一起，化为一个决心——写作、写作、再写作！

但是写什么呢？在那一瞬间，写什么对我来说都一样，只要我所写的东西能够把我有关美好的大地的那些想法，把我要使大地不致贫瘠、干枯、死亡的热望，聚合在它的周围就行了，只要能够把上述两点像受到磁石的吸引那样，吸牢在某个题材上就行了。

过了一段时候，这些思想逐渐形成了《卡拉-布加兹海湾》的构思。然而也可能形成另一部什么小说的构思，但是不管怎么样，小说的主要内容必定跟《卡拉-布加兹海湾》是相同的，而且必定会同样洋溢着当初主宰了我的那些感情。显然，构思几乎总是渊源于内心。

构思一旦出现，它的生命就开始了新的阶段，即所谓的构思"酝酿"阶段，确切点说，是用现实生活的内容去充实构思的阶段。

研读地图

在莫斯科，我弄到了一本详细的里海地图，便久久地浪游于（当然是在想像中）里海干旱无水的东岸各地。

还在小时候，我就特别喜欢看地图。我可以一连几个小时坐在那儿看地图，就像看一本引人入胜的书一样。

我研究着神秘的河流和峥嵘险巇的海岸，深入到只有用小圆圈标示着几个无名猎业贸易站的原始森林，反复地念诵着那些像诗句一样琅琅上口的地名：尤戈尔海峡①，赫布里底群

---

① 俄罗斯地名，系巴伦支海和喀拉海之间的通道。

岛①，瓜达尔卡纳尔岛②，因弗内斯③，奥涅加湖④和科迪勒拉山系⑤。

渐渐地，所有这些地方都异常清晰地呈现在我的想像之中，以致我觉得我能够凭想像虚构出周游列国的游记。

甚至我的父亲，一位地道的幻想家，对于我这样迷恋地图，也不以为然。

他说，像我这样迷恋地图，今后一定会大失所望的。

"要是你大了以后，日子过得顺遂，"父亲说，"你就有可能去各地旅行，到那时，你现在给自己放下去的诱饵就会叫你伤心。你会看到那里的一切完全不是你想像的那回事。譬如说吧，墨西哥就很可能是个尘土飞扬、民不聊生的国家，而赤道上的天空是灰蒙蒙的，既单调又乏味。"

我不相信父亲的话。我不能想像赤道上的天空哪怕会有一天是灰蒙蒙的。在我心目中，赤道上的天空蓝得那样的浓，连乞力马扎罗山上终年不化的积雪也都染上了蓝蓝的颜色。

不管父亲怎么说，我就是改不掉这种癖好。后来，在我成人之后，我更是清楚地看到，父亲当年讲的话，在我身上并未完全应验。

譬如说吧，我头一次到克里米亚去时（在此之前，我曾在地图上仔仔细细地研究过这个地区），的确发现它跟我想像的完全

---

① 英属群岛，位于大不列颠岛西北的大西洋上。
② 西南太平洋所罗门群岛中的大岛。
③ 英国大不列颠岛滨大西洋的小城名。
④ 俄罗斯北部湖名。
⑤ 纵贯美洲大陆西部的山系，北起阿拉斯加，南迄火地岛，绵延 1.5 万公里，为世界最长的山系。

不一样。

然而正是由于预先有了这些想像，我才能格外敏锐地观察克里米亚，假若我对克里米亚事先一无所知的话，就远远不可能这么敏锐了。

每走一步，我都发现我所没有想像到的景物，而这些我始料所不及的景物，在我脑海中留下了特别深刻的印象。

我认为跟某些人的"神交"也能产生同样巨大的作用。

比方说，对于果戈理是个什么样的人，我们每个人都有各自的想像。然而要是我们能在他生前见到他的话，就会发现他身上有许多地方和我们想像的截然不同。而恰恰是这些不同的地方能够鲜明深刻地印在我们的记忆之中。

要是事先对果戈理没有这种想像，一旦见到他的话，他身上有许多特点我们说不定就发现不了，于是会觉得他完全是个普普通通的人。

我们习惯于把果戈理想像得有点儿忧郁、好猜疑、萎靡不振。因此一旦见到他，我们一眼就可发现他的真实形象完全不是如此：他的双目炯炯有神，性格开朗活泼，甚至有点儿轻佻，老爱扬声大笑，衣着十分雅致，讲话时乌克兰口音很重。

我虽然没有能力把这些想法阐述得具有充分的说服力，但是我认为情况的确就如我所说的那样。

养成在地图上神游各国，在想像中见到各地风光的这种习惯，有助于我们在现实生活中正确地去认识这些地方。

这些地方会永远留下我们想像的淡淡的印痕，会染上我们加之于它们的一抹色彩、一道光辉、一层薄雾，这使我们真去那些地方时，就不会觉得它们是枯燥乏味的了。

就这样，我身在莫斯科，却畅游了里海阴森的海滨，同时看了许多书籍、科学报告，乃至描绘沙漠的诗歌，总之凡是在列宁图书馆可以找到的资料，我几乎都看了。

我看了普尔热瓦利斯基①和阿努钦②的著述，看了斯文·海定③、马克-加哈马和格鲁姆-格尔日迈洛④的作品、谢甫琴科被监禁在曼格什拉克半岛期间所写的日记⑤、希瓦⑥和布哈拉⑦的历史、海军中尉布塔科夫⑧的报告笔记、旅行家卡列林⑨的著作、各种地理考察报告，以及阿拉伯诗人们的诗歌。

在我面前展现出了一个灿烂的世界，我从中看到了人的强烈的求知欲和丰富的知识。

<hr>

① 尼古拉·米哈伊洛维奇·普尔热瓦利斯基(1839—1888)，俄国旅行家，曾去中亚细亚考察。

② 德米特里·尼古拉耶维奇·阿努钦(1843—1923)，俄国人类学家、地理学家、人种志学家和考古学家。

③ 斯文·海定(1865—1952)，瑞典探险家。

④ 格里戈里·叶菲莫维奇·格鲁姆-格尔日迈洛(1860—1936)，俄国地理学家和动物学家。

⑤ 塔拉斯·格里戈里耶维奇·谢甫琴科(1814—1861)，乌克兰革命民主主义诗人。1846年参加秘密政治组织，宣传废除农奴制，于次年被捕，放逐到奥连堡当兵服苦役，沙皇尼古拉一世在判决书上亲批："严加监管，禁止写作和绘画。"1848年春至1849年11月诗人被奥伦堡当局派去参加由军官组织成的咸海科学考察队。诗人因考察有功，奥伦堡司令报告彼得堡，拟提升他为军士。这时有人告密，说诗人违背沙皇禁止写作的禁令写作绘画，遂将诗人转押至里海海边的曼格什拉克半岛上的诺沃彼得罗夫斯克要塞监押。其间，诗人又于1851年被派参加卡拉套山脉的地质考察队，此处系指诗人在此期间所写的日记。

⑥ 系指乌兹别克人于16世纪在中亚细亚的希瓦建立的独立的封建汗国。

⑦ 系指乌兹别克人于16世纪初在中亚细亚建立的封建汗国，首都为布哈拉。

⑧ 阿列克谢·伊凡诺维奇·布塔科夫(1816—1869)，俄国水文地理学家，海军少将。1848年至1849年曾领导对咸海进行地理考察的第一个探险队。次年出版咸海海图。

⑨ 格里戈里·西雷奇·卡列林(1801—1872)，俄国旅行家和自然科学家，1827年起曾在西哈萨克斯坦旅行3年。1832年曾对里海东北海域进行侦察，绘制了这个海域的海图。

终于到了应当去里海，去卡拉-布加兹海湾实地观察的时候了，可是我没有钱。

但我毕竟还是筹措到了一笔钱，虽然费了很大的周折。我先乘车到萨拉托夫，然后取道伏尔加河，顺流而下，行至阿斯特拉罕。在那儿我耽搁了下来。我那点微薄的旅费已经告罄，我要继续往前走，就不得不在阿斯特拉罕为《三十天》杂志和阿斯特拉罕的报纸写几篇特写。

为了写好这几篇特写，我去了阿斯特拉罕草原和恩巴河。这几次旅行对于我写作《卡拉-布加兹海湾》也大有好处。

我从里海沿着长有大片大片芦苇的海岸向恩巴河航去。我乘的是一艘老式的明轮轮船，船名十分古怪，叫做"天芥菜"号。跟一切老式轮船一样，"天芥菜"号上许多东西都是紫铜的。扶手、罗盘、望远镜、各种仪器，甚至船舱高高的门槛都一色是紫铜的。"天芥菜"号颇像是一只用砖头擦得锃亮的冒着烟的大肚子茶炊，随着浅海的轻浪东摇西晃。

海豹活像洗海水浴的人，仰面朝天地卧在里海温暖的海面上。偶尔懒洋洋地动动肥厚的鳍脚。

在一艘艘渔家的浮码头——鱼栈——上，那些穿着天蓝色水手服、牙齿洁白的姑娘，见到"天芥菜"号驶过，又是打呼哨又是哈哈大笑地目送着它远去。她们的腮帮子上全都沾满了鱼鳞。

白糊糊的云霭和白糊糊的沙岛，映在油汪汪的海水中，有时简直无法分清哪是云，哪是岛。

小城古里耶夫到处都是用作燃料的干牲口粪腾起的炊烟，可我穿过无水的草原去恩巴河时乘的却是刚刚投入运行的新式的内燃机车。

在恩巴河上的多索尔地区，有许多湖泊，湖水呈鲜艳的粉红色。在湖泊间，一台台油泵在哼哧哼哧地抽着石油，空气中弥漫着盐水的味道。那里家家户户的窗子都不安玻璃，而代之以又细又密的金属丝网。网外面爬满了蚊蚋，密密层层的，把屋里遮得一点儿光线都没有。

我亲眼看到一个工程师被避日虫咬了一口，第二天就死了。

中亚细亚酷热灼人。每天夜里星星透过满天的尘土闪着光。哈萨克老人们穿着肥而短的灯笼裤在街上走来走去。裤料一色都是花里胡哨的印花布——玫瑰红的底子上，洒着一朵朵墨黑的大芍药花，衬着碧绿的叶子。

每次旅行后，我都回到阿斯特拉罕，回到报馆的一位记者的小木屋去住上几天。这位记者硬拖我到他家去住，我只好从命。

小木屋筑在瓦尔瓦齐耶夫运河岸边的一座小花园里，花园里盛开着一簇簇旱金莲。

我在凉亭里写我的特写，凉亭很小，只待得下一个人。晚上我也睡在那里。

记者的妻子是个和蔼可亲的病弱的少妇，她成天在厨房里翻捡着一件件娃娃衫，偷偷饮泣。她刚生下来不久的儿子在两个月前死了。

从阿斯特拉罕我经马哈奇卡拉和巴库到达了克拉斯诺茨克。此后的情况，我都写在《卡拉-布加兹海湾》里了。

后来，我回到了莫斯科，可没几天，就不得不以记者的身份出差去北乌拉尔的别列兹尼基和索利卡姆斯克。

我从难以置信的亚洲的酷热中，一下子转到了很早就进入冬季的布满阴郁的云彩、沼泽和由苔藓覆盖着的山峦的地带。

就是在那里，在索利卡姆斯克的一家旅馆里，我开始写作《卡拉-布加兹海湾》。这家旅馆过去是修道院的一幢禅房。

旅馆内弥漫着一股十七世纪的气味——神香、面包和皮革混杂在一起的气味。每天夜里，裹着皮袄的更夫们敲着铁板报时。在暗淡的雪光中，建于"斯特罗加诺夫朝代"①的雪花石膏的古教堂泛出幽幽的白光。

此地没有任何东西可以使人联想起亚洲，可不知为什么，恰恰由于这一点，我反而觉得描写起亚洲来要容易些。

以上便是我写作《卡拉-布加兹海湾》简略的经过，我只能用三言两语把它讲完。同写作《卡拉-布加兹海湾》有关的所有的会晤、旅行、谈话和事情，别说没有可能详细叙述，哪怕就是简单地历数一遍也是办不到的。

不用说，诸位一定会发现我只是把我所搜集到的材料中的一部分，而且是很小的一部分，写进了我的这部中篇小说。大部分材料都被我舍弃了，未能进入这本书。

不过无须为此而扼腕。这些材料随时都可用之于其他要写的书中。

我写《卡拉-布加兹海湾》时，没有考虑准确地按照时间的

---

① 在伊凡四世(1530—1584)统治的最后年代里，俄国开始兼并西伯利亚和喀山。从事兼并的首要人物是斯特罗加诺夫家族。他们在掠夺到了卡马河一带的土地后，开办了盐矿，筑起了堡垒要塞，雇佣了军队，在沙皇的纵容下，这个家族俨然成为他们所占土地上的全权君主。

顺序去配置素材，而是按照我沿里海海岸旅行时所搜集到的素材的先后次序来布局。

《卡拉-布加兹海湾》问世后，批评家们从这部小说中发现了"螺旋结构"，对之大为赞赏。可我并没有花丝毫心血去追求这种结构，这事与我无涉。

我在写作《卡拉-布加兹海湾》时，主要想到的是我们生活中有许多人和事是完全可以使之响彻抒情的和英雄主义的旋律的，这些人和事是可以生动而又如实地加以描绘的。不管小说是写芒硝的，还是写在北方的森林中建筑造纸厂的，都是如此。

所有这一切都能以巨大的感染力扣人心弦。但有一个先决条件，那就是写小说的人必须力求真实，相信理智的力量，相信人心解救世界的力量，并且热爱大地。

心灵的印痕

啊，心灵的记忆！你比理智忧伤的记忆还要强烈……

巴丘什科夫①

读者时常询问从事写作的人，他们用什么方法为自己的作品搜集素材，是否要花费很多时间。当他们听到回答说，作家是从来不特意去搜集任何素材的时候，总是大为诧异。

不过，作家为了写一本书而去研究写这本书所必须知道的科学和知识性的资料，当然不在此列。我上面所说的仅仅是指对生活的观察。

生活素材中凡属陀思妥耶夫斯基称之为"日常生活的细节"②的那一切，不是研究研究就行的。作家只有生活在这种素材之中（如果可以这样说的话）才行。作家在这种素材中生活，思考，痛苦，欢乐，参与大大小小的事件。而每一天的生活，就自然而然地在他们的记忆里和心灵中留下标记和印痕。

读者（顺便说一句，也包括某些青年作家）总以为作家是那种手里老是拿着笔记本到处跑来跑去的人，是职业"记录员"，是窥视生活中的一切的密探。这种看法必须加以消除。

那种硬逼着自己去积累观察素材，一味地四处奔波做笔记（"生怕忘记了什么"）的人，当然可以搜集一大摞五花八门的素材，然而这些素材是死的。也就是说，如果把这些观察到的素材从笔记本中搬到生动的散文中去，就会失去其原有的感染力，显得像是硬塞进去的异物。

千万不要有这样的想法，认为这丛花楸或者乐队中的这个两鬓花白的鼓手说不定什么时候可以写进我的短篇小说中去，因此分外仔细地，甚至带着几分造作地去加以观察。任何时候都不要为了"尽职"而去观察，不要纯粹出于业务上的动机而去观察。

千万不要把观察到的素材，哪怕是最成功的素材，不分青红皂白地硬塞到作品中去。一旦有必要，它们自己会进入作品，各就其位的。使作家常常感到惊奇的是，某个早已忘得一干二净的偶然事件或者细节，当作品中需要这些素材时，竟会突然栩栩如生地出现在他的记忆之中。

写作的基础之一，是要有良好的记忆。

我把我怎样写成短篇小说《电报》的经过讲述出来，或许有助于我把上述想法阐述得更加清晰。

有一年深秋，我寄居在当年曾享有盛名的版画家波扎洛斯京③

---

① 康斯坦丁·尼古拉耶维奇·巴丘什科夫(1787—1855)，俄罗斯诗人。
② 此句引自陀思妥耶夫斯基给赫·阿尔切夫斯卡娅的信。原句如下："我正在准备写一部巨型的长篇小说，我打算埋头研究——不是研究现实生活，因为现实生活即使不加以研究，我也是熟悉的，而是研究日常生活的细节。"——原编者注
③ 伊凡·彼得罗维奇·波扎洛斯京(1837—1909)，俄国版画家。

在梁赞郊外的庄园里。那时只有波扎洛斯京的女儿卡捷琳娜·伊凡诺芙娜，一位病弱而和蔼的老妇人，孤零零的一个人在这座庄园里度着晚年。卡捷琳娜·伊凡诺芙娜的独生女娜斯嘉住在列宁格勒，已把自己的老母忘得一干二净，只是每隔两个月给她寄点钱来。

我在宅第中占用了一个房间，宅第很大，空空荡荡的，一有什么响动就会发出回声，用圆木砌成的四壁已经发黑了。老妇人住在宅第的另一端。去她那里，要穿过空无一物的门厅和好几间房间，房间的地板上积满了尘土，脚一踩上去就发出嘎吱嘎吱的响声。

除了我和老妇人外，偌大的宅第中再也没有别人住了。这幢宅第被列为文物保护单位。

庭院里的杂用房都已朽败。庭院后边有个像宅第一样荒废了的阴湿寒冷的果园，在秋风中萧瑟地喧闹。

我是来写作的，最初一段时间，我成天关在房间里埋头写作，从早晨一直写到天黑。天黑得很早，才五点钟就得点灯了。那是一盏老式的煤油灯，灯罩是磨砂玻璃的，做成郁金香的形状。

后来我改在晚上写作了，因为白昼不过几个小时，老坐在屋里而不到秋意将尽的树林里和牧场上去走走，未免可惜。

我久久地在野外徜徉，见到了许多秋天的特征。每天早晨，一个个水洼中像玻璃般透明的薄冰下面，可以看到好些气泡。有时这种气泡像个水晶球，里边包着一片紫红色或者柠檬色的白杨或白桦的叶子。我总喜欢把冰敲碎，将这些冻僵了的叶子带回家去。没有多久，我的窗台上就积起了一堆这样的树叶。它们暖了过来，散发出一股酒精的气味。

在树林里漫步比哪儿都好。牧场上风声呼呼，在树林里却笼罩着一片忧郁的岑寂，只有薄冰在脚下发出窸窸窣窣的声响。树林里所以特别静或许是因为天上密布着阴云的缘故。阴云低低地压在地面上，有时连松树的树冠都隐没在云霭之中了。

偶尔我上奥卡河河汊子去钓鱼。在芦苇丛中，柳叶那股又酸又涩的气味，刺激得脸上的皮肤仿佛要痉挛起来。河水黑油油的，泛出朦胧的浅绿色的反光。秋天鱼十分谨慎，很少上钩。

后来下起了连绵的秋雨，把果园淋得满目萧疏，发黑了的草都倒伏在地面上。空气中弥漫着雪的潮气。

我当时见到的秋天的特征非常之多，但并没有竭力去一一记住它们。不过我知道得非常清楚，我永远也不会忘掉秋天那种悲愁的气氛怎样微妙地同我轻快的心境和朴实开朗的思想交融在一起的。

乌云把潮湿褴褛的裙裾拖到地上，匆匆向前行去。乌云越是阴沉，秋雨越是寒冷，我的心境就越是开朗，轻松，文思就像泉水一般涌出来，倾泻到纸上。

对秋天的感受，也就是秋天所勾起的那种思想和感情，很重要。至于称为素材的那一切——人物、事件、个别的情况和细节，我凭经验知道，在一定时间内都万无一失地深藏在这种对秋天的感受之中。只要我在某一篇小说中一回到这种感受中去，这一切就会立刻出现在我的记忆里，倾注到稿纸上去。

我从没有把我所寄居的那幢古老的宅第当作小说的素材去研究过。我只不过是爱这幢宅第忧郁而宁静的气氛，爱自鸣钟杂乱无章的报时声和从炉子内冒出来的桦树劈柴经久不散的烟味，爱墙上挂着的那几幅古老的版画（卡捷琳娜·伊凡诺芙娜收藏的版画已所剩无几，绝大部分都被州立博物馆拿去了）：布留洛夫[1]的《自画像》、佩罗夫[2]的《背十字架者》和《捕鸟者》，以及波利娜·维阿尔多[3]的肖像。

窗玻璃是老式的凹凸玻璃，闪烁出虹霓般的光彩，而且不知为什么，烛焰映在上面会出现叠影。

所有的家具：长沙发、桌子、椅子，都是浅色木料的，由于年深日久，已磨得光溜溜的，而且散发出一股柏树的气味，就跟圣像一样。

这幢宅第里有许多早已没有用处的逗人发笑的东西：火炬形的守夜灯、暗簧锁、贴着"巴黎"字样的大肚子小瓷瓶，瓶子里的雪花膏已经石化，一束落满了灰尘的蜡制茶花（挂在一根生锈了的大钉子上），一把小圆刷，那是专门用于擦掉呢面牌桌上记分的粉笔字的。

宅第里保存着三本厚厚的日历，一本是一八四八年的，一本是一八五〇年的，还有一本是一八五二年的。我从日历上的宫廷女官的名单中找到了普希金的妻子娜塔丽娅·尼古拉耶芙娜·兰斯卡娅的名字和普希金的情人伊丽莎白·克萨维里耶芙娜·沃隆佐娃的名字。不知道为什么这两个名字使我感到惆怅。直到现在我达不明白为什么。也许是因为屋里像死一般寂静吧。在远处的奥卡河上，靠近库兹敏水闸的地方，有艘轮船在鸣笛，我不由得想起了一首诗，这首诗久久地萦绕在我脑际：

---

① 卡尔·巴甫洛维奇·布留洛夫(1799—1852)，俄国画家，学院派最后一个代表。
② 瓦西里·格里戈里耶维奇·佩罗夫(1833/34—1882)，俄国画家。
③ 波利娜·维阿尔多(1821—1910)，法国女歌唱家和作曲家，是屠格涅夫的好友。

阴霾的白天逝去了，阴霾的夜晚

把雾霭像铅灰色的棉絮一般铺满了寒天；

朦胧的月亮像一个幽灵

冉冉地升起在松林的后边……①

　　每天傍晚，我都到卡捷琳娜·伊凡诺芙娜的房间里去喝茶。

　　卡捷琳娜·伊凡诺芙娜的视力已经大大衰退，邻居家有个叫纽尔卡的小姑娘，每天上她家来两三次，帮她做各种各样零碎的家务事。纽尔卡性格阴沉，对什么事都不满意。

　　这个小姑娘端来茶炊后，就同我们一起喝茶。她从碟子里嘬茶喝，总是发出很响的声音。不管卡捷琳娜·伊凡诺芙娜轻声细气地慢吞吞地说些什么，她都一概要加这么一句评语：

　　"哼，亏你说的！尽胡诌！"

　　我数落她几句，她也照样冲着我说：

　　"哼，亏你说的！好像我什么都不懂，是个大老粗！"

　　但实际上，纽尔卡大概是如今唯一诚挚地爱着卡捷琳娜·伊凡诺芙娜的人了。而且完全不是因为卡捷琳娜·伊凡诺芙娜有时送给她一顶缀有蜂鸟标本的老式天鹅绒帽子，有时送给她一串玻璃珠的发饰，有时送给她一条年久发黄的花边。

　　卡捷琳娜·伊凡诺芙娜当年曾随父亲寓居巴黎，认识屠格

---

① 这是普希金于1824年写的一首无题诗的最初4句。据说这首诗是献给沃隆佐娃的。

涅夫，参加过维克多·雨果的葬礼。她跟我谈起这些往事时，纽尔卡却在一旁插嘴说：

"哼，亏你说的！尽胡诌！"

幸好纽尔卡没时间消消停停地喝茶，坐不了多久就得跑回家去侍候"自己那帮小不点儿"睡觉了。

卡捷琳娜·伊凡诺芙娜有只陈旧的绸缎小钱包，她成天拎着，从不离手。里面藏着她的全部财产：娜斯嘉的信，有限的几个钱，娜斯嘉的相片——娜斯嘉是个美人儿，月牙似的秀眉，雾一般的目光，——以及卡捷琳娜·伊凡诺芙娜本人做姑娘时的一张已经发黄了的相片，那是温柔、纯洁的化身。

卡捷琳娜·伊凡诺芙娜除了抱怨自己年老体衰之外，从不怨天尤人，可我从她的邻居，一个在消防器材棚里当看守的昏聩而又善良的老人伊凡·德米特里耶维奇那里知道，卡捷琳娜·伊凡诺芙娜的晚境是非常凄凉的。娜斯嘉已经第四个年头没有回来了，看来已经把母亲忘掉，而卡捷琳娜·伊凡诺芙娜的有生之日已屈指可数。保不定哪一天她没能最后见上女儿一面，没能最后爱抚女儿一下，没能最后摸摸女儿"美丽得迷人的"淡黄色的头发(卡捷琳娜·伊凡诺芙娜就是这样形容女儿的头发的)就溘然长逝了。

卡捷琳娜·伊凡诺芙娜的生活费是由娜斯嘉寄给她的，可常常漏寄。每当漏寄的时候，卡捷琳娜·伊凡诺芙娜的日子怎么过，就谁也不知道了。

有一回，卡捷琳娜·伊凡诺芙娜请我陪她上果园去。自打开春以来，她因为体力不支，一直没去过果园。

"我的亲爱的，"卡捷琳娜·伊凡诺芙娜说道，"请您谅解我这个老婆子。我想最后一次去看看果园。还是做姑娘的时候，我就在这个果园里看屠格涅夫的作品了，看得都入了迷。我还亲手在园里栽过几棵树。"

她花了很长的时间才穿戴好。她穿上了旧厚呢大衣，围上了厚实的头巾，紧紧地抓住我的手，走下了台阶。

这时已暮色四合。果园里到处枯叶飘零。落叶在我们脚下颤动，发出很响的沙沙声，妨碍着我们走路。发青的晚霞中，闪烁着几颗寒星。在远处的树林上空，挂着一钩眉月。

卡捷琳娜·伊凡诺芙娜在一棵被风吹得凋零不堪的菩提树旁停下来，用一只手扶着这棵树，失声痛哭起来。

我紧紧地搀扶着她，生怕她会跌倒。她哭着，跟所有耄耋老人一样，并不为自己的泪水感到害臊。

"愿上帝保佑您千万不要活到这样孤独的老年！"她对我说。"千万不要！"

我小心翼翼地搀她回屋，心想：要是我有这样一位母亲，那该多幸福！

晚上，卡捷琳娜·伊凡诺芙娜拿出一札她父亲留下来的信件给我看，由于年代久远，信纸已经发黄。

其中有画家克拉姆斯科伊[①]和版画家约尔丹[②]从罗马寄来的信。约尔丹在信中谈了他同丹麦著名雕刻家托瓦尔森[③]之间的

---

① 伊凡·尼古拉耶维奇·克拉姆斯科伊(1837—1887)，俄国画家，巡回展览画派的创始人之一。
② 费奥多尔·伊凡诺维奇·约尔丹(1800—1883)，俄国版画家。
③ 托瓦尔森(1768 或 1770—1844)，丹麦雕刻家，新古典主义时期的杰出代表。

友谊以及拉特兰宫①中那些令人叹为观止的大理石雕像。

我习惯于等到夜阑人静之后再读信，这回也是如此。寒风在墙外肆虐，把落光了叶子的湿淋淋的树丛吹得呼呼直响，连油灯也发出哔哔剥剥的声音，仿佛是出于无聊，在那里自言自语。不知道为什么，正是在这幢房子里，正是在这阴霾的深夜，一边听着村里守夜人在村寨的寨门附近敲梆子，一边看着这些由罗马寄来的信，我产生了一种既觉得奇异又觉得愉快的双重感觉。

就在这天夜里，我对托瓦尔森发生了兴趣，后来我在莫斯科想法弄到，并看了所有谈及他的作品，得知他是童话作家克里斯蒂安·安徒生的好友。几年后，我写了一篇关于安徒生的短篇小说。这篇小说之得以写出也应归功于这幢古老的乡间宅第。

几天后，卡捷琳娜·伊凡诺芙娜就卧床不起了。她没有任何病痛，只是抱怨周身乏力。

我给列宁格勒的娜斯嘉拍了一份电报去。纽尔卡搬到了卡捷琳娜·伊凡诺芙娜的屋里来住，万一有什么，她好就近照应。

有天夜里，纽尔卡拼命捶我房间的墙壁，惊慌地喊道：

"快来呀！老奶奶要死了！"

卡捷琳娜·伊凡诺芙娜已经失去知觉，只剩下一口气了。我按了按她的脉，脉已经不再搏动，只是在轻微地颤动，细得像根游丝。

---

① 位于意大利罗马。

我穿上大衣，点了盏灯笼，去乡村医院请大夫。医院远在树林深处。由伐木地刮来的冷彻骨髓的朔风带来一阵阵锯屑的气味。已经是深夜了，连狗都不叫了。

大夫给卡捷琳娜·伊凡诺芙娜注射了一针樟脑，叹了几口气就走了，临走时说，这是弥留状态，不过将持续相当时候，因为卡捷琳娜·伊凡诺芙娜的心脏挺好。

卡捷琳娜·伊凡诺芙娜在拂晓前死了。只得由我来替她合上眼睛。我大概永远也不会忘记，当我小心翼翼地合上她半开的眼睑的时候，她的眼睛里突然滚下一滴浑浊的泪珠。

纽尔卡已哭得喘不过气来，她把一个揉皱了的信封递给我，说道：

"卡捷琳娜·伊凡诺芙娜在这里边写着该怎么给她装殓。"

我打开信封，读了几行老人用颤抖的手写下的字，都是讲希望死后穿什么衣服的。我把信交给了女人们，要她们早晨来给卡捷琳娜·伊凡诺芙娜打点，送她登上最后的路程。

后来我上坟地去选择墓址，等我回来时，卡捷琳娜·伊凡诺芙娜已穿戴停当，安卧在充作灵床的长桌上，我望着她，吃惊地停了下来。

她安卧在那里，苗条得好似少女，穿着一袭老式的、裙裾很长的金色夜礼服。裙裾松松地盖住了她的脚，隐隐露出一双小巧的黑麂皮鞋子。她两手握着一支蜡烛，手上戴着一副长及肘部的羊皮白手套。一束绢制的红玫瑰别在胸衣上。

她脸上蒙着一方头纱，要不是在袖口和白手套之间露出一截皮肤干枯、布满皱纹的肘部的话，还会以为死者是个窈窕的年轻女子呢。

娜斯嘉晚来了三天，等她赶到，卡捷琳娜·伊凡诺芙娜已经下葬。

上面所讲的一切，就是作家的那种日常生活的素材，作品便是从这种素材中产生出来的。

值得注意的是，所有上述情况，所有上述细节，乃至这幢乡间宅第和秋天的气氛本身，都同卡捷琳娜·伊凡诺芙娜的处境完全协调，都同她晚年所经受的沉痛的精神悲剧完全协调。

不过，不消说，我远远没有把当时所看到的、所想到的统统写进《电报》中去。有许多没被用上，这是常有的事。

为了写一篇短篇小说，即便篇幅很短，也需要如写作术语所说的，"发掘"大量素材，以便从中选取最有价值的材料。

我曾不止一次有机会观察扮演次要角色的优秀演员们是怎样工作的。这样的演员尽管所演的角色在全剧中只有两三句台词，可仍然刨根究底地向编剧询问这个角色的性格、外表，直至他的履历和出身环境。

演员需要准确地知道这些情况，以便恰到好处地念出这两三句台词。

作家也是如此。他所储存的素材应当远远超过他的短篇小说所需要的数量。

我上面讲了《电报》的写作经过。其实每一篇短篇小说都是有自己的写作经过和自己的素材的。

有一年冬天，我住在雅尔塔。只要一打开窗户，橡树的枯叶便纷纷飞进屋来。它们在地板上随风旋舞，发出窸窸窣窣的响声。这不是百年橡树的叶子，而是那种长在克里米亚高原草地斜坡上矮小的橡树丛的叶子。

每天夜里，从白雪皑皑的山上吹来一阵阵寒风。雪在颤动的星光下奇幻地闪烁着。

诗人阿谢耶夫①住在我隔壁。他正在写关于英雄的西班牙（那时正是西班牙事件发生之际）的诗歌，写《巴塞罗那古老的天空》。

诗人弗拉基米尔·卢戈夫斯科依②用他雄浑的男低音唱着英国古老的水手歌：

> 再见啦，陆地！轮船驶向大海，
> 连海鸥的痕迹也都消失在船尾之外……

每天晚上，我们都聚集在收音机旁，收听西班牙的战况。

我们三人曾一起到锡麦伊兹天文台去过。一位白发苍苍的天文学家给我们看星空。我们看到了在无涯无际的穹隆中疏疏落落地散布着几点极其遥远的星光。

偶尔，黑海舰队的舰只进行实弹演习，隆隆的炮声传到了雅尔塔，震得长颈瓶里的冷开水都颤动起来。那低沉的炮声沿着高原草地向前滚去，最终陷入松林繁茂的针叶中消失了。

---

① 尼古拉·尼古拉耶维奇·阿谢耶夫（1889—1963），俄罗斯诗人，代表作为长诗《马雅可夫斯基正在开始》（1940），于1941年获苏联国家奖。
② 弗拉基米尔·亚历山大罗维奇·卢戈夫斯科依（1901—1957），俄罗斯诗人。

每天夜里，一架架看不见的飞机在空中轰鸣而过。

我则看着德国作家布鲁诺·弗兰克①描述塞万提斯的小说。小说篇幅不长，因此我看了好几遍。

其时四个爪子的卐字②开始迅速地在欧洲各地到处横行。德国一些高尚的人士，如：亨利希·曼③、爱因斯坦④、雷马克⑤、斯蒂芬·茨威格⑥等，不齿于同"褐祸"⑦和恶棍希特勒为伍，先后离开了自己的祖国。他们虽然流亡国外，但是心底毫不动摇地深信人道主义必胜。

盖达尔⑧把一只毛烘烘的大狼狗带到我们的住房里来，这狗有一双笑意盎然的黄眼睛。盖达尔说这是一只山地牧羊犬。

盖达尔装得对文学一窍不通。他爱装成头脑简单的人。

每天夜里，黑海发出忧郁的涛声，白天当然也有涛声。只是听不真切罢了。涛声是有助于写作的。

以上就是我当时"日常生活"的一系列细节。从中诞生

---

① 布鲁诺·弗兰克(1887—1945)，德国作家，后流亡美国。著有诗歌、小说、剧本。《塞万提斯》(1936)是他写的一部传记体长篇小说。

② 系法西斯分子的党徽。

③ 亨利希·曼(1871—1950)，德国小说家。1933年希特勒上台后，他被开除出普鲁士作协，作品也被付之一炬。1938年在巴黎任"德国人民阵线"主席。1940年移居美国。

④ 爱因斯坦(1879—1955)，德国物理学家。1933年受到希特勒法西斯的迫害，迁居美国。

⑤ 雷马克(1898—1970)，德国小说家，1938年被希特勒法西斯剥夺公民权，1939年流亡美国，1947年加入美国国籍。

⑥ 斯蒂芬·茨威格(1881—1942)，奥地利作家，1938年受希特勒法西斯迫害，流亡英国，后加入英国国籍。

⑦ 指法西斯褐衫党徒。

⑧ 阿尔卡季·彼得罗维奇·盖达尔(1904—1941)，苏联儿童文学作家。

了我的短篇小说《猎犬星座》。在那篇小说中，读者几乎可以找到我上文中所提到的一切：橡树的枯叶、白发苍苍的天文学家、排炮的隆隆声、《塞万提斯》、坚定不移地深信人道主义必胜的人们、山地的牧羊犬、飞机的夜航，等等，等等。

所有这一切当然是以一定的关系联结在一起，进入一定的情节之中的。

我在写那篇小说时，力求自始至终保持对夜间山风的那种感受。这种感受就像是短篇小说的主导主题。

钻石般的语言

我对我国字字珠玑的语言感到惊异，每一个声音都不啻一件礼品；全都饱满而又硕大，就像珍珠，真的，有些东西的名称比东西本身还要可贵。[①]

——果戈理

矮林区中的泉水

俄语中有许多字本身就放射出诗意，一如宝石之放射出闪烁不已的神秘光泽。

我当然懂得这种光泽并无神秘之处，任何一个物理学家都可以轻而易举地用光学规律解释这种现象。

但是宝石的光泽仍然使人们觉得神秘。人们明知迸射出灿烂光辉的宝石内部，本身并不存在光源，却偏偏不愿接受这种思想。

人们对于许多宝石都持这样的态度，即使对于海蓝宝石这样普通的宝石，也是如此。这种宝石的颜色简直无以名之。直到今天人们还没找到恰切的字眼来形容它的颜色。

海蓝宝石(аквамарин——原意为海水)若顾名思义定是一种

与海浪颜色相同的宝石。其实并不尽然。在这种宝石透明的深处固然有淡绿色和浅蓝色的柔和色调，然而这种宝石的主要特点却在于它被一种纯粹的银光（正是银光而不是白光）从里到外照得亮晶晶的。

如果你仔细地端详海蓝宝石，就会觉得看到了一泓静静的、呈现出星星颜色的海水。

显然，海蓝宝石和其他宝石之所以会引起我们的神秘感，正是这种色和光的特点。不管怎么说，我们仍然觉得宝石的这种色和光的美是无法解释的。

相对来说，要解释俄语中的许多字何以会"放射出诗意"就比较容易了。我们所以会觉得一个字有诗意，显然是因为这个字表达了一种在我们看来充满了诗意内容的概念。

但是要解释文字本身（不是指它所表达的概念）对我们的想像力所起的作用，那就要困难得多了。即使像 зарница（远处闪电的反光）这样一个很普通的名词，要加以解释也决非易事。这个名词的发音本身就表达出了夏夜远处闪电迟迟才熄火的反光。

当然我对这个名词的语感是非常主观的。不应加以坚持，更不要说把它当作普遍原则了。我本人是这样体味和谛听这个名词的。但我绝不想把我的这种感受强加给旁人。

只有一点是无可争辩的，那就是绝大部分有诗意的词都和我国的大自然有关。

俄罗斯语言只向那些对祖国人民有赤子之爱，有透彻了

---

① 引自果戈理于 1844 年所著文章《当代抒情诗人可描绘之对象》。——原编者注

解，并且感觉得到我国大地的内在美的人，才毫无保留地展示出它名副其实的魅力和丰富多彩的内容。

凡是存在于自然界的一切：水、空气、天空、云、太阳、雨、树林、沼泽、河流、湖泊、草地、田野、花朵和青草，在俄语中都有大量传神的字眼和名称。

为了证实这一点，为了掌握俄语丰富多彩而又含意确切的词汇，我们应当阅读卡伊戈罗多夫①、普里什文、高尔基、阿列克谢·托尔斯泰、阿克萨科夫②、列斯科夫③和蒲宁④这样一些稔熟大自然、精通民间语言的行家的作品，但除此之外，我们拥有一个主要的、永不枯竭的语言源泉——人民本身：农民、渡船的船夫、牧人、养蜂人、猎人、渔夫、老工人、护林巡查员、浮标看守人、手工业者、农村画家、手艺人以及一切饱经世故的人，他们不开口则已，一开口无不字字金石。

自从有一次我遇见一位护林员后，这种看法对我来说就更加明确了。

我记得好像在哪本书中已谈起过这件事。如果真是这样，那就请原谅，我不得不再啰唆一遍，因为这则故事对于我们讨论俄语是有意义的。

我同这位护林员在矮林区中漫步。古时候这里是一大片沼泽，后来沼泽干涸了，长满了植物。现在只有厚厚的百年苔藓

----

① 德米特里·尼基弗罗维奇·卡伊戈罗多夫(1846—1924)，俄国自然科学家，自然科学的通俗作家。
② 谢尔盖·季莫费耶维奇·阿克萨科夫(1791—1859)，俄国作家。
③ 尼古拉·谢苗诺维奇·列斯科夫(1831—1895)，俄国作家。
④ 伊凡·阿列克谢耶维奇·蒲宁(1870—1953)，俄罗斯作家，诺贝尔文学奖获得者。

以及散布于苔藓中的一汪汪小水塘和遍地的矾踯躅才告诉人们此地曾经是沼泽。

我不赞同人们通常对矮林区不屑一顾的那种态度。矮林区自有其独特的魅力。各种各样的幼龄树——云杉、松树、白杨、白桦——密密麻麻地、和睦地在一起成长。那里总是明亮而又干净，就像拾掇得清清爽爽准备过节的农民的正房。

每回走进矮林区，我总觉得画家涅斯捷罗夫①正是在这里寻觅到他的风景画的特色的。这里每一株细细的树干，每一根小小的枝丫，无不如在画中，因此格外显得赏心悦目。

在有些地方的苔藓中，就如我已经说过的，有一汪汪小水塘。乍看上去似乎都是一塘死水。但是如果再仔细看看，就会发现从水塘深处一刻不停地冒出一股静静的水流，越橘的枯叶和发黄的松针在水流中打着旋。

我们俩在这样的一个小水塘前边停下来，喝饱了塘水。水微微带点儿松节油的味道。

"泉水！"护林员瞧着一只甲虫拼命在水中挣扎，刚浮上来立即又沉入塘底说道。"我想伏尔加河怕也是发源于这种水塘的吧？"

"大概是的，"我同意说。

"我非常喜欢追究字的来源，"护林员出乎我意外地说道，腼腆地微微一笑。"真是怪事！常常会想起一个什么字眼儿，这字眼就缠住了我，怎么也不让我定下心来。"

护林员沉默了一会儿，扶正了挎在肩上的猎枪，问道：

---

① 米哈伊尔·瓦西里耶维奇·涅斯捷罗夫(1862—1942)，俄罗斯油画家。

"听说，您在写书？"

"是的。"

"这么说，你对于字的意思想来都是清楚的了。可我不管怎样拼命地想，十个字里边倒有九个字解释不了。我在树林里走着，脑袋瓜里出现了一个又一个字眼。我翻来覆去地想怎么会造出这些字眼的？但是怎么也想不出来。我没知识。没念过书。可有时候，也有这么几个字叫我找到了解释，那时心里可高兴呢。其实有什么好高兴的？我又不是教娃娃们念书的。我是护林人，一个普普通通看林子的。"

"那么这会儿是哪个字眼在缠着您呢？"我问。

"就是'родник'（泉水）这个词儿。这个词儿我早就注意了。一直在刨根究底地琢磨它的来历。依我看，所以会有这个词儿，就是因为水是由那儿产生的。而泉水又产生河，河水流呀，流呀，流遍了我们的大地母亲，流遍了我们的祖国，哺育着人民。您瞧，把这三个词儿：родник（泉水），родина（祖国），народ（人民）搁在一起多近乎呀。这三个词儿就像是亲族（родня）。就像是亲族！"[1]他重复了一遍，笑了起来。

这一席普普通通的话向我揭示了我国语言最深的根源。

这一席话概括了自古以来人民的全部经验和人民性格中的全部诗意。

---

[1] родник（泉水、源泉）、родина（祖国、故乡）、народ（人民、民族）和родня（亲族）在俄语中称为同族词，它们都有共同的字根род。род这个字根可作"生养"、"产生"解。上面这段文字因为涉及俄语词的构造，所以实际上是无法翻译的。现在中译文只译出了字面的意义而已，未能把作者的巧思表达于万一。

语言和大自然

要想充分掌握俄罗斯语言，要想不失去对俄罗斯语言的语感，我坚信不仅必须经常同普通的俄罗斯人交往，而且还必须经常去接触牧场、树林、河川、老柳树、鸟儿的鸣声和榛树丛下每一朵晃动着脑袋的小花。

每个人一生中大概都会有所发现。这种有所发现的时刻是幸福的。我也曾有过这样的时刻，那是我在树木葱茏、茂草似茵的俄罗斯中部度过的一个雷雨和彩虹频繁地交替出现的夏季。

那年夏天有隆隆的松涛，有凄婉的鹤唳，有大朵大朵的白色积云，有闪烁不已的夜空，有一丛丛繁茂芬芳的绣线菊，有公鸡雄赳赳的报晓声，而每当落霞把姑娘们的双眸染成了金色，第一缕薄雾小心翼翼在深渊上弥漫开去的时候，在暮色苍茫的草地上，还有姑娘们的歌声。

在那一年夏天，我通过触觉、味觉和嗅觉，重新认识了许多词。其中绝大部分在那年夏天以前我虽然都认识，却一知半解，没有切身的体验。过去这些词只能给我一个一般的贫乏的形象。而自从那年夏天后，我发现每一个这样的词中都蕴含着无数生动的形象。

那么这都是些什么样的词呢？这种词非常之多，多得使我难以决定从哪些词谈起好。看来，最简便的还是从有关雨的词谈起吧。

不消说，我早就知道雨分毛毛雨、太阳雨、霪雨、蘑菇雨、疾雨、片状雨、斜雨、骤雨，以及暴雨（即瓢泼大雨）。

然而抽象地知道这些字眼是一回事，切身体验这些雨，从而领略到每一种雨所包含的诗意，弄明白每一种雨有别于其他雨的特征所在，又是另一回事。

一旦有了切身体验，所有这些形容雨的字眼就活了，扎实了，就充满了感染力。你就能透过每个这样的字眼，看到和感觉到你所要说的东西，而不再是按照千篇一律的习惯机械地把这个字眼念出声来而已。

顺便提一下，作家的语言如何作用于读者，是有其独特的规律的。

如果一个作家在写作的时候，不能透过他所写的字眼看到它们所包含的内容，那么读者也不可能从中看到任何东西。

但是如果作家能够清楚地看到他所写的字眼的内涵，那么即使是最普通，甚至是老生常谈的字眼，也能获得新意，以惊人的力量感染读者，使读者产生作家想要传达给他们的那种思想、感情和心绪。

显然，所谓潜台词的秘密就在于此。

不过还是言归正传，来谈雨吧。

下雨前是有许多征兆的。太阳躲进乌云，炊烟紧贴地面，燕子低飞，公鸡不按时辰乱啼，空中出现一缕缕长长的如雾一般的云霭——这都是要下雨的征兆。在临下雨前，即使乌云还未堆满天空，就已能感觉到水汽轻柔的气息了。这种气息想必是从已经下雨的地方飘过来的。

随后就开始洒下最初的雨点。"洒"这个民间用语生动地表达了初下雨时的景象。这时，疏疏落落的雨珠在尘土飞扬的道路和屋顶上留下一个个小小的黑点。

此后雨越来越大。这时刚刚被雨水打湿的土地就会散发出一股凉爽、奇妙的气息。然而这种气息持续不了多久。湿漉漉的青草，特别是荨麻，很快就用它们的气味把泥土的气息排挤一空。

我们不妨来分析一下几种不同类型的雨，以资说明一旦作家对一些字眼有了切身感受之后，这些字眼就活了，就可帮助作家正确地运用这些字眼。

比方说吧，疾雨和蘑菇雨有什么区别呢？

"疾"是迅速、急骤的意思。疾雨是垂直、有力地倾泻下来的。疾雨由远及近时，总是发出万马奔腾的喧声。

疾雨滂沱而下时，河上的景色尤为好看。每一滴雨珠都把河面打出一个圆圆的深坑，形成一只用水做成的小巧的杯子，雨珠猛地弹起来，然后又落下去，在它消失前的一瞬间，还可在水杯的底上看到它。雨珠闪闪发光，活像是一颗珍珠。

与此同时，河上响彻着一种玻璃相撞的声音。根据声音的高低，可以判断雨在越下越大，还是在渐渐停下来。

而蘑菇雨则是一种濛濛细雨，打低垂的乌云里懒洋洋地洒落下来。由这种雨水潴积起来的水洼，水总是挺暖和的。这种雨从不哗哗地喧闹，只是昏昏欲睡地悄声絮语，好不容易才能听到它在树丛中窸窸窣窣地忙碌，仿佛在用柔软的爪子一会儿摸摸这片树叶，一会儿又摸摸那片树叶。

树林中的腐殖土和苔藓不慌不忙地把这种雨水全部吸吮进去。因此雨后蘑菇就蓬蓬勃勃地生长出来，其中既有黏糊糊的伞菌，也有鹅油菌、牛肝菌、松乳菌、密环菌，以及无数的毒菌。

在下蘑菇雨的时候，空气中飘荡着一股烟味，尽管鳊鱼一向狡猾、谨慎，可这时却很容易上钩。

民间把又出太阳又下雨的太阳雨形容为"公主哭了"。雨点映着阳光的确很像大颗大颗的泪珠。除了童话中美丽的公主，谁能因为痛苦或者欢乐而流下如此晶莹的泪珠呢！

在下雨时，变幻莫测的光线和各种各样的声音——从木板屋顶上有节奏的雨点声、水落管中轻轻的泄水声，直到所谓大雨像堵墙壁似的倾泻而下时那种密集而又紧张的哗哗声，都是百看不厌和百听不厌的。

关于雨，可以说的还很多，上述这一切不过是很少的一部分。然而就这么一点儿，也已经足够使一位作家听得火冒三丈，虎起脸来对我说：

"我宁可描写生气盎然的街道和住房，也决不会去写您那令人厌倦的死气沉沉的刮风下雨之类的东西。雨除了使人不便，叫人生厌之外，没有任何好处可言。您可真是个吟风弄月的幻想家！"

俄语中有多少令人拍案叫绝的描绘所谓天气现象的词呀！

夏日的雷雨风驰电掣地卷过大地，坠落到地平线后面。乌云消散了，可民间却不说乌云消散，而爱说乌云扫光了。

闪电有时劈开天空，笔直地打到地上，有时就在黑魆魆的密云中进射开来，像是连根拔起的有许多枝条的金树。

在烟雾空濛的远方，空中已升起彩虹。可雷还在断断续续地打着，低沉的雷声怒气冲冲，震得地都抖动了。

不久前，我住在农村里，有回下雷雨时，一个小男孩跑到我屋里，用两只由于兴奋而睁得大大的眼睛，望着我说：

"走，咱们瞧 громá(雷)①去！"

小男孩把这个词说成复数也有他的道理，因为那天的雷雨铺天盖地而来，一下子四面八方都响起了雷声。

小男孩说的"咱们瞧雷去"，使我想起了但丁在《神曲》中所说的"阳光缄默了"。这两句话都是概念的易位。然而这种易位给予了词汇以非同寻常的表现力。

我在上文中已提起过"远处闪电的反光"这个词。

这种闪光在七月份庄稼成熟的季节出现得最为频繁。所以民间有一种迷信说，闪光"照熟庄稼"，它在每天夜里给庄稼照亮，使庄稼得以更快地灌浆。因此在卡卢加州，人们管这种闪光叫"庄稼闪"。

与闪光同样富有诗意的词是"霞光"。这是俄语中最美的词之一。

人们在念这个词时总是轻声轻气的。甚至很难设想可以用大喊大叫的声调去念这个词。因为这个词迹近于更残漏尽时的岑寂，这时乡村果园内树丛的上空吐出了清澈如洗的淡蓝色的微弱的晨光。民间用"麻麻亮"三个字来形容一天中的这个时辰。

在这霞光初升的时刻，启明星熠熠闪光地低悬在大地上空。空气洁净得好似泉水。

拂晓时分的霞光中，有一种像处子一般纯洁的东西。每当

---

① 此处系 гром(雷)一词的复数。俄语中此词一般是不用复数的。

朝霞初上时，青草披着露珠，树木散发出刚挤出来的热乎乎的牛奶的香味。村外，牧人在晨雾中吹着风笛。

转眼之间就破晓了。暖和的农舍里还静悄悄的一片昏暗朦胧。但是顷刻之间，圆木搭成的墙上就映出了几方橙黄的朝晖，一根根圆木像是一层层琥珀，灼灼地放射出光来。太阳出来了。

秋日的朝霞又是另外一种样子，不但阴沉沉的，而且行动缓慢。白昼不大情愿苏醒过来，因为反正照不暖冻僵了的土地，也无力把笑盈盈的阳光召回。

万物都在凋谢、衰败、唯独人不肯屈服。天刚破晓，家家户户的农舍里便生起了炉子，袅袅的炊烟萦绕在村子中，贴着地面弥漫开去。此后渐渐沥沥的晨雨大概就会打在蒙着一层水汽的窗玻璃上。

除了朝霞，还有晚霞。我们往往混淆夕照和晚霞这两个概念。

晚霞是在夕阳西坠之后才出现的。晚霞主宰着日落后渐渐黑下去的天空，把从赤金色到绿松石色的多种多样的色彩洒满天空，然后缓缓地转为越来越浓的暮色和夜色。

长脚秧鸡已在树丛中叫开了，鹌鹑已在啼了，麻鸭也已发出鸣声，空中已闪烁起第一批星星，可晚霞还在烟雾空濛的远方久久地燃烧。

北方的白夜，列宁格勒的夏夜——是绵亘不绝的晚霞，或者也可以说是连接在一起的晚霞和朝霞。

普希金对这种夜晚有准确得惊人的描绘，真可以说是前无古人，后无来者：

我爱你，彼得兴建的都城，

　　爱你严肃整齐的面容，

　　爱你涅瓦河端庄的水流

　　和大理石砌成的河岸。

　　我爱你铁栏杆上的花纹

　　和你那沉思的夜晚，

　　爱你透明的夜色和无月的幽光。

　　这时候，我坐在自己的房间里，

　　不用点灯就可写作或读书，

　　我清楚地看见大街小巷

　　在静静地安睡，看见

　　海军部的尖塔多么明亮。

　　黑夜还未及把帷幕

　　遮没金色的天空，

　　朝霞已匆匆来临，

　　前霞方逝，后霞已至，

　　只让黑夜逗留半个小时。①

　　这些诗句不单单是诗歌的顶峰，其中所蕴含的不仅仅是准确性、开朗的心灵和宁静，而且还充分体现了俄语的魅力。

　　假如可以这样设想：俄罗斯的诗歌消亡了，连俄语本身也消亡了，世上只留下了这几句诗，那么单凭这几句诗也足以使每一个人知道当初我国的语言是多么丰富，多么富有音乐性。因为在普希金的这几句诗中，就像魔幻的水晶球一样，凝聚了

---

① 引自普希金的长诗《青铜骑士》的《序诗》。

我国语言的全部非凡的素质。

创造了这种语言的人民是名副其实的伟大而又幸福的人民。

花和草

不仅那个护林员寻找词的解释，许多人都在寻找，在没有找到之前，总是挂在心上，放不下来。

我至今记得，有一回我在谢尔盖·叶赛宁的一首诗中看到了"свей"这么一个词，这个词使我感到十分诧异：

> 绳索拴住我的颈项，
> 牵着我沿着沙漠，
> 踏着被风吹起的 свей，
> 走向那哀愁之乡。[①]

我不知道"свей"是什么意思，然而我感觉得出这个词蕴含有诗意的内容。这个词本身就闪耀着诗情画意。

我很久都未能探究出这个词的含意，虽也曾作过种种猜测，终不能得到解答。叶赛宁为什么要说"被风吹起的свей"？显然，这个词的意义和风有关。然而是什么关系呢？

后来，我终于从方志学家尤林那里得悉了这个词的含意。

---

① 引自苏联诗人谢尔盖·亚历山德罗维奇·叶赛宁(1895—1925)的诗作《在那长满黄色荨麻的地方……》。

尤林对于凡是同俄罗斯中部的自然界、生活方式和历史有关的事情，即使是细枝末节，也都锲而不舍地、兴致勃勃地加以研究。

在这方面，他很像那些热爱本乡本土的地方志行家，这些人对俄罗斯小县城中还保存着的本地和本区的地理、植物、动物以及历史上一切有意义有特色的东西都悉心加以考察，一点一滴地收集起来。

尤林到乡下来看望我，我们一起去河对岸的牧场散步。我们顺着洁净的沙滩向小桥走去。昨晚起过风，因此沙地上就像往常刮风后那样泛起了一道道波纹。

"您知道这叫什么吗？"尤林指着沙地上的波纹，问我。

"不知道。"

"叫 свей，"尤林回答说。"风在沙地上свевает（吹出）波纹。所以就有了这个叫法。"

我高兴得眉开眼笑，显然，就跟那位护林员找到了某个词的解释之后一模一样。

我终于弄懂了叶赛宁为什么要写"被风吹起的 свей"，为什么要提到沙（"牵着我沿着沙漠……"）。而最使我高兴的是，这个词果然如我所推测的那样，表达了一种虽然普通却充满诗意的自然现象。

叶赛宁的故乡康斯坦丁诺沃村（今称叶赛宁诺村）位于奥卡河左岸不远的地方。

每天太阳都是在那一边落山的。自从我到过那里后，一直认为叶赛宁的诗最完美地描绘了奥卡河左岸落日的壮观和湿润的牧场上的暮色。每到黄昏时刻，不知是雾呢，还是从火烧过的林区中飘来的淡蓝的烟霭，笼罩了这些牧场。

在这些似乎渺无人迹的草场上，我曾遇到过各种各样的事，碰见过许多意想不到的人。

有一回，我在一个小湖边垂钓，湖岸又高又陡，长满了刺人的悬钩子。湖的四围尽是密密层层的古老的柳树和黑杨。因此湖上终年没有一丝风。即使在艳阳天，光线也昏暗朦胧。

我坐在水边繁茂的树丛里，打岸上是怎么也看不到我的人影的。水边盛开着黄菖蒲花。再往前去，就是浑浊而又深邃的湖水了，从湖底一刻不停地冒起水泡——想必是鲫鱼在淤泥里寻找食物。

我头顶上边，野花长得有半人高。有几个乡下孩子正在那里采摘酸模。听声音，一共有三个小姑娘和一个年纪很小的男孩子。

有两个小姑娘在学多子女的乡下女人的口气攀谈。两人学的想必是各自的母亲。这是乡下小姑娘爱玩的一种游戏。还有一个小姑娘始终没有说话，只是一股劲儿地尖声细气地唱着：

> 在空袭金报的时候，
> 生下了一个漂亮的小妞……

以下的歌词她就不知道了。稍停片刻之后，她又从头唱起这支《空袭警报》的歌来。

"金报！金报！"一个哑嗓子的小姑娘气呼呼地说道。"我成天起早贪黑，累得腰酸背痛，就是为了能把这帮小冤家，这帮讨债鬼，送到学堂里去学点儿东西，可他们在学堂里学到了点什么？连个字都念不来！不是'金报'，应当是'警报'！我这就告诉你爹，让他好好教训教训你。"

"我那个彼季卡前两天算术吃了个两分，"另一个小姑娘说道。"我把他一顿好揍，连手都打麻了。"

"纽尔卡，你尽胡扯！"小男孩用低沉的嗓音说道。"揍彼季卡的是妈妈。就轻轻地揍了几下。"

"挨得着你说话，鼻涕虫！"纽尔卡喝住他道，"看你再敢多嘴！"

"听着，姑娘们！"哑嗓子高兴地喊了起来。"嗨，我告诉你们一件什么事儿啊！这儿鸟滩近旁有一棵树。一到夜里，整个树，直到树尖尖，就开始冒蓝颜色的火！火可大着呢！就这么冒呀，冒呀，一直冒到天亮。谁都不敢走到这棵树跟前去。"

"克拉娃，这树为什么冒火？"纽尔卡诧异地问。

"因为有宝藏，"克拉娃回答说。"树底下埋着宝藏。一支金铅笔。谁要是拿这支铅笔写出他最想要的东西，东西马上就会变出来。"

"给我！"小男孩死乞白赖地说。

"给你什么？"

"铅笔！"

"别胡缠！"

"给我！"小男孩突然扯开粗嗓门令人讨厌地哭叫道。"给我铅笔，蠢丫头！"

"好呀，你敢撒野？"纽尔卡怒喝道，随即响起清脆的啪的一声。"我的灾星！我作了什么孽，要生下你来！"

说来也怪，小男孩立刻不哭了。

"你呀，老姐姐，"克拉娃装出一副规劝的口吻说，"别打孩子。老打孩子，用不了多久就会叫你打死的。你呀，得看看我的样，好好地开导他们，教他们懂事儿。要不长大了，一个个全是傻瓜蛋，对自个儿，对别人都没一点儿好处。"

"教他什么？"纽尔卡气呼呼地说。"你倒来教教他看！他照样会气炸你肚子！"

"不教还行吗！"克拉娃反驳说。"什么都得教他们。就拿这会儿来说吧，他硬要跟咱们来，来了又尽瞎闹，可四下里的花，一朵跟一朵不一样。这儿的花少说也有几百种。可他认得这些花吗？他啥也不认得。就连这种花叫什么，他也不知道。"

"叫鸡肠草，"小男孩说。

"什么鸡肠草，是肺草。你才是鸡肠草呢！"

"对，肥草！"小男孩甚至有点儿佩服地学嘴说。

"不是'肥草'，是'肺草'。得把音咬准了。"

"肥草，"小男孩急忙又重复了一遍，马上又问道："这粉红色儿的是什么花？"

"这是薄荷。跟着我念：薄荷！"

"好，跟着你念就跟着你念：薄荷，"小男孩同意道。

"叫你念就乖乖地念，别啰里啰唆的。瞧，这是绣线菊。多香呀！多娇呀！要给你采一朵吗？"

显然那小男孩挺喜欢这样的游戏。他一边哼哧着，一边认真地跟着克拉娃念。她像炒爆豆子似的讲出了一连串花草的名字。

"这是猪秧秧。这是睡莲。瞧,就是那长着白铃铛的。这是杜鹃泪。"

我听得惊叹不已。这小姑娘竟认得出那么多花草。她叫出了女娄、紫茉莉、石竹、荠草、细辛、皂根、唐菖蒲、穿心排草、百里香、金丝桃、白屈菜,以及其他许多花草的名字。

可是这堂极为生动的植物学课却出乎意料地被打断了。

"我脚上扎到刺了!"突然那小男孩又扯开嗓门哭了起来。"你们这些傻瓜,尽把我往什么地方带?!带我往有刺的地方钻!这下我回不了家啦!"

"喂,小丫头们!"远处有个老人的声音喊道。"你们干吗要欺负小孩?"

"帕霍姆大爷,是他自个儿扎上了刺!"维护准确发音的克拉娃高声回答说,然后压低声音埋怨那小男孩道,"嗬,你这个没良心的!你自个儿才尽欺侮人呢!"

我听见那位老人走到孩子们跟前。他朝下面的湖望了一眼,看到了我的钓竿,便说道:

"人家在这儿钓鱼,可你们却叽里呱啦地大吵大闹。这么大的草场,你们偏要跑到这儿来嚷嚷!"

"哪儿在钓鱼?"小男孩急忙问道。"让他给我钓一会儿吧!"

"上哪儿去!"纽尔卡喝住他道。"还想掉到水里去吗,该死的,一句话也不听!"

孩子们很快就走开了,因此我没能见到他们是什么样的。可那老人仍站在岸上,想了一会儿,客气地咳了几声,迟疑不决地问道：

"公民，您带得有烟吗？"

我回答说有烟，于是老头儿便噼噼啪啪地打斜坡上冲了下来。悬钩子老是钩住他，气得他一迭声地骂娘。他下到我跟前，向我讨烟抽。

这是个又瘦又小的干瘪老头儿，可手里却握着好大一把刀。刀套在刀鞘里。老头儿见我对这把刀很不放心，便急忙告诉我说：

"我是来砍柳条的。拿去编箩筐和篮子。我是编这些玩意儿的。"

我对老头儿说，刚才有个小姑娘可真了不起，什么花草都认得。

"您是说克拉娃吧？"他问。"她是集体农庄饲马员卡尔纳乌霍夫的闺女。她奶奶是全州最有本事的草药郎中，这丫头还有什么不认得的呢！您去找她奶奶谈谈吧。准叫您听得出神。真格的，"他说道，然后沉默了一会儿，叹了口气。"每朵花都有个名儿……看来连花也实行户口登记制度。"

我惊诧地看了他一眼。老人又向我讨了支烟就走了。不一会儿我也走了。

我钻出树丛，走到了草场的大道上，远远看到前面有三个小姑娘。她们全都拿着一大把花。其中有一个还牵着个戴顶大便帽、光着脚丫的年纪很小的男孩子。

小姑娘们走得挺快。只见她们的脚不停地挪动着。后来传来了尖声细气的歌声：

在空袭金报的时候，

生下了一个漂亮的小妞……

太阳已经在向奥卡河左岸，向叶赛宁诺村的后边沉落下去，淡红色的斜晖燃亮了东方繁密得像堵墙壁似的绵亘不绝的森林。

辞书

有时我会忽发奇想。譬如说吧，我就曾想过何不去编纂几部新的俄语辞典呢（当然，现有的综合性辞典不在其内）。

其中的一部辞典不妨收一切与自然界有关的词汇，另一部收生动准确的土话俚语，第三部收各行各业的用语，第四部则专收乌七八糟的死了的词汇以及陈词滥调的公文用语和鄙俗不堪的字眼。

后一部辞典之所以需要，在于它可以告诫人们摈弃似通非通的拙劣语言。

我在牧场上的小湖边听到那个哑嗓子小姑娘历数各种花草名字的当天，便产生了一个想法，要收集与自然界有关的各种词汇，编成一部辞典。

不消说，这应当是一部详解辞典。每个词目都应当有释文，并摘引作家、诗人、学者著作中从科学上或从诗学上涉及这个词的段落，附于释文之后。

譬如在"冰箸"这个词目之后可以援引普里什文作品中这样一段描写：

陡岸近水的地方向里塌陷，形成黑洞洞的岸的穿隆，其中密密麻麻地悬垂着长长的树根，如今这些树根变成了一根根冰箸，而且越结越大，越结越长，都已触及河水。每当春风徐来，河上泛起涟漪的时候，细微的水波便拂弄着悬在陡岸下的冰箸的尖尖，使冰箸左右晃动，彼此相碰，发出叮叮咚咚的声音。这是春的最早的声音，是风神之琴。

而在"九月"这个词目之后，则不妨引用巴拉丁斯基的几句诗：

> 九月到了！太阳迟迟才升起，
> 　　吐出亮闪闪的寒冷的晨曦，
> 　一抹朦胧的金色的朝晖，
> 　　荡漾在波光粼粼的明镜般的水里。①

我在考虑编纂这些辞典，特别是《自然辞典》时，把这方面的词汇分成以下各类："森林词汇"、"田野词汇"、"草场词汇"，以及有关四季时令的词汇、气象的词汇、河川湖泊的词汇、植物词汇和动物词汇。

我懂得，这样一部辞典应当编得像一本书那样好读。那么这部辞典既可提供有关我国自然界的知识，也可使人们体会到俄语词汇的丰富是取之不竭的。

当然，由一个人去从事这项工作是力所不逮的。即使用毕

---

① 引自巴拉丁斯基的诗歌《秋》。

生的时间也完成不了。

每当我想起这部辞典时，就恨不得能年轻二十岁，当然并不是说，这样我就能独自来编这部辞典了。要编这样一部辞典，我缺乏必要的知识，但参加编纂工作还是可以的。

我甚至已开始为编这部辞典做了些笔记，但是我照例把笔记给丢了。现在要想凭记忆来追述这些笔记几乎是不可能的了。

有年夏天，我差不多把全部时间都用之于收集花草的名字。我根据一本老的植物图鉴得知了花草的名称和特性，并把它们一一记到我的笔记本里。这是一项饶有趣味的工作。

在这之前，我从来没有如此明确地意识到自然界中所发生的每一件事都是有道理的，从没有想到过每一片树叶、每一朵花、每一条根须或者每一颗种子都是极为复杂和完美的。

这种合理性往往只让人看到其表象，对其内情却秘而不宣到了过分的程度。

有一年秋天，我和一位朋友结伴上奥卡河荒凉的旧河道去捕了几天鱼。奥卡河改道已有好几百年，旧河道已演变成一个长形的深水湖。湖的四周榛莽密布，使人难以走到湖边，有的地方甚至根本无法穿过。

当时我穿的是件毛线衣，那上边沾了好多扁扁的带刺的鬼针草籽、牛蒡籽和其他草籽。

白昼晴朗而寒冷。夜间我们和衣睡在帐篷里。

第三天上，下了一场小雨，我的毛线衣淋湿了，睡到半夜里，只觉得胸部和手臂上有好些地方像针扎一样疼。

原来是一些又圆又扁的草籽吸足水分后动了起来，像螺旋似的拧进我的毛线衣里。它们先钻过毛线衣，然后又穿过衬衫，到半夜里终于碰着了我的皮肤，开始小心翼翼地往皮肤里扎。

这大概是一个最生动的例子，说明植物的一举一动无不是有道理的。草籽落到地上，在降下最初几场春雨之前，始终纹丝不动地躺在那里。因为钻到干燥的土壤中去，对它来说，毫无意义。但一俟土壤被雨水浇湿，草籽便膨胀，苏醒，形成螺旋状，像螺钻一般拧进地里，只等适当的时机一到就开始萌发抽芽。

我又离开了"叙述的主线"，扯起草籽来了。而且我在谈草籽的时候，还想起了另一个奇怪的现象。我不能不提一提这个现象。何况这个现象和文学有某种关系，虽然这种关系是极其疏远的，确切点说，是纯粹比拟式的。然而借这个现象可以说明什么样的书能够垂诸久远，什么样的书却经不起时间的考验，不消多久便会夭殇，就像那朵"在一个阴冷的早晨未及开放便已凋谢"的感伤的花。

我所要谈的是普通的椴树花浓郁的香味。这种树在我们的公园里常常见到，是一种富有浪漫主义情调的树木。

椴树花的香味只有从远处才能闻到。一走到树跟前反而闻不到了。这种香味像是一个巨大的圆环，把椴树闭锁在中间。

其所以会如此，显然是有道埋的，只是我们不了解罢了。

真正的文学就像椴树花一样。

要检验和评价文学的感染力、文学的完美程度，要感到文学的气息和不朽的美，往往需要隔一段时间。

如果说，时间能够使爱情和人的其他感情，就如对人的怀念那样消失殆尽的话，那么时间却能够使真正的文学成为不朽之作。

不妨回忆一下萨尔蒂科夫-谢德林的话,他说文学不受衰亡这种规律的制约。回忆一下普希金的话:"我的心灵将越出我的骨灰,在庄严的七弦琴上逃过腐烂。"①还有费特的话:"这片树叶虽已枯黄凋落,但是将在诗歌中发出永恒的金光。"②

各个国家各个时代的作家、诗人、艺术家和学者都有类似的看法,这种话还可举出很多。

这个看法必然会激励我们致力于把"我们所喜爱的思想臻于完美",激励我们永远不去贪图安乐,激励我们不断去攀登技巧的新高峰。同时使我们意识到在人类真正的精神产品和那种灰色、颓废、粗鄙的文学之间是有天壤之别的,凡是富有朝气的心灵都不会需要后一种文学。

瞧,可以把椴树花的特性引申得多远!

可见一切事物都可以使人的思想受到启发,所以不应当轻视任何东西。要知道,有些童话,就是在一粒干豌豆或者一只破瓶子的瓶颈这类不起眼的东西乃至废品的启发下写成的。

在东拉西扯地谈了一通离题的话后,回过头来,我还是想凭记忆简略地追述一下我为了打算编写辞典(这差不多是一种不切实际的幻想)所做的笔记。

据我所知,我们有好几位作家都备有类似的"私人"辞典。但是他们从不给别人看,甚至都不愿提起有这样的辞典。

我前文所提到的泉水、雨、雷、霞光、沙地上的波纹,也出之于这类"辞典"的笔记,只不过我是凭记忆回想起来的罢了。

---

① 引自普希金的诗作《纪念碑》。
② 引自费特的诗作《致诗人》。

我最早记的笔记都与森林有关。我生长在没有森林的南方，也许正因为如此，在俄罗斯中部的自然界中，我最偏爱森林。

第一个吸引住我的有关"森林"的词汇是 глухомань①。诚然，这个词并不仅仅与森林有关，然而我是从守林人口里第一次（另一个词 глушняк② 也是这样）听到这个词的。从此这个词在我的心目中，便和遍地青苔的密林、潮湿的林莽、东倒西歪的被风吹断的树木、霉烂的树叶和朽烂的树桩所散发出来的似碘酒一般的气味、淡绿的暮色以及无边的寂静联系在一起了。"你是我亲爱的故乡，我的自古以来荒凉的地方！"

后来我笔记中所记下的都是名副其实的林业词汇了：船材林、山杨林、矮林区、沙地松林、密林、沼泽松林、火烧迹地、阔叶林、荒原、林缘、护林哨所、桦树林、滥伐、树皮、净松脂、林班线、雪松、栎树林，以及其他许多普普通通的富有诗情画意的词汇。

甚至像"林班标桩"或者"护桩"这种干巴巴的术语也都充满了难以言说的魅力。要是您熟悉森林的话，是会同意我这个看法的。

一根根并不太高的林班标桩竖立在羊肠小道般的林班线的交叉处。在这些林班标桩附近总有一个小小的沙堆，沙堆上长满枯萎了的深草和草莓。这种沙堆是在挖坑埋下标桩时用多出来的沙土堆积成的。标桩的顶部全用刨子刨平，上边烙着一行

①此词有多意：1. 夜阑人静；2. 荒凉的野林；3. 荒芜的田地；4. 渺无人烟的荒凉的地方。
②此词也有多意：1. 荒凉茂密的针叶树林；2. 减音器；3. 聋子；4. 大雷鸟。

数字，这是林班的番号。

几乎总是有好几只蝴蝶并拢翅膀，停在这些标桩上晒太阳，而蚂蚁则在标桩上忙忙碌碌地跑来跑去。

在标桩附近要比在林子里暖和些（也许这不过是一种错觉）。因此我总是要在这里坐下来歇口气，背靠着标桩，一边谛听树梢轻轻的喧声，一边仰望天空。待在林班线上，可以清楚地望到天空。镶着银边的云朵缓缓地在空中飘浮。这样坐上一个星期甚至一个月，也未必会看到一个人。

蓝天和白云跟森林一样，跟俯向灰化了的地面的风铃草枯萎的蓝色花萼一样，跟我们的心底一样，都沉浸在午间的宁静之中。

有时，隔了一两年后，又见到了早先熟悉的标桩。每回我都会感慨系之：在此期间有多少逝水流去了，我又在漂泊中去过了多少地方，经受了多少痛苦和欢乐，可是这根标桩却不分隆冬酷暑，不分白天黑夜，像个忠诚的朋友那样伫立在这里，毫无怨言地等待我归来。它几乎没有变化，只是身上黄澄澄的苔藓比过去多了些，菟丝子一直爬到了桩顶。由于森林里挺暖和，菟丝子已经开花，吐出像扁桃一样的淡淡的苦涩的气味。

从防火瞭望台上眺望森林是最赏心悦目的了。可以清楚地看到森林一直延伸到地平线后面，数不清的树木有时高高地登上山丘，有时又降入山谷，好似一道道要塞的壁垒，耸立在沙沟之上。有些地方闪烁着粼粼的水光——这是森林中波平如镜的湖泊，或者是林中水色淡红、水寒彻骨的深邃的溪涧。

从瞭望台上俯瞰下方，郁郁苍苍的低地沼泽林和整个庄严肃穆的林区都尽收眼底。无涯无际的神秘的森林正在不容分说地召唤人们到它谜一般的密树丛中去。

这种召唤是无法抗拒的，使你不得不立刻背起背囊，拿起罗盘，走进森林，沐浴在这苍翠的针叶树的海洋之中。

有一回，我和阿尔卡季·盖达尔就曾不由自主地听从了这种召唤。我们两人不择道路地在森林中走了整整一天和几乎整整一夜，星星透过松树的树冠，仅仅为我们两人照着亮，因为周遭的一切都在沉沉酣睡。直到破晓前我们才走到一条弯弯曲曲的森林小河边。小河被笼罩在茫茫浓雾中。

我们在岸边升起了篝火，在一旁坐了下来，久久地默默倾听着河水流过附近什么地方一棵倒在水中的树木时发出的嘟囔声，以及后来响起的驼鹿哀愁的嘶鸣。我们坐在篝火旁，一声不响地抽着烟，直到东方吐出一抹异常柔媚的淡蓝色的朝霞。

"能这样坐上一百年该多好！"盖达尔说道。"一百年你知足了吗？"

"未必。"

"我也不会知足的。把小锅递给我。我们煮茶喝。"

他走到黑洞洞的河边去了。我听到他一边用沙子擦洗着小锅，一边骂着小锅，因为那上边用铁丝编成的拎把脱落了。后来他哼起了一支我从未听到过的歌：

> 强徒出没的野林，
> 已黑得看不见人影。
> 藏在怀里的利刃，
> 已磨得寒光凛凛。

他的歌声使我的心里漾起恬静的感觉。森林默默地伫立着，也在听盖达尔唱歌，只有那条小河对拦住去路的断树一肚子不高兴，一直在嘟嘟囔囔地埋怨它。

还有许多词汇虽与森林无关，但和林业词汇一样，以其蕴含的魅力深深地扣动着我们的心弦。

俄语中有关四季时令以及各种季节的自然现象的词汇是非常丰富的。

就拿早春作例子吧。她，这位还被晚霜冻得瑟瑟发抖的春姑娘的背囊里，有许多美丽的词汇。

开始解冻、融雪，雪水顺着屋檐嘀嘀嗒嗒滴落下来。积雪结成颗粒，出现了许许多多小孔，日益沉陷，发黑。迷雾朝朝暮暮地侵蚀着它。道路渐渐变成了烂泥塘，举步维艰的泥泞季节开始了。冰封的河面上出现了最初的几汪水洼，里边潴积着黑糊糊的水，而在小丘上，有的地方雪已融化，露出斑斑点点的光秃秃的泥地。在结得邦硬的积雪的边沿上，款冬已经在返青。

此后，河上的冰渐次移动（正是移动，而不是流动），封冻的河面开始从边上斜裂开来，冰块挪动了位置，于是河水就从各种形状的冰窟窿和裂罅中冒了出来。

不知为什么，流冰总是在漆黑的夜里开始的。而在河水还未开冻前，沟壑中就已流水汩汩，草场和田野也已冰消雪融，泛滥的雪水席卷着像碎瓷片似的残存的冰块，向四外泛滥开去。一路上冰块发出相撞的声音。

要历数一年四季的各种景象是不可能的。因此我跳过夏天来谈谈秋天，谈谈已交九月①的初秋的那些日子。

九月初，大地已开始凋萎，然而前面还有"小阳春"，其时太阳将最后一次放射出艳丽明亮的光芒，只是这光芒已冷得像云母的寒光，其时凉爽的空气将把昊天洗涤得分外湛蓝，空中将飘荡着一根根蜘蛛丝（直到今天，有些地方虔诚的老太太仍把这种飘荡的蜘蛛丝称作"圣母纺的纱"），萧萧的落叶将洒满落寞的水面。白桦林像是一群美丽的姑娘，披着绣有金黄叶子的围巾，亭亭玉立地伫立在那里。"忧郁的季节，多么撩人眼睛！"②

小阳春一过便开始了阴雨天，秋雨连绵不绝，凛冽的北风刮来湿冷的天气，在铅一般沉重的河水上犁出一道道垄沟。天气越来越冷，渐渐出现冰冻，夜黑得伸手不见五指，寒露点点，朝霞黯淡无光。

秋意就这样越来越浓，临了终于袭来第一股寒潮，大地冰封了，纷纷扬扬地落下第一场雪，初雪上出现了雪橇的橇道。从此冬天就开始了，随之而来的是暴风雪、雪暴、低吹雪、鹅毛大雪、严寒、田野上的路标、雪橇滑铁的吱嘎声，以及阴云密布、大雪纷飞的天空。

俄语中有许多形容雾、风、云、水的词汇。

其中尤为丰富的是形容河流，以及河流的深水处、水底壑、渡船和浅滩的词汇。每当河流处于平水位时，轮船航行总是困难重重，为了不至于搁浅，必须始终顺着"主流"航行。

---

① 原文"九月"用的是动词。这在俄文中是极为罕见的。
② 引自普希金的诗作《秋》第7节。

我认识好几个渡船的船主和渡船工人。要学俄语就得向他们学习!

渡船是农村熙来攘往的集市。它取代了民间的聚会和乡村的茶馆。

不在渡船上聊天又上哪儿去聊天呢!正是在渡船上,妇女们一边慢吞吞地拉着钢缆,一边假惺惺地骂自己的丈夫是懒虫;逆来顺受的毛烘烘的驽马一边打身旁的大车上扯出一束干草,急急忙忙地咀嚼,一边斜睨着卡车上的小猪崽子在麻袋里死命地挣扎,发出垂死的尖叫声;而男人们则用自种的有毒的绿色烟叶卷成纸烟,拼命抽着,不烧到手指头决不掷掉!

要想听到农村中的——而且不仅是农村中的——形形色色的新闻,要想听到闻所未闻的机智的格言,以及难以置信的故事,只有到用干草屑填没一道道缝隙的摆渡船上去,只管坐在一边,在两岸之间渡来渡去,一边抽着烟,一边竖起耳朵来听。

所有渡船的船主都是闯荡江湖的过来人,他们几乎都喜欢讲话,而且无不妙语连珠。特别是黄昏的时候,他们就益发饶舌了。这时人们已不再有事没事来来回回地渡河,太阳静静地往陡岸后边落去,蚊子成团地在空中旋舞,发出聒耳的蚊雷。

这时,他们已可以消消停停坐在木棚旁的长板凳上,用暗示的办法向某个不急于上什么地方去的外地客人讨支烟,一边伸出由于拉钢缆而变得粗糙的手接过烟来,一边照例要说:"这烟真淡,纯粹是抽着玩儿的,连烟瘾都杀不住。"可是他们尽管嘴上这么说,却津津有味地抽着,同时眯起眼睛望着河,打开了话匣子。

总之，在渡口，在码头上（人们称它们为浮码头或者轮船码头），在趸船上，都聚集着众多的船民。他们有特殊的习俗和传统，那里的生活是热闹的，形形色色的，这种生活为我们研究俄语提供了丰富的养料。

伏尔加河和奥卡河流域的语言是异常丰富多彩的。我们难以设想我们的国家可以没有这两条河，就像难以设想可以没有莫斯科，没有克里姆林宫，没有普希金和托尔斯泰，柴可夫斯基和夏里亚宾[1]，没有列宁格勒的青铜骑士[2]和莫斯科的特列嘉柯夫美术馆[3]一样。

亚济科夫[4]（用普希金的话来说，他的语言像一团烈火），曾在一首诗作中出色地描绘了伏尔加河和奥卡河。尤其是对奥卡河，他描绘得更加精彩。

亚济科夫在这首诗作中以包括奥卡河在内的俄罗斯伟大河流的名义，向莱茵河[5]致敬。

……河水暴涨，橡木芊绵，

以王者的气度，雍容，威严，

流入广阔的牟罗马族[6]的沙漠，

---

① 费奥多尔·伊凡诺维奇·夏里亚宾（1873—1938），俄罗斯男低音歌唱家，歌剧演员。
② 系指彼得一世的雕像。
③ 世界著名艺术博物馆之一，规模宏大，收藏丰富，为俄罗斯绘画的宝库。
④ 尼古拉·米哈伊洛维奇·亚济科夫（1803—1846），俄国抒情诗人。
⑤ 欧洲大河之一，源出瑞士，流经列支敦士登、奥地利、法国、西德、荷兰，在鹿特丹附近注入北海。
⑥ 9 至 12 世纪居住于奥卡河下游的一个部族。

仰望着可敬的河岸……①

好吧，让我们牢牢记住"可敬的河岸"，并为此向亚兹科夫致谢。

我国方言俚语之丰富不亚于"自然"词汇。

一个作家如果滥用方言，就说明这位作家艺术修养肤浅、幼稚。不加选择地使用生僻的，甚至为广大读者所根本不懂得的土话，无非是想炫耀自己，而不是想使自己的作品生动活泼。

我们已经具备了一座高峰——纯正的、可适应各种需要的俄罗斯文学语言。再要想用方言来丰富它，就必须严加选择，必须有高度的审美力。因为在我国不少地方的方言和口音中，既有真正的明珠，也不乏拙劣的、语音难听的字眼。

只有形象的、悦耳的、易懂的方言俚语，才能丰富文学语言。

依靠枯燥的释文或者脚注来使人们看懂方言俚语是不行的。应当把某个土语同上下文紧密地联系起来，使读者无须依靠作者和编者的注解就能对其意义一目了然。

一个生涩费解的字眼就足以在读者眼里把一篇结构非常好的散文败坏殆尽。

只有清晰易懂的文学作品才能存在下去，才能作用于读者，这是无须再费笔墨来加以论证的。费解的、晦涩的，或者

---

① 引自亚济科夫的诗作《致莱茵河》。

故意弄得莫测高深的作品，只有作者自己才需要，人民是决不会需要的。

空气越是清澈，阳光就越明亮。散文越是清澈，散文就越完美，就越能扣人心弦。列夫·托尔斯泰用一句话简单明了地阐明了这个思想，他说："质朴是美的必要条件。"①

我听到过许多方言俚语，譬如弗拉基米尔州的和梁赞州的，其中有一部分不用说是费解的，毫无意思的。但偶尔也能遇到一些颇为生动的字眼，例如，在这两个州内至今还用古字"视界"来称呼地平线。

奥卡河高耸、开阔的岸上，有一座村庄叫视界村。据这个村的村民说，从视界村"可以看到半个俄罗斯"。

地平线就是我们在陆地上眼睛所能看到的最远的地方，或者用古语来说，就是"视力所及之界限"。"视界"一词就是由此而来的。

"火焰星"这个词也非常悦耳，这是上述两个州（不仅限于这两个州）民间对猎户座的叫法。

这个词使人联想到穹苍中的冷焰（猎户座确实非常明亮，特别是秋季，这个星座的群星在黑沉沉的夜空中燃烧，的确像银色的火焰）。

像这样的单词是能够美化现代文学语言的。而有的土话就不然了，譬如梁赞人不说"淹死了"而说"太平了"。这种土话既费解又没有表现力，因此在全民的语言中绝无生存的权利。

---

① 引自托尔斯泰于 1908 年致俄国作家列昂尼德·安德烈耶夫(1871—1919)的信。——原编者注

但是梁赞方言中替代"可以"的那个"堪"字，却因为古意盎然而显得很有意思。

在梁赞乡间，至今还可听到这样责备后辈的话：

"唉，孩子，这样调皮简直堪称恶作剧，真是不堪啊！"

所有这些词：视界、火焰星、堪，以及把"九月"动词化（指秋天的初寒），都是在跟一位老人聊天时听来的。这位老人有一颗赤诚的童心，是个安分守己的劳动者，是个过穷日子的人，这倒不是因为他贫穷，而是因为他自奉极其俭朴，他是梁赞州索洛特奇村的一个无亲无眷、无子无女的农民，名叫谢苗·瓦西里耶维奇·叶列辛，已在一九五四年冬天溘然长逝。

谢苗老爹是俄罗斯性格的最纯正的典型——他自尊、高尚，尽管表面上自己的生活过得极其清苦，待人却十分慷慨。

他对什么事都有自己的一套看法，使人听了终生难忘。他喜欢谈的话题是小酒馆，说是在小酒馆里"庄稼汉一夜到天亮像开了锅似的"斗嘴、喝茶、抽马合烟。可是对集体农庄的食堂，他却长年来一直看不入眼，因为那里要先"开票"，凭收据才给菜。他觉得这种规定简直岂有此理："什么票不票的，我要那劳什子干啥！我付钱，给我上菜就得啦！"

谢苗老爹有个梦寐以求的崇高理想——当一名细木工，而且得是一名手艺高超的细木工，做出来的东西精巧得能使全世界都为之惊叹。

然而这个理想到头来不过变成了无休无止的热烈的争论：怎样才能平服地镶好窗框的装饰板，或者怎样才能修好踩坏了的阶梯。在争论时他总是使用全套艰深的术语，要想记住这些术语是根本不可能的。

一个人能够把他所生活的地方照耀得多么明亮呀！谢苗故世了，他生前所居住的地方也就随之而失去了许多魅力，以致我再也打不起精神上那儿去了。听说，在河边辟为坟场的沙丘上，在凄楚的柳丛间，他那隆起的坟茔顶上搁着一个灰色的磨盘。

在寻找词汇的过程中不能忽视任何一个词。你永远也无法逆料在什么地方能找到真正有用的词汇。

为了研究海洋、航海业务和海员的语言，我开始阅读航海指南——这是船长们必备的参考书。航海指南详尽地罗列了这个或那个海的全部资料：深度、海流、风、海岸、港口、灯塔、暗礁、沙洲，以及安全航行所必须知道的其他一切东西。所有的海都有航海指南。

我弄到手的第一部航海指南是有关黑海和亚速海的。我刚开卷阅读，就被其中精确的、出色的、自成一格的语言所惊倒。

很快我就了解了怎么会形成这种自成一格的语言的。自十九世纪初开始，每隔若干年，便出版一版由佚名作者编写的航海指南，每一代海员都对指南作出修订。这样一百余年来语言变化的画幅便鲜明地反映在航海指南中了。我们曾祖辈和祖父辈的语言同现代语言和睦地相处在一起。

从航海指南中可以看出有一些概念已起了根本变化。譬如，航海指南在记述极为猛烈、破坏性极大的新罗西斯克东北风（一种严寒的东北风）时提到：

"起东北风时海岸为浓密之 мрачность 所遮蔽。"

在我们曾祖的时代，мрачность 是浓雾的意思，可到了我们的时代，这个词就用来形容我们的精神状态了[1]。

所有的航海术语就如海员的口语一样，都是非常生动的。几乎可以为每一个术语写一首长诗，从"风向玫瑰图"到"轰鸣的北纬四十度"（这并非诗歌中随意杜撰的词汇，而是这一纬度在航海文件中的名称）无不如此。

在所有这些名称，诸如三桅巡航舰、多桅帆船、纵帆船、快速机帆炮舰、护索、桅桁、绞盘、海军锚、樯楼值更、沙沙有声的沙漏时计和测程仪、隆隆作响的涡轮机、强音雾笛、舰尾旗、九级烈风、台风、雾、炫目的无浪区、灯船、深水岸、陡峭的海岬、节[2]、链[3]等等之中，在亚历山大·格林[4]称之为"诗情画意的航海劳动"的一切词汇中，都洋溢着热情奔放的浪漫色彩。

海员的语言是有力的，鲜明的，充满宁静的幽默。海员的语言一如其他许多行业的语言，是值得专门加以研究的。

---

① мрачность 在现代俄语中作"忧郁"、"悲观"解。
② 航海速度单位，等于每小时 1 海里，即 1.852 公里的速度。
③ 海上测量距离的长度单位，等于 185.2 米。
④ 亚历山大·斯捷潘诺维奇·格林(1880—1932)，俄罗斯作家。

发生在阿勒斯万格公司的一件事

一九二一年冬天，我住在敖德萨一家已经歇业了的服装商店"阿勒斯万格公司"内。我未经当局许可就住进了二楼的那套试衣室。

这样就有三个大房间归我支配。房间里全都镶着一面面高级的波希米亚镜子。镜子非常牢固地镶嵌在墙上，尽管我和爱德华·巴格里茨基①费尽九牛二虎之力，想把这些镜子撬下来拿到新市场去换点吃的，可怎么也撬不下来。甚至没有一面镜子被撬出裂璺。

试衣室里没有任何家具，只有三只空箱子，里边装了些烂刨花。幸好那扇玻璃门轻而易举就可以从铰链上卸下来。每天晚上我卸下玻璃门，搁在两只箱子上，铺上被褥，就当作我的床铺了。

玻璃门非常滑，因此夜里那条旧褥垫和我一起要有好几次从这扇门上滑下来，跌落到地板上。

只消褥垫一动，我马上就醒了，屏息敛气地躺在那儿，连手指都不敢动一动，愚蠢地指望褥垫或许会停止滑动。可是褥垫却慢慢地、毫不留情地往下滑，我耍的这番花招没能奏效。

这件事一点也不可笑。那年冬天非常之冷。从港口到小喷泉的海面全冰冻了。猛烈的东北风把花岗石的马路刮得精光锃亮。雪一次也没有下过，这反而使人觉得比街上铺满了雪还要冷得多。

试衣室里有一只小铁炉。可没有燃料可烧。再说，靠这么个小得可怜的炉子也根本不可能把偌大的三个房间烤暖。因此我只用小铁炉烧开胡萝卜茶。这只消几张旧报纸就行了。

还有一只箱子我用来当桌子。每天晚上我点一盏小油灯，搁在这只箱子上。

我躺在玻璃门的床上，把我所拥有的一切可以御寒的东西统统盖在身上，凑着油灯的灯光，阅读格奥尔吉·申格尔翻译的何塞·马里亚·埃雷迪亚②的诗集。诗集是这一年在饥馑的敖德萨出版的，我可以作证，诗集并未削弱我们的英雄气概。我们觉得自己像罗马人一样坚强不屈，并且联想起了申格尔本人所写的一首诗："朋友们，我们是罗马人，我们正在流着鲜血……"

鲜血，我们当然没有流，然而我们这些快乐的年轻人有时太饿了，太冷了。但是谁也没有怨言。

楼下的店面被某个美术劳动组合占用了。这个劳动组合

---

① 爱德华·格奥尔吉耶维奇·巴格里茨基(1895—1934)，俄罗斯诗人，原姓玖宾，生于敖德萨犹太人家庭。
② 何塞·马里亚·埃雷迪亚(1842—1905)，本名乔治-马里亚·德·埃雷迪亚。父为西班牙人，母为法国人，出生于古巴，后居法国，成为法国巴那斯派主要诗人。

忙忙碌碌的业务活动是颇有几分可疑的。在劳动组合内当家的是个以"招牌大王"这一绰号闻名敖德萨的唠叨成性的老画师。

劳动组合承制招牌、女帽和"木屐"（一种古罗马式的简朴的女鞋，只消用几根绦带钉到木头的鞋掌上，一双鞋子就做成了），此外还绘制电影海报（这些海报是用胶漆画在凹凸不平的胶合板上的）。

有一回，这个画室交上了好运，接到了一件订货：为当时黑海唯一的一艘轮船"佩斯捷利"号制作所谓"船首装饰"。那时这艘轮船正在准备首航巴统。

船首装饰用铁板敲成毛坯，涂上黑色作为底色，再绘以金色的植物图案。

这项工作吸引了所有的人，连民警若拉·科兹洛夫斯基有时也离开他在附近的岗位，跑过来看看画得怎样了。

我当时在《海员报》社担任秘书。有许多青年作家在这个报社工作，其中有卡达耶夫[①]、巴格里茨基、巴别尔[②]、奥列沙[③]和伊利夫[④]。有经验的老作家中常来我们编辑部的只有安德

---

① 瓦连京·彼得罗维奇·卡达耶夫(1897—1986)，俄罗斯作家，代表作有《雾海孤帆》等。

② 伊萨克·埃曼努伊洛维奇·巴别尔(1894—1941)，苏联犹太作家，代表作有《骑兵军》和《敖德萨的故事》等。

③ 尤里·卡尔洛维奇·奥列沙(1899—1960)，俄罗斯作家和诗人。代表作有《三个胖国王》和《妒忌》等。

④ 伊利亚·伊利夫(1897—1937)，原名伊利亚·阿尔诺里多维奇·法因济尔别尔格。俄罗斯作家。曾与叶夫根尼·彼得罗维奇合作写成著名讽刺小说《十二把椅子》(1928)。1931年又合作写成续篇《金牛犊》。

烈·索鲍利①。他是个可亲的、总是因为什么事而激动的、一刻也坐不住的人。

有一回，索鲍利给编辑部送来了他的一篇短篇小说。小说条理不清，乱糟糟的，不过题材挺有趣，而且写得确实有才气。

所有的人看了这篇小说后都感到为难，像这样潦草的作品就这样发表自然不行，可是又没有一个人敢于把它退给索鲍利去修改。索鲍利是决不会同意修改的，这倒不是碍于作家的自尊（在这方面索鲍利恰恰是很少斤斤计较的），而是出于一种神经质：作品一旦脱稿之后，他就再也不愿回过头去修订润饰了，他已对它们失去了兴趣。

我们坐在编辑部里左思右想：怎么办呢？我们的校对，一个叫勃拉戈夫的老头儿，也跟我们坐在一起。他过去是俄国发行量最大的报纸《俄罗斯言论报》②的经理，是赫赫有名的出版家瑟京③的左右手。

老头儿被自己的历史吓坏了，所以很少讲话。他的庄重的举止和仪表跟我们编辑部里这帮衣衫褴褛、吵吵闹闹的年轻人

---

① 安德烈·索鲍利(1888—1926)，原名尤里·米哈伊洛维奇·索鲍利。苏联犹太作家，14岁即离家流浪。1904至1906年因从事社会主义宣传而被流放，1906年由流放地逃至瑞士。1915年初回俄国，复又在全国各地流浪。二月革命后，在临时政府北方方面军任要职。十月革命后继续在全国各地漫游。是当时颇负盛名的一位小说家。

② 《俄罗斯言论报》是1895年创办于莫斯科的一份日报，以温和的自由主义立场维护资产阶级的利益。该报是俄国第一家在全国各大城市和世界许多国家的首都派驻特派记者的报纸，在1905到1915年期间，印数激增，达到65万份。1917年12月该报由于刊登反对苏维埃的言论而被封闭。1918年1月该报复刊，先后改名为《新言论报》和《我们的言论报》，至1918年6月正式停刊。

③ 伊凡·德米特里耶维奇·瑟京(1851—1934)，俄国启蒙派出版家。

极不协调。

我把索鲍利的手稿带回阿勒斯万格公司，准备再看看。

已经很晚了（其实还不到十点，可是一片漆黑的城市早从黄昏起就已没有一个行人了，只有风在十字路口幸灾乐祸地呼啸），民警若拉·科兹洛夫斯基忽然来敲商店的大门。

我把报纸卷拢，绞紧，用火点着，像举着个火把似的举着它，去把那扇用一节生了锈的煤气管顶住的沉甸甸的店门打开。拿着小油灯去是不行的，别说空气最微弱的流动就能把它吹熄，即使盯着它看一眼它也会熄掉的。

"有个公民要见您，"若拉说。"请您证明一下他的身份，我就放他进来。这儿是画室。光颜料一项，听说就值三亿卢布。"

要是考虑到，举个例说吧，我在《海员报》的月薪有一百万卢布（按照集市上的价格，这些钱只够买四十盒火柴），那么三亿卢布这个数目，当然也就不像若拉所认为的那样了不起了。

站在店门口的是勃拉戈夫。我证明了他的身份。若拉允许他进店，并关照我说，再过两个小时要上我们这儿来暖和暖和，喝杯开水。

"是这么回事，"勃拉戈夫说，"我总惦着索鲍利的那篇小说。那是篇很有才气的作品。不能让它白糟蹋了。您知道，我跟所有报界的老狼一样，养成了个习惯，不肯放过一篇好小说。"

"可有什么办法呢！"我回答说。

"把稿子给我。我用人格担保，我决不改动一个字。今晚我就留在这儿，因为我不可能回兰热龙街的家里去了，否则半路上准会把我的衣服剥光。我当着您的面给这篇稿子加工。"

"'加工'是什么意思？"我问。"'加工'不就是修改吗？"

"我不是跟您说过了吗，我决不删一个字，也决不添一个字。"

"那您还有什么好做的呢？"

"您会看到的。"

我觉得勃拉戈夫的话中有某种不可捉摸的谜一般的东西。在这个寒风呼啸的冬夜，某种神秘的东西附在这个沉静寡言的老人身上，来到阿勒斯万格公司。像这样神秘的东西不看个究竟怎么行呢？于是我同意了。

勃拉戈夫从口袋里掏出一截粗得出奇的蜡烛头。这是教堂用的蜡烛，金色的纹路像螺纹似的盘在蜡烛上。他点亮了蜡烛头，把它放到箱子上，然后在我的破手提箱上坐了下来，手里捏着一支木匠用的扁铅笔，一头栽到了稿子里。

半夜里，若拉·科兹洛夫斯基来了。我正好把水烧开，在那儿沏茶，不过这晚沏的不是干胡萝卜茶，而是切碎后烘烤过的甜菜茶。

"你们可要注意，"若拉说，"打远处看，你们活像是两个造假钞票的。你们这是在干什么？"

"在修改一篇小说，"我回答说，"下一期要登的。"

"你们可要注意，"若拉又说道，"并不是每一个民警都能理解你们在干什么。你们得感谢上帝，当然上帝是没有的，感谢他让我而不是别的什么土包子在这儿执勤。对我来说，文化高于一切。至于说到造假钞票的，可都是些大能人，他们可以用同一摊牲口粪，或者做一块金元，或者做一张居留证。据说巴黎的罗浮宫博物馆里，有一块黑天鹅绒的垫子，上边放着一只漂亮得没法形容的大理石手。这手不是莎拉·伯恩哈特①的。也不是肖邦或者维拉·霍洛德纳娅②的。这是欧洲最有名的伪币制造者的手，是一件模塑品，我忘了这人叫什么了。当初砍掉了他的脑袋，可是却把他的手展览出来，供人参观。就像他是个小提琴大师一样。这个故事挺有教育意义吧？"

"不怎么样，"我回答说。"您有糖精吗？"

"有，"若拉回答说。"是糖精片。我们可以分来吃。"

勃拉戈夫直到天亮前才完工。当时他没有把稿子给我看，后来我们到了编辑部，等女打字员把稿子清清楚楚地打好后，他这才交给我。

我把小说读了一遍，不由得惊呆了。这已经是一篇条理清楚，文理通畅的散文了。文中的一切都是清晰明朗的。原来那种急就章式的潦草及遣词造句的紊乱连一点影子也没有留下。而与此同时，的确没有删一个字或者添一个字。

我瞥了勃拉戈夫一眼。他正在吸一支用黑得像茶叶一样的库班烟草卷成的粗烟卷，嘴角边挂着一丝微笑。

"这真是奇迹！"我说。"您是怎么加工的？"

"我不过是正确地打上了各种标点符号罢了。索鲍利标点

---

① 萨拉·伯恩哈特(1844—1923)，法国女演员，表演以台词、声乐技巧见长。
② 维拉·瓦西里耶芙娜·霍洛德纳娅(1893—1919)，俄国电影女演员。

符号用得乱七八糟。我特别仔细地替他一一标上句点。还重新分了段。我的朋友，句读可是件大事。连普希金都谈起过标点符号。标点符号之所以存在，就是为了要使思想有条理，词与词之间的关系明确，句子易解，意思清楚。标点符号就好像音符。它们把文章连成整体，不让它支离破碎。"

小说刊出了。第二天索鲍利像一阵风似的冲进了编辑部。他照例没有戴帽子，头发乱蓬蓬的，眼睛里发出一种古怪的光焰。

"谁动了我的小说？"他扯直嗓门嚷道，同时使劲用手杖敲了一下搁满报纸合订本的桌子。顿时一股灰尘像浓云一样从桌上腾空而起。

"谁也没动过，"我回答说。"您可以对原稿。"

"骗人！"索鲍利吼道。"撒谎！反正我能查明是谁动的！"

眼看就要大吵一场了。胆小的同事纷纷溜出了办公室。但是我们的两个女打字员柳辛娜和柳夏却跟往常一样，急忙奔来看热闹，一路上只听见她们的木屐吧嗒吧嗒地响。

这时勃拉戈夫沉着地，甚至有点儿忧郁地说道：

"要是您认为在尊稿上准确地打上标点符号就是改动了大作，那好吧，是我改动了大作。这是我做校对应尽的职责。"

索鲍利冲到勃拉戈夫跟前，一把握住他两只手，拼命地摇晃，然后抱住老人，按照莫斯科人的规矩，一连吻了他三次。

"谢谢！"索鲍利激动地说。"您给我上了一课，非常好的一课。可惜上得太晚了。一想起我过去的作品，我就觉得对它们是有罪的。"

晚上，索鲍利不知打哪儿弄到半瓶白兰地，拿到阿勒斯万格公司来。我们把勃拉戈夫请来了。巴格里茨基和下了岗的若拉·科兹洛夫斯基也来了。于是我们几个人在一片赞美文学和标点符号声中把半瓶白兰地喝得涓滴不剩。

通过这桩事情，我心悦诚服地懂得了在必要的地方及时地打上一个句号，能对读者起到多么惊人的作用。

似乎无足轻重

几乎每一个作家都有自己的鼓舞者，自己的守护神，后者一般也都是作家。

只消将后者的书看上几行，自己立刻就想写作了。某些书仿佛能迸溅出琼浆玉液，使我们陶醉，使我们受到感染，敦促我们拿起笔来。

奇怪的是，这样的作家，这样的守护神，在创作的性质、风格和题材方面，往往同我们大相径庭。

我知道有一位文学家，一位坚定不移的现实主义者，为人处世冷静稳重，作品无不取材于日常生活。可他的守护神却偏偏是高翔远翮的幻想家亚历山大·格林。

盖达尔称狄更斯是他的鼓舞者。至于说到我，那么司汤达的《寄自罗马的信》①的任何一页都能唤起我的写作欲，可是，我写的东西同司汤达的散文却有天壤之别，这使我自己也感到大惑不解。有一年秋天，我一边阅读司汤达的作品，一边就写出了短篇小说《二七三护林区》，小说描写的是普拉河畔的禁伐林。在这篇小说中，是绝对找不到一点与司汤达的作品相同之处的。

说实话，我从来没有想过为什么会有这种现象。我之所以提及此事，只不过是想说明有许多乍一看来无足轻重的事情和习惯，却能帮助作家写作。

大家都知道普希金在秋天时创作力最旺盛。无怪乎"波尔金诺的秋天"②成了创作上惊人丰收的同义词。

普希金在给普列特尼奥夫③的一封信中说道："秋天到了，这是我喜爱的季节，这时我的身体特别健康。我的文学创作的时节来临了。"

其中的道理，依我看是不言自明的。

秋天清澈明亮，寒气袭人，显示出"凋谢的万种姿色"④，空气清新，远处的景色可以尽收眼底。秋天给自然界带来一种飘零的氛围。深红色的和金黄色的树林一小时比一小时萧疏，线条越来越粗犷，渐渐地只剩下光秃秃的枝丫。

眼睛慢慢地习惯于秋景的开阔明朗。这种开阔明朗，又逐渐主宰作家的意识、想像和手。诗歌和散文的喷泉喷射出清澈

---

① 从上下文来看，此处所提到的法国作家司汤达(1783—1842)《寄自罗马的信》，并非指那封《寄自罗马的论当代意大利文学的信》及其续篇《论当代意大利文学的第二封信》，而是指《罗马漫步》(1829)，因为帕乌斯托夫斯基极其欣赏这部游记。——原编者注

② 波尔金诺是普希金祖传世袭领地的村庄名，位于卜戈罗德省。1830 年 9 月初，普希金为继承领地去波尔金诺村居住了近 3 个月。在此期间，他写出了下列作品：《叶甫盖尼·奥涅金》的最后 2 章；《别尔金小说集》，包括：《射击》、《风雪》、《棺材匠》、《驿站长》、《村姑小姐》；几个悲剧：《吝啬的骑士》、《莫扎特和沙莱里》、《石客》、《瘟疫流行时的宴会》；《戈留兴诺村的历史》；《牧师和他的工人巴尔达的故事》；近 30 首抒情诗，包括：《秋》、《我的家世》、《为了遥远的祖国的海岸》，以及相当多的批评与时论性的文章。在这么短的时间内写出了这么多作品，在俄国文学史上是空前的。此后在 1833 和 1834 年普希金还在波尔金诺小住过，也同样有过创作上的丰收。

③ 彼得·亚历山德罗维奇·普列特尼奥夫(1792—1865)，俄国诗人，批评家。是普希金最亲密的朋友之一。自 1826 年起，普希金的作品几乎全部由他发行。

④ 引自普希金的诗作《秋》第 7 节。

寒冷的泉水，偶尔还会发出小冰块的叮当声。头脑清醒，心房有力而均匀地搏动着，只是手指稍微觉得有点儿冷。

一到秋天，人的思想的五谷就成熟了。关于这一点，巴拉丁斯基说得好："珍贵的庄稼成熟了，你收割着思想的谷粒，获得了人的完美的命运。"

用普希金自己的话来说，每年一到秋天，他重又神采焕发，变得年轻起来。歌德说过，天才在其一生中往往会几度恢复青春，这话显然是正确的。

就在这样一个秋日，普希金写下了一首诗，极其清晰地叙述了诗歌创作的复杂过程：

> 在甜蜜的静谧中，我忘了世界，
> 我让自己的幻想把我悠悠催眠，
> 这时候，诗情开始蓬勃和苏醒，
> 我的心灵充塞着抒情的火焰；
> 它战栗，呼唤，如醉如痴地想要
> 倾泻出来，想要得到自由的表现——
> 一群无形的客人朝我拥来，他们是我的旧识，
> 是我久已蕴育的想像的果实。
>
> 于是思潮在脑海中大胆地波动，
> 轻快的韵律迎着它们跑来；
> 手忙着去就笔，笔忙着去就纸，
> 一刹那间——诗章已滔滔地涌了出来[①]。

[①] 引自普希金诗作《秋》第 10 节和第 11 节。

这是对创作的正确得惊人的分析。只有在精神振奋、思如泉涌的情况下才能写出这样的诗来。

普希金还有一个特点。他写作时，凡遇到不顺手的地方，从不去苦思冥想，耽搁时间，而是跳过这些地方，继续往下写。直到有灵感的时候，再回过头去补上，但他绝不勉强地去唤来灵感。

我曾目睹盖达尔是怎么写作的。跟作家通常的写作方法截然不同。

当时我跟他住在麦谢拉森林区的一个村子里。盖达尔住的是临街的一幢大房子，我住的是果园深处的一间废弃的澡堂。

盖达尔那时正在写《鼓手的命运》。我们俩讲好从早上到午饭前的这段时间内，大家老老实实地工作，决不以钓鱼引诱对方。

有一天，我在澡堂里洞开着的窗户下写作。我还没有写完四分之一页，盖达尔就从大房子里出来了，走过我窗下，脸上一副无所事事、对什么都不感兴趣的样子。

我装作没看见他。他在果园里踱来踱去，嘴里念念有词，后来，他又走过我的窗旁，但这一回他已明显地竭力想挑动我。他吹着口哨，又故意咳嗽了几声。

我没理他。于是盖达尔第三次走到我窗下，气呼呼地望了我一眼。我仍然没理他。

盖达尔沉不住气了。

"你听着，"他说道，"别装蒜啦！你写东西反正快得很，撂下一会儿，补上一点也不费劲。别自以为了不起，摆出一副博博雷金①的架势！要是我也像你这样写得快，我早能出版一套一百八十卷的全集了。"

他非常喜欢这个数字，又得意地重复了一遍：

"一百八十卷！一卷也不少！"

"好了，"我说道，"有话直说吧，你要做什么？"

"我要你听听，我想出了一句多么妙的句子。"

"什么句子？"

"你听着：'"受苦啦，老人家，你受苦啦！"乘客们纷纷说道。'好吗？"

"我打哪儿知道！"我回答说。"得看上下文，看搁在什么地方。"

这下盖达尔恼火了。

"'搁在什么地方'，'搁在什么地方'！"他学我的腔调说。"搁在该搁的地方！得啦，得啦！你坐着，写你的全集去吧。我可要去把这个句子记下来。"

可他没能坚持多久，过了二十分钟，他又跑到我窗前转来转去。

"怎么，又想出了什么使人拍案叫绝的妙句了？"

"你听着，"盖达尔说，"过去我还只是隐隐约约怀疑你是个缺乏自制力的知识分子，是个爱嘲笑人的人。这下我可拿准了你的确是这种人。这使我伤心。"

"好啦，好啦，你走吧，你知道你该上哪儿去！"我说。

---

① 彼得·德米特里耶奇·博博雷金(1836—1921)，俄国作家，出身于地主家庭，自19世纪90年代起侨居国外至死，著作甚丰，著有长篇小说、中篇小说、剧本、文学史等一百余部。

"我客客气气地求你别打扰我！"

"别自以为了不起，摆出一副拉热奇尼科夫^①的架势！"盖达尔说道，但还是走了。

可是才过了五分钟，他又回来了，隔着老远就朝我大声念了一个句子。这句子的确好得出乎意料。我称赞了这个句子。盖达尔需要的正是这个。

"这就对啦！"他说道。"现在我不再来麻烦你了。决不再来了！没有你帮助我，我好歹也能写出来的。"

突然，他用半吊子的法语加补说：

"再见啦，苏俄作家先生！"

当时，他刚刚开始学法语，对法语入了迷。

盖达尔又上果园来了几次，不过并没有打扰我，而是在远处一条小径上，一边踱方步，一边自言自语地嘟囔。

他就是这样写作的：一边踱方步，一边想句子，想好后，就去写下来，然后再想。他整天在屋子和果园之间进进出出。我觉得很奇怪，并且深信，盖达尔的那部中篇小说一定写得很慢。直到后来，我才发现，他这是在耍滑头，他写得远比走一句想一句要多得多。

两个星期后，他写完了《鼓手的命运》，喜气洋洋地跑到我住的澡堂里来，面有得色地问我：

"你想听我给你朗诵这部中篇小说吗？"

我当然非常想听。

---

① 伊凡·伊凡诺维奇·拉热奇尼科夫(1792—1869)，俄国作家，出身于富商家庭，曾先后任特尔省和维切布斯克省的副省长及图书审查官。他的两部历史小说曾得到别林斯基的好评，享有盛誉。

"那好，你听着！"盖达尔在屋中站住，把两只手插在兜里，说道。

"稿子呢？"我问。

"只有蹩脚的乐队指挥才把总谱放在面前的乐谱架上，"盖达尔用一种教训我的口吻回答说。"我要稿子有什么用！稿子躺在写字台上休息呢。你到底想听还是不想听？"

他把这部中篇小说从第一句背诵到最后一句。

"你准有背错的地方，而且不止错一点儿，"我将信将疑地说。

"咱们打赌！"盖达尔叫了起来。"背错的地方绝不会超过十处！要是你输了，明儿就上梁赞去，到旧货市场买一只旧的晴雨表送给我。我早已看中了一只。在那个老太婆的旧货摊上，你记得那老太婆吗？就是下雨的时候把灯罩戴在头上的那个。我这就去把稿子拿来。"

他把稿子拿了来，又背诵了一遍。我对着稿子听他背。他只背错了几个地方，而且都不是重要的。为了这事，我们俩争了好几天——盖达尔算是赢了还是没赢。

不过，我还是把那只晴雨表买了回来，这使盖达尔高兴得手舞足蹈。我们决定根据这台笨重的铜制仪表来安排我们的垂钓生活。可是很快就大上其当，晴雨表上预报"大旱"，可是实际上却下了三天大雨，把我们俩淋成了落汤鸡。

那可真是黄金时期：终日开玩笑、"打赌"、争论文学问题、上湖边或旧河床去钓鱼。所有这一切都在不知不觉中帮助了我们写作。

当费定开始写他的长篇小说《不平凡的夏天》①时，我恰好跟他在一起。

希望费定原谅我写了下面这件事情。我认为每一位作家的写作方式，特别是像费定这样的巨匠的写作方式，不仅对作家，而且对所有文学爱好者来说，都是有意义、有教益的。

那时我跟他一起住在加格拉海边的一幢小房子里。这幢小房子挺像革命前那种带家具出租的廉价公寓，已经相当破败。

每当刮起风暴的时候，小房子便在风浪中摇晃，发出叽叽嘎嘎的坼裂声，似乎眼看就要倒塌。门锁全都脱落了，一阵穿堂风吹过，房门就自动地、不祥地慢慢打开，有好几秒钟一动不动地停在那儿寻思着什么，然后砰的一声，猛地碰上，震得天花板上的灰泥噼里啪啦地坠落下来。

新旧加格拉所有的野狗都跑到这幢小房子的凉台上来过夜。有时，只消房客离开房间一小会儿，它们就乘机溜进屋里，躺到床上，消消停停地打起呼噜来。

每次回到自己屋里时，都得小心谨慎，不管侵占了你床铺的狗的脾性如何，都不能不防一手。那种知道廉耻的胆小的狗，一见到你回屋，便会立刻跳下床，失望地尖叫几声，一溜烟地逃掉。可要是你挡住了它的去路，它出于恐惧会咬你一口。

如果你碰上的是一条厚颜无耻、见过世面的狗，那它就会照旧躺在床上，用一双充满仇恨的眼睛盯着你，杀气腾腾地发

---

① 《不平凡的夏天》是苏联作家康斯坦丁·亚历山德罗维奇·费定（1892—1977）所著两部曲长篇小说的第二部。第一部名《早年的欢乐》。

威吼叫，使你只得喊邻屋的人来帮忙。

费定那个房间的窗户，朝着伸出在海面之上的凉台。每逢起风暴的日子，人们就把凉台上的藤椅都摆到这扇窗户旁边，摞成一堆，免得被浪花淋湿。这堆藤椅上，总是蹲着一群狗，它们居高临下地望着坐在桌旁奋笔疾书的费定，低声吠叫着，表示要到这间灯光明亮的暖和的房间里来。

起初，费定诉苦说，这些狗简直把他折腾得浑身发抖。只消他放下稿子，抬起头来望着窗子思索，便看到几十双狗眼正义愤填膺地紧紧盯着他。他甚至因此感到于心有愧，因为他住在暖烘烘的房间里，却只是摇摇笔杆，做着显然没有任何意义的事情。

这当然在某种程度上影响了费定的写作，但很快他就习以为常，不再把狗的事放在心上了。

据我看，我们这种简朴随便的生活，使他回忆起了青年时代，那时，我们可以伏在窗台上写作，可以只凭一盏小油灯的灯光写作，可以在冷得连墨水都结成冰的屋里写作，总之，不讲任何条件。

大多数作家都是在早晨写作的，也有些作家在白天写作，只有极少数作家在夜间写。

费定能够，而且常常不分昼夜地写，偶尔才停下笔来休息一会儿。

他每夜都在喧嚣不息的海涛声中写作。对这喧声，他已习惯，这不但不影响他写作，甚至有助于他的文思。相反，寂静倒会使他心烦意乱。

有一天深夜，费定把我叫醒，焦急地对我说：

"你知道吗，海沉默了，走，我们到凉台上去听听看。"

一种仿佛太空中才有的深邃的静寂笼罩了海岸。我们连气都不敢喘，企望能在漆黑的夜色中哪怕捕捉到一丝微弱的海浪拍溅声也好，但是除了耳鸣之外，什么也没听到。这耳鸣是我们自己血液的流动声。在犹如太空一般漆黑的高空中，嵌着几颗暗淡的孤星。我们久已习惯于汹涌的涛声，现在这种无边的寂静反使我们感到压抑。这天夜里，费定一个字也没写。

我不由得观察起费定来，发现他在动笔写一个章节之前，总是先对这个章节一丝不苟地加以思考、检验，用沉思与回忆充实它、丰富它，甚至连具体的句子也都要打好腹稿，否则决不下笔。

费定只写他所清楚地看到的，并且与整体不可分割的东西。

费定清晰、坚定的头脑和一丝不苟的目光，是容不得构思有半点儿模糊之处的，更不要说去表现这种模糊的构思了。按照费定的意见，一部小说必须锤炼得达到最高限度的准确度和钻石般的硬度。

福楼拜一生都苦苦追求文体的尽善尽美。他强烈渴望自己的小说能像水晶一般纯净，以致翻来覆去精雕细琢地修改稿子，有时到了无法自制的地步。在某些情况下，改稿对他来说，已不再是使小说臻于完美的一种手段，而成了目的本身。他失去了正确剖断的能力，失去了耐心，在绝望中把自己的作品改得枯燥乏味，或者用果戈理的话来说，"画呀，画呀，画得入了魔。"

费定却总是善于适可而止。他头脑中的那个批评家从来不打瞌睡，可也从来不把作家折腾得灰心丧气。

福楼拜深具文学批评家们称之为"人格化"的那种作家的气质，说得简单一些，他身上有一种禀赋，能完完全全地同他笔下的人物融为一体，而且融合得那么紧密，以致凡是他们（按照作家的意志）所遭遇到的一切，作家本人也都如同身受。

大家都知道，福楼拜在描写爱玛·包法利①服毒自杀时，觉得自己身上也出现了中毒的种种征兆，以致跑去请医生急救。

福楼拜是个名副其实的受难者。他写得非常慢，他曾绝望地说过："这样写作品，真该打自己的耳光。"

对巴尔扎克来说，他笔下的人物也都是活生生的人，都是他的至爱亲朋。他有时气得骂他们是坏蛋、蠢货；有时笑容可掬地拍拍他们的肩膀，表示赞赏；有时又因他们遇到了不幸，而笨嘴拙舌地安慰他们。

巴尔扎克深信他笔下的人物都是真实的，他有关他们的描写是无可争议的。巴尔扎克的这种信心有时到了神乎其神的地步。他生活中有件趣事可以为证。

巴尔扎克有个短篇小说写一个年轻的修女（她的名字我已记不得了，姑且叫她"让娜"吧）。修道院院长派文静娴雅的让娜到巴黎去替修道院办些事。首都五光十色的繁华生活使年轻

---

① 爱玛·包法利是法国作家福楼拜(1821—1880)的长篇小说《包法利夫人》中的女主人公。

的修女震惊。她一连好几个小时站在被煤气灯照得通亮的橱窗前，望着那些见所未见的财宝。她看见了穿着薄如蝉翼的芳香四溢的衣裙的女人。这些衣裙仿佛使这些美人脱去了衣裳，使她们娉婷的项背、修长的玉腿、小巧的乳峰更加突出了。

她听到了男人们的奇妙醉人的剖白、暗示和甜蜜的絮语。她又年轻又漂亮，走在街上总有人盯梢。也有人向她说这种奇怪的话。她的心猛烈地怦怦跳动。在一个公园里，有个人在法国梧桐的浓荫下，强制地吻了她。这是她第一次被吻。这吻像崩雷爆炸，震得她晕头转向，夺走了她的理智。

她在巴黎留了下来。为了使自己成为迷人的巴黎女郎，她把修道院交给她的钱都花光了。

一个月后，她就到大马路上去当神女了。

在这篇小说里，巴尔扎克用了当时的一座女子修道院的名字。这个修道院的院长在一个偶然的情况下看到了巴尔扎克的这部小说。修道院内恰恰有一个年轻的修女叫让娜。院长便把她叫了来，声色俱厉地问道：

"您知道巴尔扎克先生都写了您些什么吗！他使您蒙受了耻辱！他中伤我们修道院。他是个诽谤者，是个渎神者。您自己看吧！"

姑娘看完小说之后，失声痛哭。

"立刻到巴黎去！"院长厉声说道。"去找巴尔扎克先生，要他照会全法国，承认这是他造谣中伤，诽谤了一个从未去过巴黎的清白姑娘，承认他诬蔑了修道院和我们全体教徒。要他为这种疯狂的罪孽忏悔。您必须做到这一点，否则就别回来。"

让娜到巴黎去了，打听到巴尔扎克的地址，费尽周章，才使巴尔扎克接见了她。

巴尔扎克穿着一件旧睡袍，坐在那儿呼哧呼哧地喘气，活像一头骟猪。由于他不停地抽烟，房间里烟雾腾腾。写字台上堆满了一张张匆匆写就的稿子。

巴尔扎克紧蹙眉头。他没有闲工夫，因为他早已计划好，此生要写出不下五十部长篇小说。不过巴尔扎克的眼睛却敏锐地闪着光，目不转睛地看着让娜。

让娜垂下眼睛，脸涨得绯红，一面暗暗祈求上帝保佑，一面把修道院里发生的事从头至尾告诉了巴尔扎克先生，请巴尔扎克先生给她恢复名誉，她不知道巴尔扎克先生出于什么动机要这样平白无故地损害她这个贞节、圣洁的修女的名誉。

巴尔扎克显然不明白这个美丽、娴雅的修女要求他干什么。

"什么损害名誉？"他问道。"凡是我写的，都是神圣的真实。"

让娜又重复了一遍她的要求，然后轻轻地补充说：

"请您可怜可怜我吧，巴尔扎克先生。要是您不肯帮助我，那我就不知道该怎么办了。"

巴尔扎克蹦了起来，两眼冒出了怒火。

"什么？！"他吼道。"您不知道该怎么办？我不是把您发生的事情写清楚了吗！写得一清二楚！还有什么可犹豫的？"

"难道您的意思是要我留在巴黎？"让娜问道。

"是的！"巴尔扎克吼道。"真是见鬼！"

"您的意思是要我去当……"

"不是的，见鬼！"巴尔扎尔重又吼道。"我的意思只是要您脱掉这件肥大的黑袍。只是要您像珍珠一般漂亮的年轻身子知道什么叫欢乐，什么叫爱情。只是要您学会欢笑。您走吧，走吧！可别到大街上去当神女。"

巴尔扎克一把抓住她的手，把她拽到房门口。

"我不是全都写在那上面了吗，"他说道。"您走吧！让娜，您非常可爱，不过为了您，我少写了三页稿子，而且是什么样的稿子呀！"

让娜没法回到修道院去，因为巴尔扎克先生没有给她洗去耻辱。她留在巴黎了。据说，一年后，有人看到她在一家叫做"银驮包"的大学生小酒馆里，同一群小伙子在一起。她愉快，幸福，美丽。

有多少作家就有多少写作习惯。

上文提到，我在梁赞郊外的那幢宅第中，曾读到过我国著名版画家约尔丹给版画家波扎洛斯京的一束信（这些信我也曾提到过）。

约尔丹在一封信中说，他为了复刻一幅意大利画，花去了两年的时间。在这两午中，他每天工作时，都拿着雕版一刻个停地围着桌子转，以致砖地上都磨出了清晰可见的脚印。

"我累坏了，"约尔丹写道。"不过我好歹还可以走动。而尼古拉·瓦西里耶维奇·果戈理却只习惯站在斜面写字台前写作，还不知他有多累呢！果戈理可真是他自己的事业的殉道者。"

列夫·托尔斯泰只在早晨写作。他说，每一个作家的头脑里都居有一名他私人的批评家。这位批评家往往在早晨最求全责备，而一到夜间就呼呼入睡。因此作家到了夜里就如脱缰之马，无所约束地信手写出许多愚蠢和多余的东西。为此，托尔斯泰举了卢梭①和狄更斯作为例证，他们两人都只在早晨写作，托尔斯泰认为，陀思妥耶夫斯基和拜伦②喜欢在夜间写作的这种习惯，是有碍于他们天才的发挥的。

陀思妥耶夫斯基之所以痛感写作之苦，当然并不仅仅是因为他在夜间写作，并且还不停地喝茶。这种习惯，说到底，并没有严重地影响他作品的质量。

陀思妥耶夫斯基之所以感到不胜其苦，是因为他无法摆脱债台高筑、经济拮据的困境，所以他不得不急急匆匆地赶着写，只求多产。

他总是在交稿期十分紧迫的情况下写作。他没有一部作品是静下心来，全力以赴地写成的。他总是草草地缩短他的长篇小说（不是指篇幅，而是指描绘的广度）。因此他写出来的作品低于他能够达到的水平，比构思时要差。陀思妥耶夫斯基曾说过："构思和想像一部小说，远比将它遣之笔端要好得多。"③

他总是竭尽全力使他的未完成的小说尽可能在他头脑里多逗留一些时间，以便随时随地加以修改、充实。因此他总是尽量延长写作的时间，要知道，每一天，每一个小时，都可能产

---

① 让·雅克·卢梭(1712—1778)，法国 18 世纪启蒙思想家和文学家。

② 拜伦(1788—1824)，英国浪漫主义诗人。

③ 这段文字显然引自费奥多尔·米哈伊洛维奇·陀思妥耶夫斯基(1821—1881)的长篇小说《被伤害与侮辱的人们》第 1 章。但与原话略有出入。原话为："我往往觉得构思我的作品、想像着作品写成后会是什么样子，要比真正将其遣之笔端更令人愉快。"——原编者注

生新的想法，等到小说已经脱稿，生米煮成了熟饭，再想加进去就不可能了。

债务逼得他匆匆忙忙地去完成一部部小说，虽然他在写作这些小说时明明意识到它们还未成熟。有许多思想、形象和细节都白白地葬送掉了，仅仅因为他想到它们时过于晚了，不是小说已经脱稿，就是作家本人认为小说已糟得无可挽救了！

"贫穷逼得我匆匆忙忙地写作，"陀思妥耶夫斯基自白说，"逼得我把写作当成做生意，这样写出来的东西当然糟糕。"①

契诃夫年轻时，他家在莫斯科的寓所又挤又闹。可他却能够在这种环境下，伏在窗台上写作。他的短篇小说《猎人》甚至是在澡堂里写成的。不过随着年龄的增加，他写作时也渐渐怕烦了。

莱蒙托夫抓过一张什么纸来，就可一挥而就，写出一首诗，使人觉得这些诗句是瞬息之间在他意识中出现，在他心灵中谱成的，他只是匆匆地把它们记录下来罢了，而且不加任何修改。

阿列克谢·托尔斯泰只有在他面前摆着一叠洁净的好纸时，才能写作。他承认，当他在写字台前坐下时，往往还不知道将要写些什么。他脑子里只有一个生动的细节，他就打这个细节开始。于是这个细节就像一根具有魔力的线，逐渐把整个

---

① 引自费·米·陀思妥耶夫斯基于1858年给他哥哥米·米·陀思妥耶夫斯基的信。

故事情节引出来。

托尔斯泰①对于工作状态，对于灵感，有他自己的叫法。他将其称之为涨潮。"如果涨潮，"他说，"我写得很快。如果退潮，那就应该搁笔。"

当然，托尔斯泰在很大程度上是即兴作家。他才思敏捷，他的思想较之他的笔更为神速。

每个作家在写作时想必都出现过这样一种美好的状态：不落窠臼的新的思想或者新的画面像闪电似的从意识深处迸发出来。要是不立即把它们写下来，它们就会消失得无影无踪。

其中有光华，有战栗，但它们像梦一样稍纵即逝。这种梦，我们在刚醒来的一瞬间还能记得一些片断，但随即就遗忘了。此后不管我们怎样绞尽脑汁地想追忆这些梦，也什么都想不起来了。这些梦只留下一种异样的、像谜一般神秘的感觉，或按果戈理的说法，只留下一种"奇妙的"感觉。

应该及时写出来。不能有分秒的耽搁，否则思想闪耀了一下便会永远消逝。

也许正因为如此，许多作家都无法像记者那样在狭长的纸条上写作。手不能过于频繁地离开纸，否则因此而造成的延误，即使时间极其短暂，也会酿成灾难性的后果。显然，意识的活动是以一种难以想像的速度进行的。

法国诗人贝朗瑞②能够在蹩脚的咖啡馆里写歌谣。就我所

---

① 此处及下一段之托尔斯泰均指俄罗斯作家阿列克谢·尼古拉耶维奇·托尔斯泰（1883—1945）。
② 贝朗瑞(1780—1857)，法国诗人。

知，爱伦堡①也爱在咖啡馆里写作。这是可以理解的。因为在纷扰的人流中觅得的清静是最好不过的清静，当然，得有个条件，必须没有任何东西直接打断你的思路，分散你的注意力。

安徒生喜欢在树林里构思童话。他有锐利得异乎寻常的极好的目力。所以连一小块树皮或者一枚老松球，他都能看得一清二楚，就像透过放大镜那样纤毫毕见地看出上边的每一个细节，并轻而易举地用这些细节构成童话。

总之，树林中的一切：每个长满青苔的树桩，每一只褐色的蚂蚁强盗（它拽着一只长有透明的绿翅的昆虫，就像拽着掳掠来的一个美丽的公主），都能变成童话。

我本来不想再谈我自身的文学创作经验，因为这未必能给我上文已谈到的增添什么重要东西了。不过我还是想再谈几句。

如果我们希望我国的文学能够高度繁荣，那就必须懂得，作家社会活动的最有成效的形式就是他的文学创作。在作品没有问世前，作家的工作固然不为人所知，但作品一旦问世，他的工作就变为全民的事业了。

应当珍惜作家的时间、精力和才能，不要把它们浪费在虽与文学有关但毕竟在文学之外的繁杂的事情上和会议上。

作家写作时需要安静，尽可能不要有烦心的事。要是已经知道将会遇到什么烦恼，哪怕这种烦恼一时不会发生，还是不要动笔的好。否则即使写了，也不会得心应手，甚至还会荒腔

---

① 伊利亚·格里戈里耶维奇·爱伦堡(1891—1967)，俄罗斯作家。——原编者注

走板。

　　我一生中曾经有过几回写作时心情轻松，一无牵挂，因此得以专心致志地从容写作。

　　有一年冬天，我乘一艘内燃机船由巴统去敖德萨，船上几乎完全没有乘客。海是灰色的，寒冷的，平静的。海岸线隐没在灰蒙蒙的烟霭之中。密布的乌云好似在昏睡一般，横卧在远处的山峦上。

　　我坐在船舱里写作，有时站起来，踱到舷窗前，眺望着海岸。内燃机船铁铸的腹部内，大功率的机器在轻声地欢唱。海鸥发出阵阵尖细的鸣声。那是一个有利于写作的环境。谁也不会来打断我心爱的思路。我什么都不用去想，一点儿也不用去想，除了想我正在写的那个短篇小说而外。我觉得这是人生最大的幸福。汪洋大海使我免受任何干扰。

　　此外，意识到自己正航行于烟波浩渺的海上，模模糊糊地期待着将要登岸一游的港埠，预感到将会有一些使人愉悦的邂逅，这也是大有利于写作的。

　　轮船用钢铁的艏柱划开冬日苍白的海水，我恍惚觉得它正载着我航向必然的幸福。我所以会有这种感觉，显然是因为小说写得很顺手。

　　我至今还记得，有一年秋天，我独自一人住在乡村一幢房子的顶楼里，在烛花的哔啪声中写作，那一回我也写得得心应手。

　　黑沉沉的、没有一丝风的九月之夜，团团地围住了我，就像大海一样，使我免受任何干扰。

　　我很难说出所以然来，反正我有这样的体验：意识到屋外古老的乡村果园整夜都在不停地飘下落叶，是有助于写作的。我把果园当作活生生的人看待。它一声不吭，耐心地等着我夜晚去井边汲水煮茶。能够听到吊桶的哐啷声和人的脚步声，它也许就比较易于熬过漫漫的长夜了。

　　不管别人怎么样，反正对我来说，感觉到有一座孤独的果园，感觉到村外有绵亘数十公里的寒林，林中有一个个湖泊（当然在这样的夜里，湖边没有，也决不会有一个人影，只有星光跟一百年前一样，跟一千年前一样，倒映在湖水中），是有助于我写作的。我可以说，在那年的秋夜，我是真正幸福的人。

　　当你知道前面将有某桩有趣的、愉快的、你所喜爱的事情，甚至像到远处旧河床边茂密的柳树荫下去钓鱼这样无足轻重的小事在等待着你，你写作起来也会思如泉涌的。

车站餐厅里的老人

一个干瘦的老头儿，满脸都是硬得像刷子似的胡子茬，坐在麦奥里火车站餐厅的角落里。严冬的风雪一阵又一阵呼呼地刮过里加湾的上空。近岸的海水结成了坚厚的冰。透过呼啸着的弥天大雪，可以听到激浪拍打坚冰边缘的隆隆声。

老人到餐厅里来，显然是为了取暖。他什么酒菜也没点，嗒丧地坐在长椅上，两手笼在渔夫穿的那种短大衣的袖筒里，短大衣上叠满了歪歪扭扭的补丁。

跟老人一起进来的还有一条毛蓬蓬的小白狗。小狗伏在老人脚边打着抖。

邻座上，有好几个年轻人正在嘻嘻哈哈喝啤酒，他们的后脖子红通通的，皮肤都很紧。他们帽子上的雪正在融化。雪水滴到啤酒杯里和夹有香肠的面包上。可年轻人只顾起劲地争论足球赛，没注意到雪水。

有个年轻人拿起一个夹肉面包，一口就吃掉了半个，这时小狗再也忍不住了。它跑到餐桌前，举起前腿，人立起来，谄媚地望着那个年轻人的嘴。

"彼季！"老人轻声唤道。"你怎么不害臊！干吗去打扰人家？"

可彼季仍然人立在那儿，只是前腿已累得一个劲地哆嗦，后来终于放了下来。但是脚刚一碰到湿漉漉的肚子，小狗立刻想起它立在这儿的目的，又把前腿举了起来。

然而那些年轻人并没有发觉它。他们正在兴高采烈地谈着话，不时给自己的杯子里斟满冰凉的啤酒。

雪糊没了窗户，在这样的大冷天，目睹人们喝冷得跟冰水一模一样的啤酒，脊梁不由得会打起寒战来。

"彼季！"老人又唤道。"喂，彼季！回来！"

小狗迅速地摇了几下尾巴，似乎是在向老人表示，它听见他在叫它，不过请他原谅，它实在是没办法了才出此下策的。它仿佛在说："我自个儿也知道这样做不好。可你又买不起这么好吃的夹肉面包来喂我。"

"唉，彼季呀，彼季！"老人轻声说道，伤心得连声音都有点打战了。

彼季重又摇了一下尾巴，顺便央求地望了老人一眼。它仿佛在请求老人别再叫它，别再数落它，因为它自己心里也不好受，要个是出于无奈，不消说，它是决不会去向陌生人乞求施舍的。

有个戴绿色帽子的高颧骨的年轻人，终于发觉了这条小狗。

"狗杂种，讨东西吃吗？"他问道。"你主人在哪儿？"

彼季开心得摇了下尾巴，瞥了老人一眼，甚至尖着嗓子轻轻地叫了一声。

"公民，您这是怎么搞的！"那个年轻人说道。"既然养条狗，就得喂它，要不就不文明了。您的狗向我们讨饭吃。可我国的法律是禁止行乞的。"

年轻人全都哈哈大笑起来。

"瓦利卡，您这话太过分了！"其中有个年轻人大声责备道，随手丢给小狗一片香肠。

"彼季，不许吃！"老人喝道。他那被风吹得粗糙的脸和青筋暴绽的干枯的脖子涨得通红。

小狗瑟缩着身子，耷拉着尾巴，走到老人跟前，连看都没看香肠一眼。

"他们的东西，哪怕是一粒面包屑，也不许碰一碰！"老人说道。

他急急忙忙地翻着身上的几只衣兜，找到了几枚银的和铜的分币，放在手心中一边数着数儿，一边吹掉粘在分币上的碎屑儿。他的手指不停地哆嗦。

"瞧他气得那样！"高颧骨的年轻人说道。"哎哟哟，倒挺有骨气呢！"

"别去睬他了！何苦去跟他啰唆呢！"那年轻人的一个伙伴一边劝解说，一边给大家斟啤酒。

老人一句话也没说。他走到柜台跟前，把几枚硬币放到潮乎乎的柜台上。

"买一个夹肉面包！"他嘶哑地说。

小狗夹紧尾巴，站在他脚边。

女营业员把两个夹肉面包放在碟子里，递给老人。

"一个！"老人说。

"您老拿着吧！"女营业员轻声说道，"我不会因为给了您两个面包就破产的……"

"谢谢！"老人说道。"谢谢！"

他收下两个面包，走到站台上去了。那里一个人也没有。一阵风雪已经过去，另一阵正在逼近，不过眼下还远在地平线那边。于是一线微弱的阳光便乘机落到利耶卢佩河对岸白茫茫的森林上。

老人在长凳上坐下来，把一个夹肉面包丢给彼季，把另一个用一条灰不溜丢的手帕包好，藏在衣兜里。

小狗痉挛地吃着面包，老人望着它，说道：

"唉，彼季呀，彼季！你可真糊涂呀！"

但狗没去听他讲。它光顾着吃了。老人望着它，用袖子揩着眼睛——大概是叫风刮得流泪了吧。

这就是发生在里加海滨麦奥里车站上的一则小小的故事的全部情节。

我为什么要讲这则故事呢？

这是我在思考细节对散文的作用时，不觉回想起来的。我明白，要是把这则故事描述给别人听，却不讲那个主要的细节——不讲狗用各种方式请求主人原谅，不讲这个小生物的这种讨好的神态，那么这则故事就不如真事那么动人了。

而如果再把其他细节——老人身上那件证明他是鳏夫或者孤老头子的叠满补丁的短大衣、从年轻人帽子上滴下来的雪水、冰凉的啤酒、沾着碎屑儿的分币，以及从海上刮来的像白茫茫的障壁一般的风雪，也统统掷掉，统统不去写，那么这篇小说就将更加枯燥，更加乏味。

近年来，我国的小说中，特别是年轻作家的作品中，细节已开始消失。

然而没有细节，作品就没有生命。任何一篇短篇小说都会因此而变成如契诃夫所说的那种熏鲑鱼用的干木棒。鲑鱼拿走了，只剩下那根干木棒还竖在那儿。

细节的意义所在，普希金曾提及过，他说小事往往会被我们的眼睛忽略掉，可是却能在众人眼里闪耀出光芒[1]。

可另一方面，有些作家却深受累赘、无聊、琐碎的观察之苦。他们让一大堆细节充斥自己的著作——丝毫也不加选择，不懂得细节只有在性格化的情况下，只有在能够像一道光芒那样立时把黑暗中的任何一个人或任何一个现象照亮的情况下，才有权生存，才不可或缺。

例如，要给人以一场大雨已经开始的概念，只消写雨点哗哗啪啪地打在窗下一张报纸上就足够了。

或者，要给人以婴儿死亡的可怖感觉，只消像阿列克谢·托尔斯泰在《苦难的历程》中所写的那样便足够了：

> 精疲力竭的达莎睡着了，等她醒来时，她的孩子已经死去。
>
> 她把他抓过来，解开襁褓——淡黄色的、稀疏的头发笔直

---

[1] 引自果戈理《与友人书简选》（1847）。全文如下："普希金经常跟我说……还没有一个作家具有这样的才华，能够如此鲜明地写出生活的庸俗，能够以这样的力量描画出庸俗的人的全部庸俗，以便让我们的眼睛所忽略的整个那桩小事在众人眼里闪耀出光芒。"——原编者注

地竖起在孩子高高的头盖骨上。

……达莎对她丈夫说：

"我正在熟睡的时候，死神袭到他身上了……只要想一想——他头发竖得笔直……他独个儿在受苦……我倒睡熟了。"

不管丈夫怎么劝说，也没法让她赶走那小孩子跟死神单独搏斗的幻影。

这个细节（婴儿稀疏的头发竖得笔直）抵得上用许多页的篇幅对死亡所作的最精确的描写。

上文所提到的这两个细节都达到了目的。细节描写就应当这样——不但能说明整体，而且还是非写不可的。

我曾在一位青年作家的手稿上见到这样一段对话：

"巴莎大婶，您好！"阿列克谢走进屋来，招呼道（在此之前，作者说阿列克谢用手打开巴莎大婶的房门，好像门还可以用脑袋瓜打开似的）。

"阿廖沙①，你好，"巴莎大婶放下针线活，望了阿列克谢一眼，亲切地回答说。"你怎么好久没来了？"

"老没有空。开了整整一个星期的会。"

"你说，开了整整一个星期？"

"可不，巴莎大婶！开了整整一个星期。沃洛季卡不在家吗？"阿列克谢扫视了一眼空落落的房间，问道。

"不在家。他上工去了。"

---

① 阿廖沙是阿列克谢的小名。

"那我走了。再见，巴莎大婶。祝您健康。"

"再见，阿廖沙，"巴莎大婶回答说，"也祝你健康。"

阿列克谢走到房门跟前，打开房门，走了出去。巴莎大婶望着他的背影，摇着头说：

"是个麻利的小伙子。脑袋瓜灵活。"

这个片断不但写得潦草、马虎，而且尽是空话、废话（均已用异体字标出）。其中的细节都是毫无用处的，非性格化的，什么也没有说明。

在寻找和确定细节时，必须作严格的挑选、筛洗。

细节，总是同我们称之为直觉的那种认识能力最紧密地联系在一起的。

具体地说，我认为直觉是一种能够通过局部，通过细节，通过某一特性再现整体图景的认识能力。

直觉不仅帮助历史小说的作者再现过去时代真实的生活图景，而且还帮助他们再现当时人们的特有的色彩、感情和心理，这种心理同我们的心理相比，自然是有些不同的。

普希金从未去过西班牙和英国，可直觉却帮助他写出了一系列描绘西班牙的优秀诗篇，写出了《石客》，而在《瘟疫流行时的宴会》一剧中，他所勾勒的英国中世纪的图画是那么栩栩如生，即使由生长在这个雾国中的瓦尔特·司各特①或者彭斯②来写，也不过如此。

---

① 司各特(1771—1832)，英国小说家和诗人。
② 彭斯(1759—1796)，苏格兰诗人。

一个恰到好处的细节可以使读者对整体——对一个人物、对他的处境、对事件，最后对时代产生一种直觉的、正确的概念。

白夜

一艘旧轮船由沃兹涅先尼耶码头启碇，驶入奥涅加湖。

周遭是茫茫的白夜。我平生第一次不是在涅瓦河和列宁格勒宫殿的上空，而是在北方莽莽的森林和湖泊之间看到这种夜色。

一轮苍白的月亮低挂在东半天上，没有一点儿光亮。

轮船掀起的波浪无声无息地向远处奔去，把漂在湖面上的一块块松树皮冲得摇来摆去。岸上，想必是在古老的乡村教堂里，守夜人正在钟楼上敲钟，一共敲了十二下。虽然离岸很远，但是钟声还是飞到了我们船上，然后又绕过轮船，顺着宁静的湖面，向着挂一轮淡月的透明的夜空飘去。

我不知道该怎么形容白夜这种令人疲惫的幽光才更贴切。神秘的？还是魔幻的？

在这样的夜晚，我总觉得大自然过于慷慨，竟把那么多苍白的空气和犹如幻影一般的锡箔和银子的光泽用于夜间。

眼睁睁地看着这种令人神往的、美丽的夜色不可挽回地逝去，人是不可能无动于衷的。也许，唯其因为如此，白夜如同一切注定无法久驻的美色一样，以其稍纵即逝的生命勾起人们淡淡的哀愁。

我第一次来北方，可是此间的一切我却觉得十分稔熟，尤其是在此暮春季节洒满了荒芜果园的稠李花雪白的花瓣，更给我以重睹旧物之感。

这种凛若冰霜的芳香的稠李花，在沃兹涅先尼耶到处都是。当地人谁也不把它们摘下来，谁也不把它们插到桌子上的水罐里。

我这是上彼得罗扎沃茨克去。当时阿列克谢·马克西莫维奇·高尔基打算出版一套《工厂史》丛书①。他吸引了许多作家参加这项工作，并且决定组成好几个突击队集体写作这套书。突击队这个名词就是在那时第一次用之于文学的。

高尔基让我挑选几个工厂。我选中了位于彼得罗扎沃茨克的历史悠久的彼得罗夫工厂。这个厂是彼得一世创建的，起初生产大炮和铁锚，后来改为铸铜，十月革命后，专门制造铁路车辆。

我拒绝参加突击队的工作。我当时深信（现在也仍然深信）在人类活动的某些领域，要推行劳动组合那套工作方法是难以想像的，尤其写书更是如此。硬要这样做，充其量也只能搞出一本杂七杂八的特写集，而不是一本完整的书。依我看，不管素材多么特殊，作家的个性，包括他对现实的认识，他的风格和语言，总归是要反映到书中去的。

我认为，就像不可能由两个人或三个人同拉一把小提琴一

---

① 1931年9月7日，《真理报》上刊出了高尔基的一篇文章，题为《工厂史》。他在这篇文章中号召作家们为俄国各大工厂写作厂史。——原编者注

样，几个人合写一本书也是不可能的。

我把这个看法对阿列克谢·马克西莫维奇①讲了。他皱起了眉头，用手指在桌上敲着鼓点（这是他的习惯），想了一想，回答说：

"年轻人，人家会责备您自命不凡的。好吧，您去干吧！不过可别丢脸，一定得带本书回来！非得带回来不可！"

在轮船上我想起了同高尔基的这席谈话，深信自己一定能把书写成。我非常喜欢北方。当时我觉得，这环境必将大为减轻我写作的困难。不消说，我打算把使我心醉神迷的北方的景物——白夜、静静的湖水、森林、稠李花、诺夫哥罗德人像唱歌一般悦耳的口音、船首好似天鹅的颈项一般弯曲的黑色舢板，被色彩缤纷的花草映衬得分外漂亮的蜻蜓，统统都写进这本关于彼得罗夫工厂的书里边去。

当时，彼得罗扎沃茨克还是个幽静的城市，人口很少。街道由大块大块的鹅卵石铺成，石头上长着青苔。整个城市呈现出一种云母石般的颜色，这想必是由于淡淡的湖光的反照，是由于虽然并不好看却非常可亲的天空也是淡白色的缘故吧。

在彼得罗扎沃茨克，我一头扎进了档案馆和图书馆，翻阅了所有同彼得罗夫工厂有关的书籍和资料。这个工厂的历史复杂而有趣。彼得一世、苏格兰工程师、我们那些农奴出身的天才工匠、卡隆铸铜法、水力机械、独特的风俗习惯——这一切给我那本书提供了丰富的素材。

首先，我拟定了书的提纲。其中有许多史料和描写，只是

---

① 高尔基的名字和父称。

人物太少。

我决定就在当地，在卡累利阿，写这本书，于是我就向一位退休女教师谢拉菲玛·约诺芙娜租了个房间。她除了戴眼镜和懂得法语外，外表一点儿也不像女教师，倒像是个愚昧无知的老婆子。

我开始按照提纲写书，可是不管我怎么努力，这本书在我笔下却像一盘散沙。我怎么也无法把素材焊接起来，将它们凝聚在一起，自然地向前流去。

素材支离破碎。有意思的段落互不连贯，全都摇摇欲坠，得不到上下左右其他有意思段落的支撑。这些段落一段段孑立在那里，缺少那种唯一能把生命注入档案材料的生动的细节、时代气息和我对之感兴趣的人物命运的维系。

我写水利机械、生产过程和工匠们，可我一边写，一边却十分苦恼，因为我懂得，在我对上述这一切表示出自己的态度，在有哪怕一点抒情气息使这些素材复活之前，这本书是写不好的。甚至根本就写不成。

（顺便说说，我那时懂得了写机器必须跟我们写人一样，得理解它们，爱它们，为它们而欢乐、悲伤。不知道别人怎么样，反正我总是为机器感到一种肉体上的痛苦。就拿"胜利"牌汽车来说吧，当它用尽最后一点力气，勉强爬上陡坡的时候，我累得大概不下于汽车本身。也许这个比喻并不十分确切，不过我深信，对待机器，要是你打算去写它们的话，就应当像对待活生生的人一样。我发现，好的工匠和工人就是用这种态度对待机器的。）

世上没有比面对素材一筹莫展更叫人难堪，更叫人苦恼的事了。

我觉得自己已成了外行，就好像硬要我去跳芭蕾舞或者编辑康德的哲学著作那样。

记忆却不时用高尔基的话来刺痛我："不过可别丢脸，一定得带本书回来！"

使我灰心的还有，我历来崇奉的作家技巧的基础之一崩溃了。我一向认为只有能够轻而易举地把握任何素材，而又不会失去自己个性的人，才配当作家。

我决定缴械投降，什么也不再写，离开彼得罗扎沃茨克。以结束我这种苦不堪言的处境。

当时除了谢拉菲玛·约诺芙娜之外，我找不到任何人可以一诉我心头的痛苦。我已经准备把我的失败讲给她听了，可我发现，她早已感觉到了，想必是凭着教师所特有的那种敏感吧。

"您跟我那些傻里傻气的女中学生准备考试时一模一样，"她对我说道。"她们只知道拼命往脑袋瓜里塞，弄得晕头转向，分辨不出什么是重要的，什么是无足轻重的，这不过是因为疲劳过度了。我对你们作家这一行虽说一窍不通，可我想，凭蛮干，恐怕是写不出什么来的吧。只能使自己的神经紧张。可这是有害的，甚至是危险的。您别一时冲动，说走就走。您好好地休息休息。到湖上去划划船，去城里各处逛逛。我们这个城市挺可爱，挺朴素。也许您会有所得的。"

不过我还是决定离开这儿。行前，我到城里各处走走。直到这时，我还没好好观光过彼得罗扎沃茨克的市容呢。

我沿着湖畔信步朝城北走去，不觉到了城外。一排排小房子到此戛然而止。前面是菜园。在菜园中间，东一个西一个地竖立着十字架和墓碑。

有个老头儿正在胡萝卜地里锄草。我问他这都是些什么十字架。

"这儿早先是公墓，"老人回答说。"听说是专门埋葬外国人的。如今这片地改作了菜园，墓碑都给搬走了。剩下的几块也留不了多久。最多留到来年春天。"

墓碑的确不多，总共只有五六块。其中一块墓碑四周还围着生铁铸的富丽堂皇的沉甸甸的栅栏。

我走到这块墓碑跟前。在断裂了的花岗石墓表上可以辨出用法文写的碑文。高高的牛蒡几乎把碑文全遮没了。

我拔掉牛蒡，看到了碑文的全文："拿破仑皇帝陛下大军之炮兵工程师夏尔-欧根·朗赛韦之墓。一七七八年生于佩皮尼昂，一八一六年夏殁于远离祖国之彼得罗扎沃茨克。愿主赐他备受痛苦的心灵安息。"

我顿时领悟到，在我面前的是个非同寻常的人的坟墓，他的命运是悲惨的，正是这个人将把我救出困境。

我回到家里，告诉谢拉菲玛·约诺芙娜，我决定在彼得罗扎沃茨克留下来了，说罢，掉头就去档案馆。

档案馆的工作人员是个瘦得几乎只剩下一副骨头架子的戴眼镜的干瘪老头儿，早先当过数学教员。档案馆还没有完全整理好，可老人却把它管理得井井有条。

我说明了来意，老人非常激动。因为平日来找他查询的都是些枯燥的资料，主要是教堂的教徒出生簿上的生年之类的东西，而且即使这样的查询，一年也难得有几回，现在却要进行一次困难而有趣的档案搜索——找到一切跟这名一百多年前不知何故死在彼得罗扎沃茨克的神秘的拿破仑军官有关的全部档案。

老人也好，我也好，心里都很着急。在档案馆里能不能找到朗赛韦的资料，哪怕只是蛛丝马迹也好，以便多少可以知道点他的生平？或者我们什么也找不到？

老人出乎我意料地宣布说，他今晚不回家睡觉了，将通宵在档案馆里翻寻资料。我很想陪他一起找，可是他告诉我，外人是不得进入档案库的。于是我就上街去买了面包、香肠、茶叶和糖给老人送去，让他夜里好有夜宵吃，随后我就走了。

搜寻资料延续了九天之久。每天早上老人给我一份卷宗目录看，据老人猜测，这些卷宗里可能会提到朗赛韦。在最有价值的卷宗抄目前，老人都打了一个钩，但他作为数学家，总是把这种记号叫做"根号"。

直到第七天上，才在公墓登记册上找到了埋葬被俘法军大尉夏尔-欧根·朗赛韦的记录，他下葬时的情况是颇有儿分奇特的。

第九天上，找到了两封提及朗赛韦的私人信件。第十天上，老人给我看了一份已经残缺不全的、没有了签署的奥洛涅茨省省长发出的通报。通报讲的是"朗赛韦"的遗孀"玛丽亚-采齐丽娅·特里尼德因由法国前来为夫树立墓碑"而短期居留在彼得罗扎沃茨克的事。

这就是能找到的全部资料了。然而档案管理员所找到的这些资料（老人为这一成功喜形于色），已足以使朗赛韦在我的想像中复活。

朗赛韦一出现，我立刻伏案写书。工厂的全部史料不久前还如一盘散沙，一无聚拢的希望，如今突然间在书中各得其所了。所有的史料全都熨帖地，而且仿佛是自然而然地环绕着这名炮兵，这名法国革命和拿破仑进军俄国的参加者，这名在格日阿茨克城下被哥萨克俘获，然后被遣送到彼得罗扎沃茨克的工厂，最终死于热病的法国军官，各就其位。

就这样，我写成了中篇小说《夏尔·朗赛韦的命运》。

在没有出现人物之前，我那些素材是死的。

此外，我预先为这本书拟定的提纲被全盘推翻了。如今朗赛韦信心十足地使故事跟随着他展开。他像块磁石，不仅把史实，而且把我在北方见到的许多景物都吸到了他的身旁。

在中篇小说中，有一个为朗赛韦哭丧的场面。女人哭悼他的挽歌歌词是从我亲耳听到的一首哀歌中借用来的。这件事值得一谈。

我乘轮船由拉多加湖出发，溯斯维里河而上，前往奥涅加湖。在一处码头上，大概是在斯维里察吧，人们把一口普通的松木棺材抬到了下甲板上。

原来是斯维里河上一位最老也最有经验的引水员在斯维里察故世了。他的朋友，也都是引水员，决定把盛殓着他遗体的棺木，由轮船载着，航行全河，由斯维里察直至沃兹涅先尼耶，以便让死者同他心爱的河诀别。此外也可让两岸的居民有机会同这位在这一带备受尊敬的、从某一点上来说也是著名的人士告别。

这是因为斯维里河是一条石滩众多的湍急的河流。如果没有经验丰富的引水员领航，轮船就休想通过斯维里河上那些急滩，所以自古以来，斯维里河上就有领水员的行帮，他们都亲密得如同手足。

当我们通过急滩，也就是石滩的时候，我们的轮船尽管开足了马力，还得由两条拖船来牵曳，否则就过不去。

若顺流而下时，轮船得倒行逆驶，轮船由拖船拽着，逆流倒开，以便减慢下行的速度，免得撞上石滩。

我们船上载着引水员遗体的事，用电报通知了上游各地。因此轮船每到一个码头，都有一群居民路祭。站在最前面的总是那些包着黑头巾的哭丧的老婆子。轮船刚一拢岸，她们便扯开喉咙，摧肝裂肺地痛哭起死者来。

这诗一般的哀歌的歌词，从来也没有雷同的。各处码头的哀歌，据我看，都是现编的即兴之作。

不妨举一曲哀歌为例：

> 为什么你要离开我们飞往死亡之国？为什么你要抛下我们，使我们失去亲人？莫非在你生前我们没有用发自衷心的温存、亲切的话语欢迎过你？看一眼斯维里河吧，老爷子，最后再看一眼，陡峭的河岸上凝结着鲜血，那滔滔的河水都是我们女人的泪水汇成。啊，为什么死神过早地将你夺走？啊，为什么斯维里河上，从上游直到下游，都点满了送殡的蜡烛？

我们就这样在一片哭悼声中（甚至夜间也哭声不绝）驶到了沃兹涅先尼耶。

在沃兹涅先尼耶，一群严峻的人——引水员们——登上了轮船，启开了棺盖。棺材里安卧着一位白发苍苍的高大的老人，他的脸由于饱经风霜而显得很粗糙。

人们用亚麻的长巾拴住灵柩，把它抬了起来，在呼天抢地的哀歌声中抬上了岸。灵柩后边紧跟着一位少妇，她用披肩遮着苍白的脸。少妇牵着一个浅色头发的小男孩。离少妇几步远，后面跟着一个穿内河船长制服的中年男子。这是死者的女儿、外孙和女婿。

轮船下半旗致哀，当灵柩抬进墓地时，轮船几次鸣笛致哀，笛声久久地缭绕在空中。

在这部中篇小说里，还写了我北方之行的另一个印象。这个印象中并没有什么意义深远的东西，可不知为什么，在我的记忆中，它却和北方紧紧地联系在一起。这印象就是金星的异乎寻常的光辉。

我还从未看到过像这样明亮而又清澈的星光。在拂晓前渐渐泛青的夜空中，金星就像一滴熔成液体的金刚钻，熠熠闪光地漫溢开来。

它是名副其实的天国的使者，是绚烂的朝霞的先驱。不知怎的，在中部和南方，我从来也没有去留心过它。可在这里，在北方，我却觉得只有它一颗星用处子一般美丽的光辉照亮着莽莽的荒原和森林，只有它一颗星在黎明前的时刻内，主宰着整个北方的大地，主宰着奥涅加湖和扎沃洛奇耶地区①，主宰着拉多加湖和奥涅加湖地区。

---

① 指北德维纳河、奥涅加湖、白湖之间的地区。

生命力的发端

有一回，左拉在同几个朋友聚会时指出，想像对于作家来说，是完全不需要的。作家写作只应当根据精确的观察。就像他左拉这样。

当时莫泊桑也在场，他问道：

"那么您常常根据报上的一条简讯就写出一大部长篇小说，而且一连好几个月足不出户，那又该怎么解释呢？"

左拉没有作声。

莫泊桑拿起帽子就走了。他这样离去，很可能被看成是对左拉的侮辱。但莫泊桑已顾不上这一点了。他不能容许任何人，哪怕是左拉，否认想像的作用。

莫泊桑跟每一个作家一样，极为珍视想像力，认为它是激发创作思维的媒质，是诗歌和散文的黄金国。

想像乃是艺术生命力的发端，而用拉丁区①热情洋溢的诗人们的说法，是艺术"永恒的太阳和上帝"。

但是想像这颗光耀夺目的太阳，只有在触及大地之后，才会燃烧。在太虚之中，它是无法燃烧的。它在其中只会熄掉。

那么何谓想像呢？回答这类难题最省力的办法，就是学盖达尔的样。他疑虑重重地望着交谈者，反问道：

"你又想出我的洋相吗？休想！我才不说呢。"

我们如果真想多少弄清楚点儿某些概念的话，最好的办法莫过于像小孩问大人那样打破沙锅问到底。

孩子们总是喋喋不休地问："这是什么？""这是干什么的？""这是为什么？"他们不逼得我们绞尽脑汁，好歹像个样子回答出所有这些问题，是决不罢休的。

要是我们能找到一个小孩交谈，而这个小孩又会说"想像"这个词儿，那么这场谈话想必是这样的：

"什么叫想像？"

假如在这种情况下，我们大谈其"艺术的太阳"，艺术的"诸神之神"，那么我们就会陷入难以设想的困境，而要摆脱这种困境，只有一条出路，就是撇下这位谈伴落荒而逃。

孩子们要求的是一清二楚的回答。所以我们只得回答这位假想的谈伴说，想像——这是人的一种本能。

"什么样的本能？"

"这是人运用他对生活的观察和思想感情的积累，创造出与现实并存的虚构的生活、虚构的人物和虚构的事件的一种本能。"（当然，在跟孩子谈的时候，所用的语言应当通俗得多。）

"为什么呢？"谈伴问我们。"已经有了真的生活，干吗还

---

① 巴黎一区名，位于塞纳河左岸，为著名文学、教育区。

要想出假的呢？"

"因为真实的生活是浩瀚无边的，是错综复杂的，任何一个人都不可能了解其整体和所有千差万别的局部。何况有许多事物，人是无从看到，也无从经历的。譬如，人不可能倒退三百年，去当伽利略①的学生；或者去参加一八一四年攻陷巴黎之战②；或者待在莫斯科，可是伸出手去却可摸到卫城③的大理石圆柱；或者同果戈理一起在罗马的大街上散步谈心④。或者坐在国民公会里听马拉⑤发表演说，或者从甲板上眺望满天星斗的太平洋。而后者之所以不可能，是因为这人一生中连海都无缘见到，更别说大洋了。可是人却想知道、看到和听到一切，想经历世上各种各样的事情。于是想像就给予他现实所未及给予或者不可能给予他的一切。想像能够弥补人生的空白。"

您谈着谈着，就忘乎所以，忘了您的谈伴是个孩子，于是您开始讲起他听不懂的东西来。

请问，谁能够在想像与思想之间划出一道泾渭分明的界限呢？它，这种界限，是不存在的。

想像力创造了万有引力定律、牛顿二项式定理、特里斯丹

----

① 伽利略(1564—1642)，意大利物理学家和天文学家。

② 指俄、普、奥等欧洲反法联军击败拿破仑一世，攻陷巴黎一役。

③ 指古希腊城市的卫城。

④ 果戈理于 1836 年 6 月离开俄国，先后去德国、瑞士、法国和意大利。在出国的 5 年多内，他大部分时间是在罗马度过的。

⑤ 马拉(1743—1793)，18 世纪法国资产阶级革命的领袖之一，政论家。原系医学家和物理学家，1792 年选入巴黎公社和国民公会。

与绮瑟的哀史①、原子裂变、列宁格勒海军部大厦、列维坦②的《金色的秋天》、《马赛曲》、无线电、电灯、哈姆雷特王子③、相对论和电影《小鹿斑比》④。

人的思想如果缺乏想像力，一如想像脱离了现实，是不会结出果实来的。

法国有句谚语："伟大的思想出之于心灵。"依我看，更确切的说法是：伟大的思想出之于人的整个存在。心灵、想像和理性——乃是产生我们称之为文化的那一切的媒质。

但是有一桩事情，连我们强大的想像力也是无法想像的。这便是想像力的消失，这也就意味着它所孕育出来的一切事物的消失。如果想像力消失了，人就不再成为其人了。

想像力乃是大自然的伟大赐予。它蕴藏于人的天性之中。

我上文已讲过，想像脱离现实就无法生存。它是由现实来滋养的。而另一方面，想像又经常在某种程度上影响生活的流程，影响我们的事业和思想，影响我们对人们的态度。

关于我上文提及的这一点，皮萨列夫的见解是鞭辟入里的。他说，假若一个人不能在想像中描绘出未来的明晰的、纤

---

① 特里斯丹与绮瑟是法国中世纪作家托马和贝鲁尔合著同名传奇小说中的男女主人公。特里斯丹是英勇的骑士，绮瑟是美丽的公主，两人倾心相爱，但由于种种曲折而未成眷属。后特里斯丹因抵抗外侮战死沙场。绮瑟因此哀伤过度，一恸而绝。国王将两人坟墓葬于教堂两侧。当天夜里，特里斯丹的坟上便长出了一株玫瑰，覆盖到绮瑟坟上，爱情使这对恋人死后也结成连理。
② 伊萨克·伊里奇·列维坦(1861—1900)，俄国画家。
③ 英国戏剧家莎士比亚名剧《哈姆雷特》中的主人公。
④ 《小鹿斑比》是美国电影导演和画家沃尔特·迪斯尼(1901—1966)所制卡通片名。

毫毕见的图景，假若一个人没有幻想的能力，那么就没有什么来促使他为这个未来而行动，没有什么来促使他为它而不懈地斗争，甚至献出生命[①]。

> 我偶然在一把小刀上，
> 发现了异国的一粒微尘——
> 世界顿时又变得奇异万状，
> 缭绕着五彩缤纷的氤氲。

这是勃洛克的诗句[②]。另一位诗人则说：

> 每一汪水洼里——都有海洋的气息，
> 每一粒石子上——都有沙漠的痕迹……

啊，异国的一粒微尘，路上的一粒石子！想像力往往正是从这样一粒微尘，这样一粒石子开始其不可抑制的活动的。由此我想起了中世纪一个年老的西班牙小贵族的故事。

这个小贵族也许曾经有过好日子，不过在我们这个故事开始的时候，他在卡斯蒂利亚的领地内过着清苦的生活。所谓领

---

① 这段文字出自俄国政论家、文学评论家德米特里·伊凡诺维奇·皮萨列夫（1840—1868）的《幼稚想法的落空》。原文如下："假若一个人根本没有幻想的能力……假若他不能偶尔跑前一些，用自己的想像力洞察到他刚刚动笔创作的那件作品的完整的、纤毫毕见的美，那我就断断设想不出还有什么动因可敦促他去着手从事艺术、科学和实际生活领域内丰富多彩而又令人劳顿的工作，并把这项工作进行到底。"——原编者注
② 引自勃洛克的诗作《你可记得，在我们那梦幻的港湾……》。

地，不过是一小片土地，加上一幢阴森得好似要塞的囚室一般的砖房罢了，这还是祖先传给他的呢。

小贵族是个孤老头子，家里只有一个老迈的保姆。她连烧点儿最简单的饭菜也感到吃力，记性已坏得什么都记不起来，甚至跟她讲话，她都听不懂你的意思了。

小贵族整天坐在尖拱形窗户下的一张破沙发椅上看书。只有书脊中干透了的糨糊的哗剥声，打破屋里的寂静。

偶尔，小贵族抬起头来望望窗外。窗外耸立着一棵像铁一样黑不溜秋的枯树，单调枯燥的高原台地一直伸展到天际。西班牙的这个地区一片荒凉，让人腻烦，可小贵族却对它习惯了。

要他撂下故居，出外去作长时间的累人的旅行，去忍受旅行中可能遇到的各种烦恼，他的年纪已经过老了。再说，在偌大的西班牙王国内，他没有一个亲戚，没有一个朋友可去探望，又干吗要去旅行呢！

小贵族过去的生活情况，很少有人知道，据说，他有过妻子，还有过一个美丽的女儿，不过她俩在同一年、同一月生鼠疫死去了。从此他就杜门不出，偶尔有个过路人由于天黑了或者碰到坏天气前来投宿，他也不怎么乐意接待。

有一天，有个披着粗呢斗篷的风尘仆仆的人，把一头老毛驴系在那棵黑不溜秋的树上，前来叩他家的门。在熊熊燃烧的火炉旁吃晚饭时，那人讲给小贵族听，多亏圣母保佑，他总算从去西方的那次危险的航行中平安回来了，国王听信了一个叫哥伦布的意大利人的花言巧语，派了几艘轻快帆船西行探险。

他们花了好几个礼拜的时间横渡大洋，曾听到过海女——塞壬①的声音。海女妖声妖气地央求把她们拉上船来，好让她们在甲板上用自己的长发，像块布似的裹住一丝不挂的身体，取取暖。

　　船长下令不得答应塞壬的要求。这一下水手们怒不可遏了。他们朝思暮想地渴望爱情，渴望女人丰腴柔韧的大腿。

　　结果这一切以一场失败的哗变告终。三个为首的被吊死在横桁上。

　　他们继续向前航行，见到了一个闻所未闻的大海。海上布满了水草，草中开着一朵朵硕大的蓝花。于是他们举行了弥撒，开始作环海航行。就这样不知航行了多少天，突然水平线上出现了一片新的大陆——神秘而又美好的大陆。风送来了海岸上森林温柔的喧声和花草醉人的芳香。

　　船长登上舰桥，拔出佩剑，举向天空，剑尖迸发出金色的火焰——这表明他们终于发现了黄金国②，在这个国度里，漫山遍野都是宝石和金银。

　　小贵族默默地听着那人讲这个故事。

　　那人临走时，从皮囊里拿出一只由黄金国带回来的玫瑰红的海贝壳，赠送给年老的小贵族，以感谢老人招待他晚餐，还留他过夜。贝壳是不值钱的东西，所以小贵族收下了。

　　那人走了。当天夜里下了雷雨。闪电在满是沙砾的台地上空缓缓地亮了又灭，灭了又亮。

---

① 塞壬是希腊神话中人身鸟足的女妖，住在地中海的小岛上，常以美妙的歌声引诱航海者触礁毁灭。
② 指 16 世纪时西班牙人假想中位于南美洲的宝石与黄金之国。

贝壳放在小贵族床边的桌子上。

他醒来时，看到被天火的闪光照亮的贝壳。在贝壳深处时明时灭地出现由玫瑰红的光泽、浪花和云霞构成的那个奇异之国的幻景。

闪电熄灭了。小贵族等到下一次闪电迸发时，又在贝壳中看到了那个国度，比第一次看到的还要清楚。无数大瀑布，水珠飞溅，浮光耀金，从突兀峻拔的海岸上倾泻到大海之中。这是什么？想必是一条条河流。他甚至感觉到了河上清凉的空气。连水花都溅到了他脸上。

他认为这是自己在做梦，便下了床，把沙发椅挪到桌子跟前，面对贝壳坐了下来，然后伛下身子，竭力想看清贝壳内那个国度的全部奇景，他的心不知为什么怦怦地跳着。但闪电越来越稀疏，转眼就停了。

小贵族不敢点燃蜡烛，生怕莽撞的烛光会使他确信这一切不过是错觉，贝壳内根本没有什么国家。

他就这样一直坐到天亮。在晨曦下，贝壳一无奇妙之处。贝壳内除了隐约可见的一线烟色的反光外，什么东西也没有，仿佛一夜之间，这个神秘的国度就迁移到了一千古里①之外。

当天小贵族就到马德里去，跪在国王面前，恳求国王下一道谕旨，恩准他自费装备一艘轻快帆船，西渡大洋，去寻找那个神秘的国度。

国王是仁慈的，允准了他这个要求。等小贵族走后，国王对他的近臣们说：

---

① 法国距离单位，约合 4 公里。

"这个小贵族显然是个疯子！就靠这么一艘可怜巴巴的轻快帆船，他能有什么作为？不过话要说回来，甚至疯人，上帝也不惜为他们指路。说不定这老头儿还真能给我们王国增添新的国土呢。"

小贵族朝西航行了好几个月。一路上他只喝水，东西吃得很少。焦灼不安的心情使他憔悴了。他竭力不去想那个奇异的国度，担心永远也到不了那里。或者，即使到达了那里，所看到的却是一片枯寂的荒原，荆棘丛生，狂风肆虐，灰蒙蒙的尘柱遮蔽了所有的地方。

小贵族祈求圣母保佑他不致落到这种失望的境地。

用木头粗糙地雕成的圣母像，钉牢在轻快帆船的船头上。她在海船的前面，摇晃着身子，破浪前进。她那双鼓出的碧眼，一眨也不眨地凝视着远处的海面。她那金粉有点剥落了的金发上和褪了色的紫罗袍上，溅满了晶莹的水珠。

"引导我们去那儿吧！"小贵族向她恳求道。"这个国度不会不存在的。我无论在梦中还是醒的时候，都那么清楚地看见它。"

有天傍晚，水手们从海里捞起了一根断枝。这说明陆地就在附近了。

断枝上长满了像鸵鸟羽毛似的大树叶。树叶发出一种甜滋滋的沁人心脾的香味。

这一夜，船上谁也没有睡觉。

终于，在朝霞的光华中，有个横断大海的国度展现在航海者的面前。只见岸上重峦叠嶂，祥云腾腾。群山呈现出绮丽多姿的色彩。无数条清澈的河流，由这些山上直泻到海洋之中。

在郁郁苍苍的森林上空，飞翔着一群群欢乐的鸟。枝叶是那么繁茂，鸟无法飞入林中，所以都在树林上空翱翔。

从岸上吹来一阵阵花果馥郁的香气，使人觉得只消吸一口到胸中，就可长生不老。

太阳升起来了，这个被瀑布的水汽笼罩的国度，顿时七彩纷呈，就如阳光照在棱状的水晶器皿上一般。

这个国度好似天和光的妙龄女神遗忘在海角的一条钻石腰带，光华熠熠，璀璨夺目。

小贵族跪了下来，把瑟瑟发抖的双手伸向这片神秘的土地，说道：

"感谢你，上帝！是你在我暮年，激发了我追求新事物的意念，是你使我的心灵备受幸福之邦的幻景的煎熬。否则我永远也不会出来寻找它，我的双目就会由于天天看着台地枯燥单调的景象而干枯失明。我愿用我爱女的名字佛罗伦西亚来命名这片幸福之地。"

数十道小巧的彩虹由岸边飞来迎迓这条轻快帆船。这景象看得老人目眩神迷。阳光照在瀑布的水帘上，燃起了这一道道的彩虹，但不是彩虹向轻快帆船飞来，而是帆船迅速地朝彩虹驶去。

张在桅杆上的风帆庄严地噼啪作响。由全体船员升起的一面面节庆的旗帜，发出哗哗的欢呼。

小贵族扑倒在温暖的、湿漉漉的甲板上，不再作声。他疲惫的心脏经不起这一天所赐予他的空前巨大的欢乐。他死了。

据说，后来叫做佛罗里达①的那个地方就是这样发现的。

---

① 美国东南部半岛，滨大西洋和墨西哥湾。

这个故事的寓意何在，大概没有必要再加以解释了。不过我还是想阐述一下故事的主旨，以便明确无误地说明这样一个思想，即：渊源于生活的想像，有时也会反过来主宰生活。

那个披粗呢斗篷的人，促发了小贵族的想像力。从那一刻起，想像便控制了年迈的小贵族，正因为如此，他才在贝壳深处看到了一个奇异的国度。

想像的一个非凡的特点，就在于人相信它。如果人不相信它，它就会沦为空泛的智力游戏，儿童玩的无聊的万花筒。

这种对想像的信任乃是一种力量，可以促使人到生活中去寻找他所想像的东西，为其实现而斗争不息，促使人不顾一切地去响应想像的召唤，就像那个年老的小贵族所做的那样，最后在现实生活中创造出他所想像的东西来。

然而同想像的关系最紧密的，首先要推艺术、文学、诗歌。

想像基于记忆，而记忆基于现实生活中的现象。记忆的积累并非杂乱无章的堆积物。有某种规律——联想的规律，或者如罗蒙诺索夫①所称为的"浮想的规律"，把回忆这一杂乱无章的堆积物，按照彼此相似的程度，或在时空两个方面相近的程度加以分门别类，换言之，加以综合概括，从中理出一串一环紧扣一环、连绵不绝的链条。这串联想的链条乃是想像的指路线。

联想的丰富说明作家内心世界的丰富。如果具有丰富的联

---

① 米哈伊尔·德米特里耶维奇·罗蒙诺索夫(1711—1765)，俄国学者、诗人，俄国唯物主义哲学和自然科学的奠基者。

想，那么任何思想，任何题材，转眼之间就可具有生动的轮廓。

有一种含有极其丰富的矿物质的泉眼，只消随便把一根什么树枝或者一枚钉子放到这种泉眼里，用不了多久就会有许多雪白的晶体附着在树枝或者钉子上，使之变成真正的艺术品。人的思想如果沉浸在我们的记忆之泉中，沉浸在丰富的联想的媒质中，也会发生大致相同的情况，变成艺术作品。

关于联想的例子不胜枚举。不过必须记住，我们中间每一个人的联想都是同他的生活、经历和他的回忆联系在一起的。所以每一个人的联想在旁人看来，都可能是意想不到的。同一个字在不同的人身上会引起不同的联想。作家要做的事，就是把自己的联想告诉读者，或者如常言所说的，传达给读者，使之产生类似的联想。

罗蒙诺索夫在其《雄辩书》一文中，举了一个有关联想的最简明的例子。用罗蒙诺索夫的话来说，联想乃是和一已知的事物一起，同时想像到其他与此有关的某些事物的一种精神的禀赋，例如：当我们心中想到海船时，又从海船想到海船航行其中的大海，从大海又想到风暴，从风暴又想到波涛，从波涛又想到海岸上的喧声，从海岸又想到岩石。如此等等。

这是那种所谓"文选读本式"的联想。其实有许多联想往往远要复杂得多。

不妨举一个例子。

我此刻在里加湾海滨沙丘上的一幢小屋里写作。隔壁房间里有一个乐天的人，是位拉脱维亚诗人，正在朗诵他的诗歌。他穿一件大红的高领毛衣。这种毛衣，我在很久以前，还是在战时，看到导演爱森斯坦①穿过。有一回，我在阿拉木图一条大街上遇见爱森斯坦，他拎着一捆刚买来的书，他选购这样一些书，使我感到有几分惊讶。这些书是：《排球比赛指南》、中世纪史的文选、代数课本和诺维科夫－普里波伊②的《对马》。

"导演应当是个通才，所有的东西都得知道，"爱森斯坦说。"而且所有的东西都得找到表情来表演。"

"连代数公式也得用表情来表演！"我问道。

"当然！"爱森斯坦回答说。

那时诗人弗拉基米尔·卢戈夫斯科依正在写一首长诗。诗中有一章是写爱森斯坦的，标题叫《阿拉木图——梦的城市》。长诗中描写了挂在爱森斯坦房间里的墨西哥面具。那是爱森斯坦出访中美洲时带回来的。

总的来说，征服美洲的历史——这是人的卑鄙无耻的历史。这段历史就该冠上这么一个标题。如果把这写成一部历史小说的话，取名《卑鄙无耻》是很确切的。这个书名，听起来好像打耳光的声音一样。

啊，给作品取名，真是一桩经常叫人大伤脑筋的事！

给作品取名，是一种特殊的才能。有些人作品写得挺好，可就是不善于给自己的作品取名。有些人则相反。这就如同有一些人，用嘴讲挺精彩，可是一写出来就差劲了。这些人徒有

---

① 谢尔盖·米哈伊洛维奇·爱森斯坦(1889—1948)，苏联导演和电影艺术理论家。
② 阿列克谢·西雷奇·诺维科夫－普里波伊(1877—1944)，俄罗斯作家。长篇小说《对马》是他的代表作。

口才而已。需要有高尔基那样大的才气才行，他可以把一个故事讲上许多遍，等到把它写出来时，又和讲的完全不一样，新鲜极了！高尔基的口才是了不起的。一桩真人真事，他可以在片刻之间就加进去许多活灵活现的细节。而且每讲一遍，细节都有所增加，有所变更，故事变得更加有声有色。其实他讲的故事本身就是不折不扣的创作。所以高尔基最怕跟那些缺乏才气的、刻板的、怀疑他讲的故事的真实性的人待在一起。只要坐在这些人中间他就觉得无聊得难以忍受。他蹙紧眉头，一声不吭，那神态好像是在说："同志们，跟你们一起生活在这个世界上，可真乏味呀！"

不少作家都有这种根据真人真事编讲精彩故事的本领。譬如马克·吐温就是其中的一个。有一位力主作品不得丝毫违背真实的批评家，指摘马克·吐温撒谎造谣。马克·吐温气坏了，反问他说："要是您自己不会撒谎，连最蹩脚的谎也不会撒，而且根本就不知道撒谎是怎么回事，那您凭什么判断我撒谎了还是没有撒谎呢？只有在撒谎这种事上经验丰富的人，才敢于这样大胆地下您这样的断言。可您没有，也不可能有如此丰富的经验。您在这个领域内是不学无术的，是个无知之徒。"

伊里夫曾经讲给我听过，他在马克·吐温的故乡的那个小城里，看到了汤姆·索亚和哈克贝利·芬①的纪念碑。在纪念碑上，芬抓住一只死猫的尾巴。说实在的，我们何不也来给文

---

① 汤姆·索亚是美国作家马克·吐温(1835—1910)所著《汤姆·索亚历险记》中的主人公。哈克贝利·芬是他的另一部小说《哈克贝利·芬历险记》中的主人公。

学作品的主人公们立些纪念碑呢？譬如给堂吉诃德或者格列佛立纪念碑，给保尔·柯察金、达吉雅娜·拉林娜、塔拉斯·布尔巴、皮埃尔·别祖霍夫、契诃夫的三姐妹、莱蒙托夫的马克西姆·毕巧林或者贝拉①立纪念碑。

上面所说的一切，便是一串联想的链条。链条上的环节还可以一环环扣上去，直至无限。而如果把这串联想的链条上的第一环直接和最后一环——大红的高领毛衣和贝拉的纪念碑扣在一起，那么本来十分自然的整个联想过程便无异于谵语了。

我之所以连篇累牍地大谈其联想，无非因为联想同创作的关系极为密切。

上面已就想像的事谈了很多，至少有一点说清楚了，即：没有想像就没有真正的散文，就没有诗歌。

关于想像，说得最好的，大概要推别斯土舍夫-马尔林斯基了。他说道：

"紊乱、混沌的状态——是某种真实的、崇高的、诗意的创作的前奏。只待天才的光芒冲破这片黑暗，迄今还是敌

---

① 堂吉诃德是西班牙作家塞万提斯(1547—1616)同名小说中的主人公；格列佛是英国作家斯威夫特(1667—1745)所著《格列佛游记》中的主人公；保尔·柯察金是俄罗斯作家奥斯特洛夫斯基(1904—1936)所著《钢铁是怎样炼成的》中的主人公；达吉雅娜·拉林娜是普希金的长诗《叶甫盖尼·奥涅金》中的女主人公；塔拉斯·布尔巴是果戈理所著同名小说中的主人公；皮埃尔·别祖霍夫是托尔斯泰所著《战争与和平》中的男主人公；契诃夫的三姐妹是指他所写的剧本《三姐妹》中的人物；马克西姆·毕巧林和贝拉是俄国作家莱蒙托夫(1814—1841)所著《当代英雄》中的男女主人公。

对的、互相抗衡的微尘便会在友爱与和谐中再生，凝集成最强有力的整体，严密地黏合在一起，牢固地聚合成闪光的晶体，升起为高山，泛滥为大海，于是生气勃勃的力量便在新世界的额上写满它那巨大的象形文字。"①

夜幕降下了，精神力量渐渐复苏，这种力量目前还无以名之。称它什么呢？称他想像、幻觉、对人的意识的洞微烛幽的洞察力、灵感？称它精神的亢奋或者精神的宁静？称它欢乐或者忧郁？天知道！

我熄掉灯，只见夜慢慢地亮了起来。黑暗被雪光浸染了。结了冰的海湾，犹如一面硕大的朦胧的镜子，从下界映照着夜空，使夜色变得幽邃空明。

举目望去，一排排波罗的海松树的黑黝黝的树冠尽收眼底。一列电气列车正从远处驶过，发出有节奏的逐渐增大的响声。后来又复归寂静，静得使你好像听到了窗外针叶最微弱的窸窣声和某种似有若无的莫名的噼啪声。这声音合着星星的闪烁起伏着。也许这是寒霜从星星上飘落下来，小心翼翼地降到地面上时发出的一阵阵声音吧。

屋里空荡荡的。只有我一个人。旁边是宽达数百海里的大海。而沙丘后边是大片大片的沼泽和矮小的树林……附近一个人也没有。但是只要把灯点亮，坐到书桌前，拿起笔来随便写点什么，孤独感立刻就消失了。我并非孤单一人。在这间斗室

---

① 引自俄国作家、十二月党人亚历山大·亚历山德罗维奇·别斯土舍夫-马尔林斯基(1797—1837)于1832年致俄国作家尼古拉·阿列克谢耶维奇·波列伏依(1796—1846)的信。

里，我可以同千万人，同全世界谈话。我可以向他们讲各种各样的故事，使得他们欢笑和悲痛，激起他们的遐想、愤怒、爱情和怜悯，像个引路人那样牵着他们的手在生活中行走。它，这生活，是在这里，在这四堵墙壁间创造出来的，但是却能冲向整个世界。

我牵着他们的手去迎接朝霞。朝霞是一定会来的。它已在东方微微地揭起黑沉沉的夜幕，用眼下还非常邈远的、勉强才能看得到的一抹鱼肚白照亮了天陲。

眼下我自己也不知道将要写些什么。存在于我头脑中的思想好似波浪一样起伏翻腾，我热望同旁人分享此刻充满了我的理智、心灵、我整个躯体的那一切。思想在我的头脑中活跃，但是它会有什么样的结果，将用什么方式表达出来，我自己目前还不清楚。不过我知道我将要为谁写作。我将要同全世界谈话。然而要历历在目地想像出全世界的样子是困难的，几乎是不可能的。

所以我总是想起某一个人，为他而写作，譬如说吧，为那个小姑娘而写作，她有一双明亮得叫人目眩的眼睛，有·回，她顺着牧场跑来迎接我，刚一跑到我跟前，就抓住我的臂肘，累得气喘吁吁地说：

"我在这儿等了您好久。已经采了一大把花，还背了九遍《叶甫盖尼·奥涅金》的第二章了。全家都在等您回来，您不在，大家都觉得冷清。您这就给我们大家讲讲您在湖上都见到了些什么，最好再编点儿有意思的。不，还是别编的好，看到什么就讲什么，因为就是不编，牧场上也够美的了，野蔷薇已经开第二遍花了！真好看呀！"

或许为那个女人写作。多少年来，她把自己的生命同我紧紧地联结在一起，与我分担艰难和困苦，共享欢乐和柔情，以致现在已没有任何东西可以使我俩担忧的了。

或许为朋友们写作。只是在我这样的年纪，朋友一年比一年少了。

不过归根结底，我是为所有愿意看我作品的人写作。

我还不知道将要写些什么。也许是因为我想写的东西太多了，所以一时还未能从中拣出那个像磁石一般的思想，以便把其余的思想吸引拢来，使它们乖乖地进入叙述的范围之内，各就各位。

这种情况所有从事写作的人都是熟悉的。

"难怪诗人们要谈灵感，"屠格涅夫说道。"当然，缪斯[①]是不会从奥林匹斯山[②]上下凡来找他们，给他们送去现成的诗歌的。但是他们常常会有一种特殊的情绪，与灵感十分近似。费特曾在一首诗中说，他自己也不知道将要歌唱什么，而是'那支歌自己在成熟'，结果这首诗遭到了人们极大的嘲笑，其实这首诗倒是生动地表达了那种情绪的。有时你会产生一种要写作的愿望——具体要写些什么虽然还不知道，但已有了写作的兴致。正是这种情绪，诗人们称之为'神的君临'。这种时刻乃是艺术家感到莫大喜悦的时刻。如果不存在这种时刻，那么谁都不会去写作。而此后，当你不得不把活跃在你脑袋里

---

① 希腊神话中的9位文艺和科学女神的通称。
② 希腊东北部的一座高山，古代希腊人视为神山。希腊神话中的诸神都住在山顶。

的种种想法加以整理，并形诸笔墨的时候，痛苦就开始了。"①

半夜里，我突然听到一种声音。那是远处一艘轮船的汽笛声。可这儿港湾都封冻了，哪来的轮船？

昨天里加的报纸报道说，有艘破冰船自列宁格勒开抵港湾。显然，是那艘破冰船在鸣笛。

突然，我想起了有艘破冰船上的大副讲给我听的一件事。他们的船在芬兰湾内破冰时，他看到坚冰上有一束冻僵了的野花，上面积着一层雪。是谁把这束花丢失在这冰天雪地中的呢？显然是一艘什么船在海水刚刚上冻，冰还很薄时，破冰而行，落下了这束花。

于是形象出现了。这个形象以一种不可理解的力量开始引出一则眼下在我脑子里还模模糊糊的童话。

人们自然想解开这束冻僵了的花的秘密。所有的人都作了猜测。每个看到这束花的人都有自己的想法。

我也有我的想法，虽说我并没看到这束花。我想，这会不会就是那个跑来迎接我的小姑娘在牧场上采的花？想必就是这些花。但是它们怎么会撂到芬兰湾的冰上去的呢？只有在童话中才会出现这样的事情，童话是不知道什么时空的限制的。

这时，我又想到了女性对花的那种特殊的、跟我们男人截然不同的态度。对我们男人来说，花是装饰品。对女人来说，花却是生灵，是从我们这些忙于公务的成年男子偶尔才以一种俯就的态度、淡漠地匆匆瞥上一眼的那个天地中来的嘉宾。

可惜朝霞这么快就燃烧了起来。白昼的光亮会驱走这些想

---

① 引文出自尼·奥斯特洛夫斯卡娅所著《忆屠格涅夫》。——原编者注

法，使它们在一本正经的人眼里，显得滑稽可笑。

在阳光下，许多童话都会蜷缩起身子，像蜗牛那样躲进自己的硬壳。

是呀，的确这样，不过我那则童话，尽管眼下还有点模糊，但已经要呱呱坠地了。童话、短篇小说、中篇小说，当它们打算出世时，要想加以阻止，几乎是办不到的。这无异于屠杀生灵。它们好像是自动地开始在我们意识中蓬勃生长的。

把那篇童话形诸笔墨的时刻终于到了。写童话，在绝大部分情况下，困难的程度不下于要用文字来表达青草微弱的气味。写童话时，你几乎连气都不敢喘，唯恐把落满在童话上的纤妍的花粉吹掉。而且你写得很快，因为光、影和一幅幅的图景，都轻若游丝似的在你面前迅捷地一闪而过。不能拖拖拉拉，不能落后于奔驰而去的想像。

童话写好了。我真想怀着感激之情再看一下那双明亮的眼睛，童话就是常驻在那双明眸中的。

夜行的驿车

关于想像力及其对我们生活的影响，本想单辟一章加以阐述。但考虑了一下，我没有写这个章节，而写了一篇描述诗人安徒生的短篇小说。我认为这篇小说不仅可以替代这个章节，甚或比泛泛地谈论这个题目能给人以有关想像的更加明确的概念。

在威尼斯那家又旧又脏的旅店里，是休想弄到墨水的。那种地方干吗要备墨水呢？好让旅客去记下敲他们竹杠的账目吗？

不过，当赫里斯蒂安·安徒生住在那家旅店里的时候，锡制的墨水瓶里倒还剩有一点墨水。他蘸着这点墨水写起一篇童话。可眼看着童话越写越淡，没有了颜色，原来安徒生往墨水里掺了好几回水。就这样，安徒生终于没有把这个童话写完——童话愉快的结尾留在墨水瓶底上了。

安徒生微笑了一下，决定给他下一篇童话取名为：《留在干涸了的墨水瓶底上的故事》。

他喜爱威尼斯，称它为"一朵正在凋谢的荷花"。

一团团秋日低垂的乌云在大海上空翻滚。一条条运河里，污浊的河水哗哗地流淌。寒风在十字路口呼啸。可是一俟太阳破云而出，墙头的绿霉下便立即露出玫瑰红的大理石，这时往窗外望去，整个城市就跟旧日威尼斯大画家卡那莱托[①]的画一样绚烂多姿。

是呀，这是一个美妙的城市，尽管有几分忧郁。不过该离开这儿，到其他城市去游历了。

所以安徒生差遣旅店的茶房去给他买一张开往维罗纳的夜行驿车的车票时，并不怎么为即将告别威尼斯而感到惋惜。

这个茶房的面相倒是挺诚恳朴实的，可实际上很懒，手脚又很不干净，终日喝得醉醺醺的，真是什么样的旅店有什么样的茶房。他一次也没有来收拾过安徒生住的房间，连石板地也没来扫过。

从大红天鹅绒的窗帘后边，时不时飞出一群金黄色的飞蛾。洗脸只好用一只已经有了裂缝的破瓷盆，那上边画着好几个乳峰高耸的出浴的女人。油灯已经破掉，桌上有一副沉甸甸的银烛台，烛台里插着一个油脂做的蜡烛头，以代替油灯。这副烛台大概从提香[②]时代起就没擦过。

底层开有一家廉价饭馆，打那里冒出一股烤羊肉和大蒜的浓烈气味。一群年轻女人整天在饭馆里一会儿大笑，一会儿吵架，吵得人耳朵都要聋了。她们身上的天鹅绒胸衣又破又旧，腰里歪歪斜斜地扎着破带子。

有时，这些女人还动武，互相揪着对方的头发。安徒生碰巧走过这帮大打出手的女人身旁时，总要停下脚步，惊叹地望

---

① 卡那莱托(1697—1768)，意大利画家，以威尼斯风景画著称。
② 提香(约1487/1490—1576)，意大利文艺复兴盛期威尼斯画派的画家。

着她们散乱的发辫、气得通红的脸蛋和燃烧着复仇之火的眼睛。

但是最好看的自然是从她们眼睛里冒出来，顺着两腮往下流的泪珠，那些泪珠晶莹得好似一滴滴融化了的钻石。

女人们一看到安徒生，就歇手不打了，这位长有一个清秀的鼻子的瘦弱文静的先生使她们感到害臊。她们认为他是一个外来的魔术师，虽然嘴上都恭恭敬敬地称他"诗人先生"，但在她们心目中，他是一个古怪的诗人。他没有沸腾的热血。他从不弹着吉他唱出一曲曲使她们断肠的船歌，也不轮流跟这些女人中的每一个谈情说爱。只有一回，他把插在纽孔里的一朵玫瑰拿下来，送给一个洗碗的小女孩。这女孩长得难看极了，而且还是个瘸子，走起路来活像只鸭子。

茶房才走出门去买票，安徒生就急忙走到窗前，拉开沉甸甸的窗帘，只见那人一边吹口哨，一边沿着运河走去，半道上还顺手摸了摸一个红脸蛋的卖虾女人的乳房，结果挨了一记响亮的耳光。

后来，茶房上了运河的拱桥。桥桩旁边漂浮着半个空蛋壳。茶房在桥当中停下来，久久地、专心致志地往空蛋壳里吐唾沫，竭力想吐中。

结果终于叫他吐中了，蛋壳沉了下去。然后茶房走到一个戴破帽子的小男孩身边。那孩子正在钓鱼。茶房在孩子身旁坐了下来，呆呆地盯着浮子看，等待有一条游荡成性的鱼来上钩。

"哎哟，天哪！"安徒生绝望地叫了起来。"难道我就叫这个蠢货害得今天走不成吗？"

安徒生砰的一声打开窗子。窗玻璃震得叮当直响，连那个茶房也听到了响声，抬起了头来。安徒生举起两只拳头，愤怒地朝他挥着。

茶房一把摘下孩子的帽子，嬉皮笑脸地朝安徒生挥了挥，然后把帽子扣到小孩头上，跳起身来就走，转眼拐了个弯不见了。

安徒生放声大笑。他一点也没有生气。甚至连这种有趣的小事也使他旅行的热情一天高似一天。

旅途中总会碰到一些意想不到的事。谁也无法预料，什么时候从女性的睫毛下会投来一闪即逝的狡黠的目光，什么时候会在远处出现陌生城市的塔影，什么时候会在海天之际出现一艘艘随波起伏的大船的桅杆，而当你看到雷雨在阿尔卑斯山的群峰之上咆哮的时候，又会有一些什么样的诗句浮现在你脑际，同样也无法预料谁会用好似旅途中的铜铃一般清脆的嗓子，为你唱出一曲含苞欲放的爱情之歌。

茶房买回来了驿车票，但是没把找回的钱交给安徒生。安徒生抓住他的衣领，和气地把他推到走廊里，然后开玩笑地照准他的脖子打了一下，于是那人便沿着摇摇晃晃的梯子，蹦蹦跳跳地跑下楼去，放声唱起歌来。

驿车驶出威尼斯时，淅淅沥沥地下起雨来。夜降临到了卑湿的原野上。

车夫抱怨说，把威尼斯去维罗纳的驿车安排在夜里出车，准是魔鬼出的主意。

乘客谁也没有搭腔。车夫沉默了一会儿，气呼呼地啐了一口唾沫，随后通知旅客们说，除了洋铁提灯里的那个蜡烛头以外，再也没蜡烛了。

这件事，乘客也没有理会。这时车夫表示他对他的乘客们是否有健全的理智深感怀疑，并且加补了一句，维罗纳是个荒山沟，正派的人去那里没什么事好做。

乘客知道事实上并非如此，可是谁也不愿跟车夫争辩。

乘客一共有三个：安徒生、一个上了年纪的不苟言笑的神父，还有一位披深色斗篷的太太。安徒生一会儿觉得这位太太挺年轻，一会儿又觉得她挺老的；一会儿觉得她是个美女，一会儿又觉得她丑得要命。这都是提灯里的蜡烛头在作怪。它每一次都随心所欲地把这位太太照得换一个样。

"要不要把蜡烛熄掉？"安徒生问。"现在反正用不着。等到需要照亮的时候，就没蜡烛好点了。"

"想得周到，意大利人是永远也不会想到这一点的！"神父大声说。

"为什么？"

"意大利人不善于深思远虑。等到他们醒悟过来，哇哇大叫的时候，已经什么都无法挽回了。"

"神父，您显然不属于这个轻佻的民族吧？"安徒生问。

"我是奥地利人！"神父没好气地说。

话谈不下去了。安徒生吹熄了蜡烛。有好一会儿工夫，车厢里的人谁都没说话，后来那位太太说道：

"在意大利这一带，夜间行车还是不点灯的好。"

"即使不点灯，车轮的声音也会把我们暴露的，"神父反驳她说，然后又颇为不满地加了一句："女人家出门应当带个亲戚什么的，好有人照顾照顾。"

"照顾我的人，"那位太太调皮地笑着说，"就坐在我身旁。"

她这是指安徒生。安徒生摘下帽子，感谢女旅伴讲了这句话。

蜡烛刚一熄掉，各种各样的声音和气味顿时活跃起来，仿佛为对手的销声匿迹而欢欣鼓舞。嘚嘚的马蹄声、车轮在沙砾路上滚动的隆隆声、弹簧颤动的吱嘎声和雨点打在车篷上的窸窣声都更加响了，由车窗里钻进来的被雨水打湿了的野草和沼泽的气味也更加浓烈了。

"真是怪事！"安徒生说。"我原以为在意大利会闻到酸橙树的气息，结果闻到的却是同我那个地处北方的祖国一样的气味。"

"马上就要变了，"那位太太说。"我们正在上山。到了山上，空气要暖和些。"

马放慢了步子，一步步向前走去。驿车果真在爬上坡度缓斜的山丘。

但是夜并未因此而变得亮些。相反，山路两旁尽是老榆树。在葳蕤的枝叶下，黑暗变得更稠密，更寂静了，它只是悄没声儿地同树叶和雨珠絮语。

安徒生放下了窗子。榆树把一根枝丫探进了驿车。安徒生打枝丫上摘下了几片树叶留作纪念。

跟许多想像力丰富的人一样，安徒生也有在旅途中收集各种各样小玩意儿的嗜好。这些小玩意儿虽然并不起眼，却有一个特点，能够使往事复苏，使安徒生在捡起一块镶嵌瓷砖的碎片、一片榆树叶或者一块小小的驴蹄铁的那一瞬间的心情得到再生。

"啊，夜呀！"安徒生赞叹说。

此刻，夜的黑暗比阳光更使他感到愉悦。黑暗使他可以静心地思考一切。而当安徒生厌倦了这种思考的时候，夜又可以帮助他编出以他自己为主人公的各种各样的故事。

在这类故事中，安徒生总是把自己设想为一个永远年轻、活泼的美男子。他慷慨地把感情丰富的批评家们称之为"诗之花"的那类醉人的字眼，撒在自己的四围。

实际上安徒生长得很难看，这一点他自己也完全清楚。他长得又细又长，而且十分腼腆，手脚摆动的样子活像提线木偶。在他的祖国，孩子们管这种长相的人叫"罗锅儿"。

长得这么难看，他已不指望得到女性的青睐了。可是每见到年轻女子打他身旁走过，就像打一根路灯柱子旁走过一样，他心里仍然会感到委屈。

安徒生迷迷糊糊地打起瞌睡来。

他醒来时，首先看到的是一颗绿色的硕大的星星。这颗星悬在中天，闪烁着耀眼的光芒。显然夜已经深了。

驿车停了下来。从车外传来说话的声音。安徒生留神地听着。原来车夫正在同好几个中途拦车的女人讲价钱。

女人的声音是那么娇媚、清脆，还带着一点儿讨好的味道，使人觉得这场悦耳动听的讨价还价就像是古典歌剧中的宣叙调。

这几个女人显然是想搭车到一个非常小的城市或者村镇去，车夫却觉得她出的钱太少，不肯让她们搭车。女人们争先恐后地说，这些钱还是她们三个人凑起来的，多一个子儿也没有了。

"别啰唆了！"安徒生对车夫说。"您也太不像话了，要这么多钱，她们付不足的由我来付就是了。要是您不再粗声粗气地对待乘客，不再说废话，我还可以多付给您一点。"

"好吧，美人们，"车夫对女人们说，"上车吧。得感谢圣母，让你们碰到了这位瞎花钱的外国王子。他不过是不愿意因为你们耽搁驿车的时间。至于你们自个儿，在他眼里只是去年的通心粉，派不了什么用处。"

"噢，主耶稣！"神父觉得不堪入耳，痛苦地哼了一声。

"姑娘们，坐到我旁边来，"那位太太说道。"我们大家都可以暖和些。"

姑娘们悄声地商量了几句，把东西传递上车，爬进了车厢，向车厢里的人问了好，羞答答地谢过安徒生，便坐了下来，不再作声。

车厢内立刻充满了羊酪和薄荷的气味。安徒生隐隐约约地看到了姑娘们廉价耳环上的玻璃珠的闪光。

驿车开动。沙砾重又在车轮下喋喋不休地响了起来。姑娘们开始交头接耳地谈着什么。

"她们想要知道您是什么人，"那位太太说道。车厢里一片漆黑，所以安徒生是凭猜测感觉到她脸上挂着微笑。"真是外国王子？还是普普通通的旅游者？"

"我是个预言家，"安徒生不假思索地说。"我能预卜未来，并能在黑暗中看到一切。但我不是江湖骗子。不过，也可以说，我是当年哈姆雷特曾经生活过的那个国家^①的一名不幸的王子之类的人^②。"

"在这么黑的地方，您能看见什么呢？"有个姑娘惊奇地问道。

"譬如说吧，我能看见你们，"安徒生回答说。"看得清清楚楚，你们是那么可爱，以致我的心中充满了对你们的赞美。"

他在说这句话时，感觉到脸上一阵阵发冷。每回他在构思诗歌和童话时所感受到的那种心情又临近了。

这种心情乃是轻微的焦灼、不知从何处迸涌而出的语言的激流，以及骤然意识到自己具有诗的魅力和驾驭人类心灵的力量这三者的融合。

这就跟他在一则故事中所说的一样。一只古老的魔箱的盖子砰的一声飞掉了，于是露出了藏在箱子里的尚未倾诉的思想、正在沉睡的感情和大地上一切迷人的东西——各种各样的花朵、色彩、声音、沁人心脾的和风、海洋的宽广、树林的喧闹、爱情的痛苦和婴儿的咿呀学语。

安徒生不知道该怎样称呼这种心情。有些人称它为灵感，另一些人称它为亢奋，还有一些称它为敏捷的才思。

"我一觉醒了过来，在沉沉的黑夜里听到了你们的声音，"安徒生沉思了一会儿后，从容地说道。"可爱的姑娘们，这对我来说，已经足以使我了解你们，甚至更进一步，像爱久

---

① 指丹麦。
② 安徒生 11 岁丧父，靠母亲替人洗衣度日。幼时无力上学，曾先后在呢绒铺和皇家剧院当学徒和杂役。

别重逢的亲姐妹那样爱你们。我能清清楚楚地看到你们。你们都是长着柔软的浅色头发的姑娘。你们全都爱笑，你们喜欢一切生灵，所以你们在菜园里干活的时候，连鸫鸟也会落到你们的肩膀上。"

"哎哟，尼科利娜！他这是在说你呀！"有一个姑娘耳语说，可声音却很响。

"尼科利娜，您有一颗像火一样的心，"安徒生仍然从容不迫地说下去。"如果您的意中人发生了不幸，您会毫不犹豫地翻过白雪皑皑的高山峻岭，穿过滴水全无的沙漠，不远万里去探望他、援助他。我说得对吗？"

"我大概是会去的……"尼科利娜不好意思地低声说道，"既然您这么认为。"

"姑娘们，你们都叫什么名字？"安徒生问道。

"尼科利娜、玛丽亚和安娜，"有个姑娘乐意地替大家回答说。

"玛丽亚，我本来不打算谈您的美丽了。我意大利话说得很差。但是我年轻的时候，曾经向诗神发过誓，不管我走到哪里，只要见到美，我就要赞叹。"

"主耶稣！"神父轻声说。"这人叫毒蜘蛛咬了，失去了理智。"

"有些女性具有真正惊人的美。她们几乎总是一些性情孤僻的人。她们仿佛暗自熬受着能把她们焚为灰烬的热情。这种热情仿佛从她们的心底烧灼着她们的脸庞。玛丽亚，您就是一位这样的女人。这种女人的命运往往是不同寻常的。不是非常悲惨，就是非常幸福。"

"那您可曾和这样的女人相遇过？"那位太太问道。

"相遇过，就在此刻，"安徒生回答说。"我的话不仅是对玛丽亚讲的，而且也是对您讲的，夫人。"

"我想，您说这些话并非是为了消磨长夜吧，"那位太太声音发颤地说道，"否则，对于这位可爱的姑娘来说，就太残酷了。对我也是如此，"她压低声音加补了一句。

"夫人，我从来也没有像此刻这么认真。"

"那么到底怎么样呢？"玛丽亚问道。"我会幸福吗？还是不？"

"您想从生活中得到的东西太多了，虽说您只是一个普通的农家姑娘。因此您要得到幸福并不容易。不过您会在生活中遇到一个您那要求很高的心灵所满意的人。您的意中人必定是一个出色的人，那是不用说的。也许，他是一位画家、一位诗人，或者是为意大利的自由而战的斗士……但也可能只是个普通的牧人，或者是个水手，不过必定有一颗高尚的心。所以不管是什么人，只要有一颗这样的心，都是一样的。"

"先生，"玛丽亚羞涩地说道，"因为我看不见您，所以我才好意思问您。要是这样的一个人已经占有了我的心，我该怎么办呢？我只跟他见过几次面，甚至不知道他现在住在哪里。"

"去找到他，"安徒生大声说道。"他也一定会爱上您。"

"玛丽亚！"安娜高兴地喊道。"这不就是那个从维罗纳来的年轻画家吗……"

"住口！"玛丽亚喝住她说。

"维罗纳并不是个大得连一个人都打听不到的城市，"那位太太说道。"您记住我的名字。我叫埃列娜·葛维乔里。我就住在维罗纳。每一个维罗纳人都能指给您看我的家在哪里。玛丽亚，您到维罗纳来吧。您可以住在我家，直到我们这位亲爱的旅伴所预言的那件幸福的事情实现。"

玛丽亚在黑暗中找到了埃列娜·葛维乔里的手，把它紧紧地按在自己滚烫的腮帮子上。

所有的人都沉默了。安徒生发现那颗绿色的星星已经隐没。它落到地平线后面去了。这么说，已经是后半夜了。

"那么我的未来会怎么样，您为什么一句也不讲呢？"安娜问道，她是三个姑娘中最爱说话的一个。

"您将有许多孩子，"安徒生十分有把握地说。"他们将排成一溜到您跟前来取牛奶喝。您每天早晨得花很多时间给他们洗脸、梳头。您未来的丈夫会帮您做这些家务事的。"

"不会是彼特罗吧？"安娜问道。"这个傻里傻气的彼特罗，我真少不了他！"

"您每天还得花很多时间来一遍又一遍地吻您那些小男孩和小女孩充满了好奇心的亮晶晶的眼睛。"

"在教皇统治下，竟说出这种疯疯癫癫的话，简直不可想像。"神父气愤地说，但谁也没有理睬他。

姑娘们又交头接耳地说着什么。她们的耳语常常被她们自己的一阵大笑打断。临了，玛丽亚说道：

"先生，现在，我们想知道，您是什么人。我们在黑暗中可没本事看见您。"

"我是个流浪诗人，"安徒生回答说。"我还年轻。我的头发是弯弯的，长得很密；我的脸晒得黑黑的；我的蓝眼睛几乎总含着笑意，因为我无牵无挂，直到今天我还没恋爱过。我唯一要操心的是——想出一些小小的礼品来赠送给人们，做出一些轻浮的举动来，只要这类举动能使别人高兴。"

"譬如说，什么样的举动？"埃列娜·葛维乔里问道。

"怎么跟您说呢？去年我在日德兰半岛①一个熟悉的林务员家里度夏。有一天，我到树林里去散步，走到了林间草地上，那里长有许许多多蘑菇。当天我又上这片草地去了一次，在每一只蘑菇下边藏了一件东西，或者是一块银纸包的糖，或者是一颗枣子，或者是一小束蜡制的花，或者是一枚顶针和一条缎带。第二天早晨，我带着林务员的女儿上这片树林里去，她那年七岁。于是她在每一只蘑菇下边都发现了这些意想不到的小玩意儿。只有枣子不见了。大概是叫乌鸦偷走了。您想像不出，孩子的眼里燃烧着怎样的惊喜。我告诉她，这些东西都是地精②藏在那里的。"

"您欺骗了天真的孩子！"神父怒不可遏地说。"这是大罪孽！"

"不，这不是欺骗。她会终生记住这件事的。我可以向您担保，她的心决不会像那些没有经历过这则童话的人那样容易变得冷酷无情。此外，尊敬的神父，我还要向您指出，我不习惯听强加于人的教训。"

驿车停了下来。三个姑娘像着了魔似的一动不动地坐着。埃列娜·葛维乔里垂下了头，默默地沉思。

---

① 位于丹麦。
② 西欧神话中身量很小的守护地下宝物的精灵。

"喂，漂亮的姑娘们！"车夫喊道。"快醒醒吧！到啦！"

姑娘们又交头接耳地说了些什么，然后站了起来。

黑暗中，一双有力的手臂出乎意料地搂住了安徒生的脖子，两瓣滚烫的嘴唇碰了碰安徒生的嘴唇。

"谢谢！"那两瓣滚烫的嘴唇悄声说道，安徒生听出了那是玛丽亚的声音。

尼科利娜向安徒生道了谢，矜持而又温存地吻了他，她的头发擦得安徒生的脸痒痒的，安娜则是用力吻了一下安徒生，发出了很响的声音。姑娘们跳下了车。驿车又沿着铺有沙砾的道路颠晃着向前驶去。安徒生朝窗外望了一眼。除了黑黢黢的树梢映衬着微微泛青的天空之外，什么也看不见。行将破晓了。

维罗纳建筑物之美轮美奂使安徒生叹为观止。建筑的正面一座比一座富丽堂皇。按理说和谐的建筑术应当有助于人精神的宁静。可是安徒生的心灵却很不宁静。

傍晚，安徒生走进一条通往城堡的窄巷，拉响了葛维乔里家那幢古老宅第的门铃。

是埃列娜·葛维乔里亲自给他开的门。她苗条的身上穿着一袭紧身的绿色天鹅绒连衣裙。天鹅绒的反光映着她的双眸，安徒生觉得这双眼睛跟瓦尔基里女神①的一样澄碧清澈，美丽得难以描摹。

---

① 斯堪的纳维亚神话中的战争女神，她们帮助英雄们战斗，并将阵亡战士的灵魂引入瓦尔哈拉宫飨以酒宴。

她把两只手都伸给了安徒生，用冰凉的手指紧紧握住他宽大的手掌，倒退着把他领往小客厅。

"我是那样地想念您，"她率直地说道，歉疚地莞尔一笑。"我已经不能没有您了。"

安徒生脸色转白了。整整一天，他都怀着隐秘的激动时时刻刻地思念着她。他知道，他会出自衷心地狂热地爱这个女人的每一句话、每一根落下的睫毛和她衣裙上的每一粒微尘。他理解这种爱。他想，如果他听任这种爱燃烧起来，那么他的心将容纳不下它。这爱会给他带来那么多的苦恼和喜悦，眼泪和欢笑，他是没有力量去经受住它带来的种种变化和意外的。

而且谁知道呢，说不定由于这爱情，他那五彩缤纷的一连串童话将黯然失色，悄然离去，从此再也不回来。到那时，他的生命还有什么价值可言！

反正他的爱情到头来总归是单恋而已。这情形在他身上已不知发生过多少回了。像埃列娜·葛维乔里这样的女人，都是反复无常的。有朝一日，她总会可悲地发现他多么丑陋。连他自己也嫌恶自己。他时常感觉到人们从他身后投来的讥嘲的目光。每当这种时候，他的两条腿走起路来就僵直了，跌跌绊绊，恨不得有个地缝让他钻进去。

"只有在想像中爱情才能天长地久，"他告诫自己说，"才能永远围有一圈闪闪发亮的诗的光环。看来，我虚构爱情的本领要比在现实中去经受爱情的本领大得多。"

因此，他来到埃列娜·葛维乔里家时，已怀着一个坚定不移的决心：见她一面就走，从此永不相逢。

他不能把这一切向她直说出来。因为在他们之间什么也没有发生。他们只是昨天才在驿车上萍水相逢，彼此什么也没谈起过。

安徒生在客厅门口停下来，向厅内环顾了一眼。在客厅角落里，一尊狄安娜①的大理石头像被枝形大烛台照得益发苍白了，好像连她自己也因为慑于自身的美丽而失去了血色。

"是谁使您的容貌永驻在这座狄安娜的头像中的？"安徒生问。

"是卡诺瓦②，"埃列娜·葛维乔里回答说，垂下了眼睛。看来，她已猜到了他心中所想的一切。

"我是来辞行的，"安徒生声音喑哑地讷讷说道。"我这就要逃离维罗纳了。"

"我已知道您是谁了，"埃列娜·葛维乔里直视着他的眼睛说道。"您是赫里斯蒂安·安徒生，著名的童话作家和诗人。不过看来，您在自己的生活中却是害怕童话的。您缺少爱的力量和勇气，哪怕只是一次短暂的爱。"

"这正是我的苦痛所在，"安徒生承认说。

"有什么办法呢，我的亲爱的流浪诗人，"她凄然说着，把一只手放到安徒生的肩上，"您就逃离吧！去得到解脱吧！愿您的眼睛永远含着笑意。别想念我。但今后如果您由于年老、贫穷和疾病而感到痛苦的话，那您只消讲一句，我就会去的，就像尼科利娜一样翻过白雪皑皑的高山峻岭，穿过滴水全无的沙漠，不远万里徒步走去安慰您。"

---

① 罗马神话中的女神，掌管狩猎，照顾妇女分娩，保护少年男女。她以贞洁著称。
② 卡诺瓦(1757—1822)，意大利雕塑家，古典主义的代表人物。

她颓然地坐到沙发椅上，双手捂住了脸。烛台中蜡烛的烛花发出哔哔剥剥的声音。

安徒生看到从埃列娜·葛维乔里的指缝中渗出一颗晶莹的泪珠，落到了天鹅绒的连衣裙上，慢慢地向下滚去。

安徒生扑到她跟前，跪在地上，把脸紧贴在她那温暖、有力、柔软的腿上。她仍然闭着眼睛，但伸出双手，搂住了他的头，伛下身去，亲了他的嘴唇。

第二颗泪珠落到了他的脸上。他感觉到了泪水的咸味。

"您走吧！"她轻声说道。"愿诗神原谅您的一切。"

他站了起来，拿起帽子，快步走了出去。

维罗纳全城响彻晚祷的钟声。

此后他俩再也没有见过面，但是终生互相思念。

或许正因为如此，安徒生在逝世前不久，曾对一位青年作家说道：

"我为我的童话付出了巨大的代价，我要说，是大得过分了的代价。为了这些童话，我断送了自己的幸福，我错过了时机，当时我应当将想像，不管它多么有力，多么灿烂光辉，让位给现实。

"我的朋友，您要善于驾驭想像，使之用于人们的幸福，也用于自己的幸福，切不要用于悲哀。"

早就打算写的一本书

很久以前，大约十多年前吧，我就打算写一本难写的、但我当时认为、现在仍然认为极有意思的书。

这本书应当由优秀人物的传记构成。

这些传记应当是简短而生动的。

我甚至为这本书开列了一张优秀人物的名单。

我打算在这本书中为我认识的几个最普通的人立传，他们都是籍籍无名的人，从未引起过注意，但是实际上，并不比那些受人爱戴的名人差到哪儿去。他们不过是命运不济罢了，所以身后也无从给后人留下哪怕一丝痕迹。他们大都是一些视名利如粪土的苦行僧式的人物，整个心灵都为某种热烈的爱好吞没了。

其中有一位是内河轮的船长，姓奥列宁-沃尔加里，这个人的生平名副其实地像幻梦剧那么奇特。他出身于音乐世家，本在意大利学习声乐。但他却想徒步周游欧洲各国，便抛弃学业，作为一名街头歌手真的走遍了意大利、西班牙和法国。他在每个国家都弹着吉他，用那个国家的语言献唱。

我是一九二四年在莫斯科一家报馆的编辑部里结识奥列

宁-沃尔加里的。有一天，下班后，我们要求奥列宁-沃尔加里从他街头演唱的歌曲中挑几首唱给我们听听。不知从哪里弄来了一把吉他，于是这个穿着内河船长制服的矮小干瘦的老头儿，顿时变成了一个高超的音乐家，变成了一个令人叹服的演员和歌手。他的歌喉完全像年轻人的一样。

我们听他像一泻千里的流水那样唱悦耳的意大利歌曲，像断断续续的雷声那样唱巴斯克人①的歌曲，像在号角声和硝烟中欢呼胜利那样唱《马赛曲》，一个个都听得发呆了。

奥列宁-沃尔加里在漫游欧洲之后，便上了海轮当水手，考上了远洋领航员，曾多次穿越地中海，后来他回到俄国，在伏尔加河上当船长。我和他认识的时候，他在负责由莫斯科至下诺夫哥罗德的客轮。

他是第一个敢冒风险，把伏尔加河的一艘大客轮领过莫斯科河上那些狭窄、陈旧的水闸的人。而所有的船长和工程师本来都说这是断断办不到的事。

他是第一个建议把有名的马尔丘格地带的莫斯科河的河道开直的人。莫斯科河流经那一带时，弯曲得那么厉害，以致在地图上看到它好似乱麻般的曲线时，连头都会发晕。

奥列宁-沃尔加里写过许多论述俄国河流的有独到见地的文章。现在这些文章已经散轶，被人遗忘。他熟悉好几十条河流所有的漩涡、浅滩和沉木。他对怎样改善这些河流的通航条件有他自己简单而出人意料的计划。

他还偷闲把但丁的《神曲》译成俄文。

---

① 欧洲比利牛斯山西部地区的古老居民。

他是一位严肃、善良、闲不住的人。他认为各种行业都同样可敬，因为所有的职业都是为人民的事业服务的，都能够使人有机会表明自己是"这个美好世界上的一个有用的人"。

我还有一个熟人也同样的质朴、可亲。他是俄罗斯中部一个小城市的地志博物馆的馆长。

博物馆设在一幢古老的房子里。这位馆长除了他的妻子外，没有其他助手。这夫妇俩不但把博物馆管理得井井有条，而且自己动手修理房子，准备劈柴，做各种各样的粗活。

有一天，我看到他俩在干一桩奇怪的活。他们在博物馆旁边的一条杂草丛生的僻巷里，把撒得满地都是的石子和碎砖统统捡走。

原来有一帮顽童拿石子砸碎了博物馆的窗子。为了使孩子们今后不再有随手就可捡起来投掷的炮弹，馆长决定把所有的石子和碎砖统统从小巷里捡走，堆到博物馆的院子里去。

博物馆里每一件收藏品，从古代的花边或者罕见的十四世纪的一块扁砖，到泥炭的样品和不久前才放到小城周围的沼泽中去繁殖的阿根廷大水鼠的标本，都一一研究过，并写出了详细的说明文字。

可是这位谦逊的、平时讲起话来总是压低声音，由于不好意思而不时咳嗽几声的人，当他把佩列普奇科夫[①]的一幅画指给我看时，好像换了个人，顿时眉飞色舞。这幅画是他在一座关闭了的修道院里找到的。

这的确是一幅出色的风景画，画的是从一个很深的窗洞里

---

① 瓦西里·瓦西里耶维奇·佩列普奇科夫(1863—1918)，俄国风景画家。

望出去的景色——北方白茫茫的夜晚，几棵已经沉入梦乡的小白桦和一个小小的湖泊，湖水亮得好似锡箔一般。

这个人的工作很艰辛。人们并不重视他。他不声不响地工作着，从来不去麻烦别人。但即使他的博物馆不能作出很大的贡献，难道像他这样一个人的存在本身，对于当地的居民来说，特别是对于青年人来说，不是忠于自己的事业、热爱自己的家乡和谦逊待人的表率吗？

不久前，我找出了我为这本书列出的那张优秀人物名单。这是张洋洋洒洒、备极周详的名单。把所有这些人统统列举出来，大可不必了。我只从中信手选出了几位作家的名字。

在每位作家的名字旁边，我都作有简短的札记，谈我对这些作家的看法。

不妨在这里援引几段札记。在援引时，我对这几段札记作了润饰，并略加扩充。

契诃夫

我们许多人都有一个坏习惯，喜欢把电话号码、一些想法和印象，用三言两语记在香烟盒上。可往往事后就把这些香烟盒丢失了，于是我们生活中的不少日子就一股脑儿随着香烟盒一起从我们的记忆之中消失。

其实，一天的生活完全不像我们想像的那么简单，那么短促。你们不妨试着去回忆回忆随便哪一天的情况，一分钟也不要漏掉，把所有在那天遇到的人、谈过的话、产生过的想法、有过的举动，以及所有发生过的事情和精神状态，既包括自己的，也包括别人的，统统都回忆出来，那你就会深信，要再现这样一段时间，就得写一整本书，如果不说是两本的话。说不定甚至要写上三大本！

有一天，契诃夫的传记作者亚·约·罗斯金①建议我们这些聚集在雅尔塔作家之家过冬的人，都来从事这一如他所戏称的"写作"。

我们欣然接受了罗斯金的建议。每个人都开始写起各自的《一日之书》来。但很快大家都搁下笔不写了。原来这项"写作"极端困难，连那些写作技巧高超的、卓有经验的巨匠也几乎力不胜任。它要求不间断地进行紧张的回忆，尽管免去了作家呕心沥血地思考题材、情节和结构这类伤脑筋的事——因为这一切都由生活本身向我们提供了——可仍要花费许许多多时间。

我也惯于把自己的想法随手记在什么东西上，包括香烟盒上。我总是打算把它们保存好，可一转身就把它们弄丢了。

有一回，爱德华·巴格里茨基给我朗诵他的诗"小船从鱼儿和星星身上划过……"②，他就是对照着一只揉皱了的"黑塞哥维那·弗洛尔"牌香烟的盒子念给我听的，由此可见随手记下的札记是有用的。

幸好有几只香烟盒我总算保存了下来，其中一只跟契诃夫以及他在雅尔塔的住宅有关。这段札记不但简略，而且有一半

---

① 亚历山大·约瑟弗维奇·罗斯金(1898—1941)，苏维埃俄罗斯文艺研究家、理论家、文学批评家。
② 引自巴格里茨基的诗作《走私者》。

字迹已经磨损，我这就试着把它们"破译"出来。

我答应一家报纸写篇有关契诃夫的文章。可我才写了几行，就深信，现在再用我们称之为"文章"的这种体裁来谈契诃夫，已非常困难，也许几乎是办不到的。我觉得凡俄语中可用之于契诃夫的词汇都已说完、用尽。对契诃夫的爱已超过了我国丰富的语汇所能胜任的程度。对他的爱，就如一切巨大的爱一样，很快就耗尽了我国语言中所拥有的最好的词句。因此我今天再来写文章，势必要冒拾人牙慧和雷同的风险。

关于契诃夫，似乎一切该讲的都已经讲了。不过，直到目前为止，还很少有人谈到契诃夫为我们的性格所留下的遗产，也很少有人谈到契诃夫怎样以他的为人影响着今天一切敬爱他的人的生活。

几乎从来也没有人谈起过"契诃夫情结"。契诃夫对我们来说是永远活着的，永远亲切的。这种"契诃夫情结"是一种强烈的感戴之情。

于是我决定不写文章，而去琢磨我写在香烟盒子上的那些札记。说不定从那里边能找到我还不能确切地加以说明的那种"契诃夫情结"。

这些札记，我前面已经提到过，是极其简略的。举个例子吧："一九五〇年。住宅里仅我一人。那条毛蓬蓬的小狗在花园里狂吠。它照例叫做小黄。"

记忆经这几句札记轻轻一推，往事便历历在目地浮进脑海。

那是一九五〇年秋天的事了。我到契诃夫在雅尔塔的住宅去，拜访玛丽亚·巴甫洛芙娜[①]。她不在家，上邻居家去了，我便待在寓所里等她回来。一位年老的女工作人员领我到凉台上去坐。

雅尔塔的秋天是迷幻的，异常美丽的，使人闹不清究竟是暮春还是明朗的秋日。柱形栏杆外一丛不知叫什么名称的花，洁白得犹如处子一般，被阳光照得光莹四射。

花已经盛极而衰。只消一阵轻风拂过，或者更确切地说，只消空气吐出一口气息，花瓣便纷纷飘落。我知道这丛花是安东·巴甫洛维奇[②]亲手栽下的，因此不敢去碰它一下，虽说我非常想摘下哪怕是最细的一根枝条留作纪念。后来我还是决定摘一枝，便把手伸向花丛，可马上又缩了回来，因为一条叫做小黄的毛蓬蓬的狗，从下边，从花园里，朝我汪汪大叫。它用两只后爪扒拉着泥土，完全像契诃夫所描写的那样朝我狂吠：

"呜—呜—呜 …… 汪—汪—汪！ 呜—呜—呜 …… 汪—汪—汪！"

我不由得笑了起来。小狗蹲下身去，竖起耳朵仔细听着。阳光一直穿透了它善良的黄眼珠。

周围暖和、寂静。在大海那边，一片照满阳光的瓦蓝色的氤氲腾空而起，就像是一道宽阔的帷幕，而在帷幕后边，有艘内燃机船正威风凛凛地拉响着强有力的高亢的汽笛。

我听到屋里响起了玛丽亚·巴甫洛芙娜的声音，心突然一下子揪紧了，我好不容易才忍住夺眶欲出的泪水。为什么？因

---

① 玛丽亚·巴甫洛芙娜·契诃娃(1863—1957)，契诃夫的妹妹，著有回忆录《遥远往事的片断》，是契诃夫纪念馆的馆长。此馆即设于契诃夫在雅尔塔的寓所内。
② 契诃夫的名字和父称。

为我觉得生活太无情了，它至少应当让少数人（缺少了他们我们就几乎无法生存下去的那少数人），即使不能永生不死，至少也能活很长很长的时间，好让我们始终感到他们给人带来幸福的手按在我们的肩上。

我立刻竭力想驱走这些想法，但悲痛并没有消失。心不肯听从理智的呼声。我觉得，在那一瞬间，只要能听到门外响起这幢住宅主人安详的脚步声和很久以前就已从这里消失的咳嗽声，我宁愿付出我下半辈子的生命作为代价。是呀，很久了！他逝世已经四十六年。我觉得这段时间既是短暂的，又是悠长得难以忍受。

栏杆外面，花瓣在静静地飘落。我一面望着轻盈的花瓣舞旋而下，一边担心玛丽亚·巴甫洛芙娜在这时出来，看到我这副激动的样子。为了使自己平静下来，我转而去想这丛花的每一根枝丫中都有某种永恒的东西，树皮下的浆汁在永不停息地运行，就像夜间繁星永不停息地运行在轻轻地喧闹着的大海上空一样。

玛丽亚·巴甫洛芙娜走了出来，她同我谈起了列维坦，告诉我当年她曾经爱过他。她在给我讲这件事时，像个小姑娘似的羞红了脸。

玛丽亚·巴甫洛芙娜讲了这件事后，我自己也不知道怎么搞的，竟然会冒出这么一句话来：

"每个人都必定会有自己的《带小狗的女人》①。如果过去不曾有过，将来必定会有。"

---

① 《带小狗的女人》是契诃夫的一篇短篇小说，写两个已婚男女，在雅尔塔邂逅相遇，由于双方都对配偶不满，都盼望有更美好的爱情，便热恋起来，然而这种爱情给两人带来的却是无尽的痛苦。

玛丽亚·巴甫洛芙娜宽容地微微一笑，没有接我的话头。

此后，我曾多次去访问过契诃夫的住宅，各个季节都去过。屋子里边我很少进去，多半是靠在院墙上站一会儿就走了。

这幢住宅一到冬天尤其引人入胜。深沉的夜色低低地悬在海上。黑暗中朦胧地亮着轮船的舷灯，我听海员们说起过，从轮船的甲板上，有时用望远镜可以望见被一盏绿罩子的灯照亮的契诃夫书房的窗户。

想想也觉得奇怪，这盏灯会燃亮在我们国家的尽头，俄罗斯就是在这里遇到大海戛然而止的，再往前去，在大海彼岸，已经是夜色笼罩下的古老的小亚细亚诸国了。

我又辨认出另一行札记来："雅尔塔的冬天。雅伊拉山上的雪。雪光映在阿乌特卡河上。"是呀，每到冬天，雅伊拉山上就积起薄薄一层好似花边一般的白雪。积雪映照着月光。夜的宁静从山上降落到雅尔塔。

契诃夫跟我们一样看到了这一切，了解这一切。据玛丽亚·巴甫洛芙娜说，契诃夫有时候把灯熄掉，独自一人久久地坐在黑暗中，望着窗外静静地闪烁着的积雪。

有时，他走到花园里去，不过是悄悄地去的，生怕惊醒和吓着了母亲和妹妹。失眠症折磨着他，他独自一人在漆黑的夜色中久久地徘徊，仿佛被所有的人忘却了，尽管那时他已享有世界性的声誉。在这样的夜晚，这种声誉是不会成为他的累赘的。

在他身旁，是他那幢白色的住宅，它已成为俄罗斯文学的栖息之处了。在这幢房子里，库普林①、高尔基、马明-西比里亚克②、斯坦尼斯拉夫斯基③、蒲宁、拉赫玛尼诺夫④、柯罗连科的声音久已沉寂，但他们的余音似乎还回荡在这幢房子里。房子在等待他们归来。主人也在等待，他只有独自一人度过长夜时才会忧思丛生，而在这种时候，是不会有人看到他的愁容的，在这种时候，他的疾病、忧伤和焦虑是不会使任何人不安的。

在有关契诃夫的卷帙浩繁的回忆录中，几乎没有人提到契诃夫什么时候哭过。

但还是有人看到过契诃夫的泪水，譬如作家吉洪诺夫（谢略勃罗夫）⑤就曾看到过。那是在契诃夫逝世前不久由萨瓦·莫罗佐夫陪同来到乌拉尔的时候。这是一个孤独的、实际上已经药石无效的、濒临死亡的人避开大家在深夜里流出的泪水。

契诃夫是个善良的，极度勇敢的和高尚的人，所以他隐藏起自己的眼泪和痛苦，免得他的亲人难过，免得把不愉快的阴影投到周围人的生活中。

我还辨认出了另一行札记："俄罗斯始终是看不厌的"。于是我立刻回想起了我同诗人卢戈夫斯科依站在契诃夫书房的壁炉前，观赏列维坦的画《干草垛》的那个傍晚。

---

① 亚历山大·伊凡诺维奇·库普林(1870—1938)，俄罗斯作家。
② 德米特里·纳尔基索维奇·马明-西比里亚克(1852—1912)，俄罗斯作家。
③ 康斯坦丁·谢尔盖耶维奇·斯坦尼斯拉夫斯基(1863—1938)，原名阿列克谢耶夫，苏联导演、演员、教育家、戏剧理论家。
④ 谢尔盖·瓦西里耶维奇·拉赫玛尼诺夫(1873—1943)，俄国作曲家、钢琴家、指挥家。
⑤ 亚历山大·尼古拉耶维奇·吉洪诺夫(1880—1956)，俄罗斯作家，文学活动家，笔名为 A·谢略勃罗夫和 H·谢略勃罗夫。

灰蒙蒙的暮色，苍白的月亮挂在雾气腾腾的沼泽上空，长脚秧鸡在啼叫，一望无际的森林又将要虚度这个夜晚以及其他千百个夜晚。因为谁也不会看到它那湿润的、时不时闪出微光的桦树叶，谁也不会听到它的谜一般的沙沙声。

森林被遗弃了，变得满目凄凉。夜形单影只地、徒劳地步过森林上空，向着遥远的黎明走去。契诃夫觉得万箭钻心，因为此刻他需要，急切地需要待在那边，待在俄罗斯，待在北方，以便久久地眺望夜的反光怎样投到农舍的木板屋顶上，或者故乡沉寂的湖泊的漩涡上。可是他却把时间虚掷在这里，虚掷在克里米亚，什么都看不见。

他迫不及待地要去俄罗斯，他由于看不到俄罗斯的难以描摹、难以揭示的美，只能在想像中加以揣摩，而感到痛苦、懊恼和伤心，从而戕害了他的健康。

在这幢舒适的住宅里，他备受着痛苦的煎熬，因为他觉得生命过于短促了，而且据他看，短促得几乎结不出任何果实来，只是用它迅捷的双翼轻轻地碰了他一下，就飞逝而去了。

而且不止使他一个人痛苦。不知为什么，几乎所有瞻仰这幢住宅的人，都会思索起自己的命运来，尤其是虚度年华，直到此刻才猛醒过来的人。

显然，是契诃夫和谐而又充实的一生，促使人们来对照自己的生活。

另一行札记说："一系列照片。"这使我回忆起了我一下子获得许多契诃夫照片的那个晚上。

我按照年代把这些照片加以排列，从他中学时代直到弥留时摄下的最后一张照片。

我从中得到了前所未有的教益。我看到了契诃夫走过的整个道路，看到了他怎样从一个庸庸碌碌的市民和爱开无聊玩笑的思想浅薄的人发展成为一个具有惊人的心灵美、高尚的性格和沉着英勇的气质的人。这条道路是异常直观的。

他自己教育自己，同时也严肃地教育我们应当正大光明地对待人，对待所从事的作家事业。

最后两行札记极为简略，都只有两个字，一行是"天才"，另一行是"善良"。

但是这两行札记对我来说，丝毫也没有不清楚的地方。

契诃夫是一位天才的作家。这是无可争议的。但是由于尊重他的高度谦逊，在他生前，任何一个人写文章谈到他时，都没有直说这一点。甚至契诃夫故世之后，我们也觉得不便去谈论这一点，免得激怒他。是契诃夫本人严禁把这两个字用之于他的。

契诃夫是谦逊的，只有真正的伟人才能如此谦逊。他无法容忍自高自大，自我吹嘘和傲慢。

他在文章中说过，一个没有才能的作家的最典型的特征就是举止傲慢，目空一切，像个牧首一样。谦逊是俄罗斯人民的伟大美德之一。所有优秀的普通俄国人都是谦逊的。他们谁也不自吹自擂，谁也不恶毒地讥嘲与自己意见相左的人，谁也不自封为所有人的表率。

谦逊是人的道德力量和心地纯洁的表现，而自吹自擂则是人的渺小卑劣和智能低下的表现。

关于"善良"这行札记，可说的话非常之多。

我们可以谈契诃夫本人为人的善良，然而远为重要得多的是契诃夫作为一个作家来说是善良的，富有人道主义精神的。在我国文学中，大概没有一个人比他更关怀人们，为人们而痛苦，力求帮助人们的了。

是的，他是善良的，但又是无情的。他善于憎恨，他并不是一个原谅一切的慈悲心肠的宣教者。但是他作为医生和作家，深刻地理解人类的苦难，理解人们对灾难的恐惧，他要求人们仁慈相处。

契诃夫在这方面的影响，无论过去和现在，都是巨大的。几乎所有优秀的意大利进步影片，如《罗马十一点钟》、《偷自行车的人》、《火车司机》、《警察与小偷》、《途中的幻想》等，都渊源于契诃夫的人道主义。

而我们有些文学作品却缺乏这种契诃夫的善良和他的严格的人道主义精神。这就使这些作品减少了或者失去了最重要的东西——感染读者心灵的力量。

以上便是我对写在那只旧香烟盒子上的全部札记的破译。正是由于这几行札记，我才得以把我对契诃夫这样一位富有魅力的人和优秀的作家的想法与读者分享。

他的一生告诉我们，人类真正的幸福并非空想，是能够达到的。我们正是为了这种幸福而工作，斗争，并去夺取胜利的。

亚历山大·勃洛克

再也没有比讲述河水的气息或田野的岑寂更困难的事了。而且还要讲得使听的人如同亲临其境，闻到这种气息，感到这种岑寂。

我们在各种情况下，都会触景生情地想起普希金的诗句。可普希金诗句的"水晶玻璃似的（这是勃洛克的说法）音响"怎样才能表达出来呢？

世界上有千百种美妙绝伦的现象。我们至今还没有相应的词汇和用语可加以描述。一个现象越是令人惊异，越是美不胜收，就越难用我们僵化了的语言去讲述它。

而亚历山大·勃洛克的诗歌和一生，正是我们俄罗斯现实中这种美好的、在许多方面都无从解释的现象之一。

离开勃洛克不幸死去的那一天越久，就越难以相信这位才气卓绝的人确实在我们中间生活过。

在我们中间许多人的心目中，他已同那些非凡的人物，同文艺复兴时期的诗人们，同全人类神话中的英雄们融合为一了。我也不例外，在我心目中，勃洛克是跻身于奥兰多①、彼特拉克②、阿伯拉尔③、特里斯唐④、莱奥帕尔迪⑤、雪莱⑥或者至今还难以理解的莱蒙托夫这样一些我所最喜爱的半传奇性人物乃至传奇性人物之列的一个孩子，这孩子在他短促的一生内将他耗尽在荒漠中的心灵的热情都倾诉了出来。

勃洛克接替了莱蒙托夫。他曾对莱蒙托夫下过一句满含忧

---

① 奥兰多（即罗兰）是意大利诗人卢道维柯·阿利奥斯托(1474—1533)的叙事诗《疯狂的罗兰》的主人公。此诗以查理大帝及其骑士与伊斯兰教徒的战争为背景，叙述骑士罗兰寻找恋人，走遍天涯，后发现她另有所爱因而气疯的故事。
② 彼特拉克(1304—1374)，意大利诗人，欧洲文艺复兴时期人文主义先驱之一。
③ 皮埃尔·阿伯拉尔(1079—1142)，法国哲学家、神学家、诗人。
④ 弗朗索瓦·特里斯唐-莱尔米德(1601—1655)，法国诗人和戏剧家。
⑤ 贾科莫·莱奥帕尔迪(1798—1837)，意大利浪漫主义诗人。
⑥ 雪莱(1792—1822)，英国浪漫主义诗人。

伤的中肯的评语："对子虚乌有的春天的追寻，使你陷入愤激若狂的郁闷。"①

我从未见到过勃洛克，从未听到过他的声音，这是我此生的一大憾事。

我没有听见过勃洛克的声音，所以我无从知道他是怎样朗诵诗歌的。不过我相信诗人皮亚斯特②。他写过一篇短文，谈到了勃洛克的朗诵。

勃洛克的声音喑哑、遥远、恬静。他的声音即使在他的同时代人听来，也仿佛是从似近若远的地方飘来的。他的声音中仿佛有某种魔幻的、执拗的东西，就像是经久不散的袅袅的琴声。

我所谈的这位勃洛克，牢牢地存在于我的意识之中，存在于我的生活之中，在我的心目中，他绝不可能是别样的。我和他一起默默地度过了许多漫漫的长夜，每当我猜测着意思诵读一句好似音乐一般的诗时，往往我的心就会抑郁得好似沉了下去。"这声音是你的。我把生命与痛苦注入它那莫解的音响。"③

早在我遥远、艰辛的青年时代，他就这样进入了我的生活，直到今天，就如叶赛宁所说的"已经到了收拾起必将朽烂的什物上路的时候了"④，他仍然和我厮守在一起。

---

① 引自勃洛克的诗作《恶魔》。
② 弗拉基米尔·阿列克谢耶维奇·皮亚斯特(1886—1940)，真姓是佩斯托夫斯基，俄国诗人和翻译家。
③ 引自勃洛克的诗作《声音临近了，她听命于这催人肠断的声音……》。
④ 引自叶赛宁的诗作《我们在渐渐地离去……》。

勃洛克的诗是永远也不会成为"必将朽烂的什物"的。因为他的诗不受朽烂的规律，不受衰亡的规律的制约。只要人类未从地球上灭绝，只要"上帝的奇迹中的奇迹"——自由的俄罗斯语言没有消失，他的诗句便会存在。

是的，我为无缘结识勃洛克而感到终生遗憾。他说过："我们总是过迟地意识到奇迹曾经就在我们身边。"

逝去的生命是追回不了的。我们无法使勃洛克这个人起死回生，我们永远也不可能在日常生活中看到他了。然而世界上有一种与奇迹相同的现象，它无视往往是残酷的自然规律，从而使我们得到慰藉。这种现象就是艺术。

艺术可以通过我们的意识创造一切，使一切复活！你再看一遍《战争与和平》，我担保你会清楚地听到娜塔莎·罗斯托娃①躲在你身后吃吃地笑着，你会爱上她，就像爱一个活人，一个真人。

我深信，由于对勃洛克的热爱，由于对他的强烈思念，他迟早会出现在一篇叙事诗里，或者一部中篇小说中，完完全全是一个活人，一个复杂的人，一个令人倾倒的人，一个经历过两次诞生的奇迹的人。我之所以深信这一点，是因为我们国家是有人才的，何况人的复杂多样的精神，还无法用通分的办法使之划一。

说到这里，请原谅，我不得不谈几句自己的事。

我已开始写一部自传体小说，已写到中年。这不是一部回忆录，而是不折不扣的小说，所以作者可以完全不受真事的限

———————
　　① 《战争与和平》中的女主人公之一。

制。不过，主要情节，多少还是以真事为依据的。

在这部自传体小说中，凡涉及我自己生活的地方，我都是如实地写的。然而，包括我在内，想必人人都有第二种生活、第二种经历。它不过如常言所说的，并未在现实生活中"表现出来"，并不曾真的发生罢了。它只是存在于我的愿望之中，存在于我的想像之中。

可正是这第二种生活，是我想要写的。我要写我的生活若不为种种偶然性所左右，而可凭我自己的意志去创造，势必会出现的样子。

在这第二部"自传"中，我想见到勃洛克，而且必然能见到，甚至还会和他成为朋友。我将怀着对他的无限感戴和倾慕，尽情地写他。我想用这样的办法仿佛使勃洛克的生命通过我而得到延续。

你们有权问我，为什么需要这么做。

我需要这么做，是为了使我的生命趋于完美，是为了用我的生活作为例子来说明勃洛克诗歌的力量。我再说一遍。我没有见到过勃洛克。在他生命的最后几年，我住在远离彼得堡的地方。而现在我渴望哪怕是间接地来弥补这个损失。

我一直在寻访与勃洛克有关的一切——人、环境、彼得堡的风貌（自诗人逝世以来，彼得堡的风貌几乎没有什么变化）。也许这种举动显得有几分幼稚吧。

我自己也不理解，为什么从很久以前起，我就念念不忘地想在列宁格勒找到勃洛克的房子，那幢他在其中生活过和逝世的房子，而且一定得自己去找，不要任何人帮助，不问路，不查看列宁格勒的地图。于是我虽只模模糊糊地晓得普里亚日卡河的大约位置(勃洛克生前住在这条河的沿岸街,就是现在十二月党人大街的拐角上),就徒步朝那条河走去,而且没有向任何一个人问过路。为什么要这么做,我自己也不怎么明白。我相信,我能凭直觉找到路,相信我对勃洛克的眷恋,能像引路人那样,挽着我的手把我领到他家门口。

头一回,我未能走到普里亚日卡河。因为河水泛涨,桥都封闭了。

我只好打着寒战,遥望着西边黑气腾腾的雾霭。普里亚日卡河就在那边。一阵阵湿漉漉的风打那儿刮来,把一团团的烟雾也带了过来。耸立在雾中的大厦,像是无数巨大的石船,高耸在风暴中。

我知道勃洛克的房子紧靠海边,显然,波罗的海风暴袭来时,它是首当其冲的。

第二回,我才走到了普里亚日卡河边那幢房子跟前。这回我不是一个人去的。我的十九岁的女儿与我同行。少女仅仅由于我们要去探访勃洛克的故居而又悲又喜。

我们沿着涅瓦河的沿河街走去,不知为什么,这天一路上的情景我记得异乎寻常的清晰。

那是十月的一天,雾霭沉沉,落叶萧萧。在这样的日子里,雾总是萦绕在地面上,久久不肯散去。它化作牛毛细雨,把清新的空气注满我们的胸腔,把像尘埃一样细小的水珠沾满铸铁的栅栏。

勃洛克有句用语:"秋日的影子"。这天就布满了这种昏暗的、料峭的影子。一幢幢在列宁格勒围困期间被弹片炸得伤痕累累的住宅的窗玻璃,闪烁着昏暗朦胧的光。空气中弥漫着一股煤烟味，想必是打港口飘来的。

我们走得很慢，常常停下来，久久地望着四周的一切。不知为什么，我深信勃洛克经常是走这条路回家的，而不是走那条乏味的军官街。

闻到了一股覆满水藻的河水和锯屑的气味。涅瓦河边这段路比较荒凉，有几个穿短棉大衣的姑娘正在这里用电动圆锯把桦树锯成劈柴。锯屑像一道道焰火，飞溅开去，可是一向尖得刺耳的电锯声在这儿却不知为什么变得柔和、低沉了。电锯仿佛是在悄声唱着歌。

面前出现了一条黑沉沉的运河，这就是普里亚日卡河。河那边耸立着船厂的船台、烟囱、浓烟，以及一排排熏黑了的厂房。

我知道勃洛克寓所的窗子是朝西的，正对着这座工厂，正对着河边。

我们走到了普里亚日卡河边，立刻看到在一片低矮的石头房子后边有一幢唯一的高房子，非常普通的砖房，这就是勃洛克的故居。

"我们终于到了，"我对女儿说。

她停了下来。她的眼睛里闪耀着喜悦，但顷刻间，又添上了泪光。她竭力想忍住泪水，但是泪水不听从她，还是夺眶而出，一颗颗小小的泪珠从睫毛上滚落下来。后来她抓住我的肩膀，把脸埋入我的衣袖，以遮住泪水。

这幢房子的窗户闪烁着列宁格勒昏暗朦胧的光，可是对我们父女俩来说，这地方，这光，都好像是神圣的。

我不由得想，诗人是多么幸福，青年人把首次萌发的爱——羞涩的、感激的爱奉献给他。青年人推崇年轻的诗人。因为在我们的概念中，勃洛克不论过去还是现在，永远是年轻的。几乎所有悲剧性地活着而又悲剧性地死去的诗人的命运都是这样的。

即使在勃洛克弃世前的最后几年里，他被内心的焦灼折磨得苦不堪言，可他仍然保持着青春的风采。而这种内心的焦灼他从未向任何人吐露过，因此成了千古之谜。

讲到这里，我必须插进几句题外话。

许多人都知道，有些作家和诗人拥有一种巨大的创作"感染力"。

他们的散文和诗歌，即使以最小的剂量滴入你的意识之中，就可使你激动、振奋，使思想汹涌澎湃，使形象纷至沓来，感染给你一种非要把这一切遣之笔端不可的愿望。

就这个意义上来说，勃洛克给予了许多诗人和作家以正确的启迪。他不仅通过他的诗歌，而且通过他生活中的一些情况，给予人们这种启迪。我举个例子，这个例子也许并不十分典型，但正好是我想起来的。

作家亚历山大·格林有一部尚未发表的遗作，长篇小说《凤仙花》。这部小说的背景和许多细节都同勃洛克曾经多次谈到过的他在布列塔尼半岛[①]上的小海港阿贝弗拉克的生活相同。

勃洛克是在那个海港平生第一次接触到海上生活的。这使他像孩子那样入了迷。一切都像童话一般引人入胜。

---

① 法国西北部半岛，突出于英吉利海峡同比斯开湾之间。

他写信给母亲说:"我们生活在航海信号的包围之中。主灯塔每隔五秒钟闪亮一次,照亮了我们家的墙壁。港内停泊着一艘二十年代(上个世纪)的拆除了武器装备的三桅巡洋舰。这艘巡洋舰曾参加过墨西哥战争。舰名叫'墨尔波墨涅'①。舰艏有一尊冲向海洋的白色雕像。"

还可从信中摘引一段有代表性的片断:"不久前,有座旋转灯塔上的年老的守夜人,未及在入夜之前把机器修复,就突然死去了。于是他的妻子叫她的两个年幼的孩子通宵用手转动机器。为此向她颁发了一枚荣誉团勋章。"

"我想,"勃洛克指出,"俄罗斯人也会这样做的。"

在阿贝弗拉克港口附近的一个岛子上,有一座古老的瑟戎要塞。法国政府鉴于这座要塞已破败不堪,毫无用处,决定以很低廉的价格将它卖掉。

勃洛克显然非常想买下这座要塞。他甚至计算过,购买要塞,加上平整土地、开拓花园和修葺房屋的费用,总共两万五千法郎就够了。

这座要塞中的一切,无论是已半朽烂了的吊桥,无论是暗炮台,无论是火药库,无论是大炮,都富有浪漫的情调。

在亲人们的劝阻下,勃洛克没有买卜要塞。可是他时常跟亲友们谈起这座要塞,——要幻想让位给清醒的思考并不是那么容易的。

格林听到了这段往事后,写成了一部长篇小说,讲一个老人膝下有一个女儿,年轻美貌,大家都称她为"凤仙花"。老

①希腊神话中的9位文艺和科学女神(缪斯)之一,掌管悲剧。

人向政府买下了一座古老破败的要塞，携女儿住了进去，把倾圮的塞墙变成了芳香扑鼻的灌木丛和花坛。

小说写了许多五光十色的事件，但写得最好的，大概还是要塞本身——安宁（军事设备早已拆除）、和平、富有浪漫色彩的要塞。此外，对花园的描写也是出色的。树木、灌木丛和鲜花，无不写得栩栩如生。

应当承认，我读了勃洛克的有些诗篇后，也产生了乍一看来颇为奇怪的想法——我想要写几篇同这些诗歌由于情绪相似而精神上相通的短篇小说。

直到今天我仍然有这个想法。不过直至目前，我还只写出了一篇这样的短篇小说，叫《雨中拂晓》[①]，它完全脱胎于勃洛克的诗歌《俄罗斯》。

> 不可能的事情也可能做到，
> 即使千里迢迢也心甘情愿，
> 只要在远方的路梢，
> 从头巾下飘来明亮的流盼……

对于勃洛克的诗歌和生平，我无意作出也无力作出我自己的解释。我不大理解勃洛克对俄罗斯和人类将会遇到的考验所怀有的那种先知式的、神秘的恐惧；至于他那种宿命的孤独感、毫无出路的怀疑、灾难性的沉沦以及他对革命的过于复杂

---

① 小说中译本译作《雨濛濛的黎明》，见人民文学出版社版《帕乌斯托夫斯基选集》。

化的理解，更是我无法理解的。

勃洛克身上吸引我，使我着迷的是他成熟的诗篇中和他生活中的完全具体的诗意。至于他那种矫揉造作的、既无生气蓬勃的形象，也无血肉的、朦胧的象征主义的迷雾，不过是积重难返的中学生的幼稚癖好而已。

我有时候想，勃洛克身上有许多东西对现在这一代人来说，对新青年来说，是无法理解的。

比方说吧，他对贫困的俄罗斯的爱，他们就无法理解。在今天的青年人看来，怎么能去爱这么一个国家，在那里，"数不尽的低矮的村落是那么穷苦，使你不忍卒睹，远处的牧场上升起一堆篝火，映衬着白天阴暗的帷幕"。①

青年人难以理解这一点，是因为这样的俄罗斯已不复存在。恰恰是勃洛克所熟悉、所爱的那种样子的俄罗斯已不复存在了。如果说还残存着一些偏僻冷落的乡村、在泥潭之间用木柴铺出的小径和荒山野林的话，那么生活在其间的人也与当年的截然不同了。世代交替，孙子已经不能理解祖父，有时甚至连儿子都不能理解父亲。

儿孙辈不理解也不愿理解歌谣中涕泗横流地痛诉的那种贫困，不理解也不愿理解由迷信的传说、神话、不敢吱声的胆怯的儿童们的眼睛和吓破了胆的姑娘们低垂的睫毛所点缀着的那种贫困，不理解也不愿理解被香客和精神不健全的人们的故事吓得毛骨悚然的那种贫困，不理解也不愿理解因为时时都觉得可怖的神秘就近在咫尺——就在森林中、湖泊中、朽烂的枯

① 引自勃洛克的诗作《秋日》。

树中、老太婆的哭声中、用木板钉死了的弃屋中，——时时都觉得奇迹就将出现而惶惶不可终日的那种贫困。"我睡眼迷离，迷离中藏匿着神秘，而你，罗斯①，就沉睡在神秘里"。②

需要有恢宏、坚韧的心灵和对本国人民的伟大的爱，才能眷恋这些阴郁的农舍、哀歌以及灰烬和莠草的气息，并透过这种极度的匮乏看到被森林和荒山所包围的俄罗斯那种病恹恹的美。勃洛克的许多前人也看到了这种美。然而这个罗斯在消亡。勃洛克哀悼它，为它唱着挽歌：

> 啊，赤贫的芬兰罗斯③呀，
> 你将长眠的不是豪华的灵柩！④

在勃洛克看来，一个新俄罗斯，一个"新美洲"，正在南方的草原上崛起。

> 不，不是拳曲的额发在那里迎风拂动，
> 不是五彩缤纷的旌节在草原上汇集，
> 那里耸立着的是工厂乌黑的烟囱，
> 那里嘶鸣着的是工厂尖利的汽笛。⑤

---

① 俄罗斯的古称。
② 引自勃洛克的诗作《罗斯》。
③ 12世纪时，主要在芬兰人的基础上形成了俄罗斯平原的第三个斯拉夫人中心，即苏兹达尔公国。此处既指自古以来的俄罗斯，又特指俄罗斯的这一地区。
④ 引自勃洛克的诗作《新美洲》。
⑤ 引自勃洛克的诗作《新美洲》。

老一代的人对于新旧俄罗斯几乎同样熟悉。这种对俄罗斯的广泛知识，正是那一代人的财富。

如果不了解旧俄罗斯，不了解"楚德人①莫名其妙地搞出来的和默尼亚人②斤斤计较的"③那一切，不了解古老的农村，不了解在全国各地流浪的中了邪的香客，并且没有见到过库利科沃沙场④上被血光映红的晚霞，那就不可能了解新俄罗斯。⑤

勃洛克的爱情诗是巫术。就像一切巫术一样，这些诗是无从索解的，令人痛苦的。要谈这些诗几乎是不可能的。它们需要反复地加以诵读，反复地加以体味，每读一遍，都会感到剧烈的心跳，都会被诗歌催人泪下的音调烧灼得如醉如痴，而且还会诧异不止，这些诗怎么突然就印入了脑子，从此再也忘不掉它们。

这些诗歌，尤其是《陌生的女郎》和《旅馆》两首诗，在诗歌技巧上达到了登峰造极的地步。这种技巧使人骇然，觉得不可企及。大概就是在思索这些诗歌时，勃洛克向他的缪斯说：

> 比北方的黑夜更诡谲，
> 比金色的香槟更浓烈，
> 比茨冈人的爱情更短暂，

---

① 古俄罗斯人对古爱沙尼亚人和西芬兰部落的称呼。
② 古俄罗斯人对古代居住在罗斯托夫湖和佩列亚斯拉夫湖周围的一个芬兰部族的称呼。
③ 引自勃洛克的诗作《我的罗斯，我的生命，我们可以共受此苦吗？……》。
④ 1380年9月8日，莫斯科大公国的军队与金帐汗国的军队会战于顿河右岸之库利科沃原野。在这次会战中，莫斯科公国军队大败金帐汗国的军队，从而保证了莫斯科公国的进一步强盛，这是俄国历史上的一次重大战役。
⑤ 此段所涉及的内容均出自勃洛克的诗作。

你那可怕的爱抚和慰藉……①

　　岁月迁流，反使勃洛克的爱情诗成为绝唱，以诗中的形象催人断肠。"她身上柔韧的轻纱使人忆起古老的传说"，"我看到了魔幻似的海岸和魔幻似的远方"，"她那双湛蓝、深邃的明眸宛若鲜花绽开在远方的岸上"②。

　　这与其说是抒发永恒的缱绻缠绵之情的诗句，不如说是诗的巨大力量的迸发，这种力量既可俘虏阅世已深的心，也可俘虏涉世尚浅的心。

　　某种莫名的"神秘力量"使勃洛克的诗歌不只是诗，而高出于诗，变为同每一个人的心的跳动共鸣的诗情、音乐和思想的有机融合，变为一种艺术现象，而这种艺术现象我们迄今还找不到哪怕多少切近于它的定义。

　　只消举出一节脍炙人口的诗，就足以证明这一点了：

　　　你猛地一挣，好似小鸟受了惊，
　　　你走掉了，飘忽得像我的梦……
　　　香水发出了叹息，睫毛涌起了睡意，
　　　绸衣裳悄声低语，惊恐莫名。③

　　勃洛克通过他的诗歌和散文经历了俄罗斯历史上的一段壮阔的道路，由萧条的九十年代到第一次世界大战，到哲学、诗

---

① 引自勃洛克的诗作《致缪斯》。
② 3句均引自勃洛克的诗作《陌生女郎》。
③ 引自勃洛克的诗作《旅馆》。

歌、政治和宗教的各种流派的纷呈，到"戴着洁白的玫瑰花冠"的十月革命。他是诗歌的守护天使，是诗歌的行吟诗人，是诗歌的苦工，是诗歌的天才。

勃洛克说过，天才的光芒可以照耀至不可计量的时间距离。这句话也完全适用于他自己。他对我们中的每个人的命运，不管是作家还是诗人的命运，所产生的影响也许一时还看不出来，但却是极其深远的。

早在青年时代，我就理解了他的两句至理名言的深意，并且信奉至今：

> 抹去偶然性的特征吧。
> 你就会看到生活是美好的……①

我一向竭尽全力地遵循勃洛克的这一忠告。所以我是深深地感激他的。我们生活在他天才之光的辐射下，这种射线将一直延伸到我国未来的世世代代，而且只可能更加灿烂明亮。

居伊·德·莫泊桑

> 有关他的私生活，他对我们讳莫如深。
>
> 勒纳尔论莫泊桑②

---

① 引自勃洛克的诗作《报复》。
② 引自法国作家朱尔·勒纳尔(一译列那尔)(1864—1910)的日记。全句如下："有关他的私生活，他其实大可不必对我们讳莫如深；可见他并不是一个彻底的作家，因为他的私生活可以说明他的创作。至于他的发疯，倒也许是最美的一页。"——原编者注

莫泊桑在里维埃拉①有一艘叫"漂亮朋友"号的游艇。他在这艘游艇上写下了他最痛苦、最震撼人心的作品——《在海上》。

莫泊桑的"漂亮朋友"号上有两名水手。年纪大的那个叫贝尔纳。

两名水手发觉他们的"东家"最近举止失常，且不说他脑子里千奇百怪的想法，即使光是那种难以忍受的头痛，就足以使他发疯，不过他们说话行动都非常小心，没有让莫泊桑看出他们在为他担忧。

莫泊桑过世后，他们俩给巴黎一家报馆的编辑部去了一封短信，文句虽然蹩脚，但是却充满巨大的哀痛。也许只有这两个普通人与大家对莫泊桑的偏见相反，知道他们的东家有一颗极富于同情的、腼腆的心。

他们又能做些什么来纪念莫泊桑呢？他们只能尽力使他的爱艇不致落到冷漠的陌生人手里。

这两名水手的确尽了全力。他们尽一切可能拖延着不让游艇变卖掉。可他们是穷人，只有上帝知道，他们做到这一点得费多大力气。

他们走访了莫泊桑的朋友们，法国的作家们，结果到处碰壁。于是这艘游艇终于转到了富豪和浪荡子巴泰勒米伯爵名下。

贝尔纳临终时，对身旁的人说：

---

① 里维埃拉原为意大利文沿海地带的意思。此处系指法国的科特达祖尔，即法国地中海沿岸地区，从卡西到芒通一带。

"我认为，我曾经是个好水手。"

这句话再朴素不过地表明他认为自己的一生是高尚的。遗憾的是，能有充分权利对自己的一生下这样一句评语的人，实在太少了。

这句话是莫泊桑通过他的水手之口留给我们的遗言。

莫泊桑一转眼间就走完了他光辉的作家道路。"我像一颗流星那样坠入文学生涯，"他说道，"又像一道闪电那样离它而去。"

他一向是人类种种秽行的冷酷无情的观察者，是一位把生活称之为"作家的门诊所"的解剖医师，可是在他生命终结前不久，他所渴求的却是白璧无瑕的纯洁，是对痛苦的爱和欢乐的爱的赞美。

甚至在他弥留之际，当他觉得一种有毒的盐正在腐蚀他脑髓的时候，他还在抱憾地想，在他短促、劳累的一生中，有多少诚挚的感情被他抛却了。

他把人们唤向何处？他把人们引向哪里？他给了人们以什么希望？他有否用他那双划桨人和作家的强有力的手帮助过他们？

他明白，他没有做到这一点。他还明白，如果他不仅暴露，而且还加上怜悯的话，那他就将作为善的化身留在人类的记忆之中了。

他像个弃儿那样，阴郁而又羞怯地渴求着温情。最后他终于相信爱情并不单单是情欲，而且也是牺牲，是蕴藉的喜悦，是这个世界上的诗。可惜为时已晚，除了良心的责备和徒然的悔恨外，已什么都无法追回了。

他懊悔不迭，深恨自己当初不该漫不经心地拒绝和讥嘲幸福。他想起了俄国女画家巴什基尔采娃①，那时她差不多还是个小姑娘。她爱上了他。他和她通了一阵信，信都是嘲弄她的，甚至带有几分轻薄，他那种男子的虚荣心得到了满足。对他来说，这就够了，其他什么也不需要了。

但巴什基尔采娃的遭遇又算得了什么呢！他更加痛惜的是巴黎那个年轻的工厂女工。

保罗·布尔热②把这个女工的事写了出来。莫泊桑大为恼火。是谁给了这个沙龙心理学家权利，容许他擅自触及这场真正的人间悲剧的？在这件事上，不用说，他莫泊桑是难辞其咎的。可是叫他又有什么办法呢，他又能做些什么呢，要知道他已精疲力竭，盐已经在脑袋里一层又一层地堆积起来！有时他甚至可以听到一颗颗小小的锐利的盐粒扎进他脑髓时发出的像裂帛一般的声音。

一个女工！一个天真而又美丽的姑娘！她看过莫泊桑的许多短篇小说，生平只见到过莫泊桑一次，就爱上了他，用她整个心——像她晶莹的双眸一样纯洁的心——的全部热情爱上了他。

真是个天真的姑娘！她得知莫泊桑尚未娶妻，单身一人，心里就出现了一个疯狂的念头，要把自己的生命奉献给他，关心他，体贴他，做他的挚友、妻子、女奴和婢女，这种念头是那么的强烈，她无力抗拒。

---

① 玛丽亚·康斯坦丁诺芙娜·巴什基尔采娃(1860—1884)，俄国女画家和回忆录作者。
② 保罗·布尔热(1852—1935)，法国作家，批评家，早期写诗，接近巴那斯派。

她是个穷人，没有漂亮的衣裳。于是她整整一年饿着肚子把省下的钱一个生丁①一个生丁地积攒起来，以便买一套漂亮的衣服鞋袜，穿着去见莫泊桑。

最后，这套装束总算置办齐全了。第二天一大早，整个巴黎还在沉睡，残梦还像迷雾一般笼罩着巴黎，朝阳透过这层迷雾还刚刚放射出朦胧的光，街心花园的菩提树林荫道上还只能听到小鸟的啁啾，她却已经醒过来了。

她用凉水冲洗了身子，像对待轻得没有分量的、芳香四溢的宝物那样，小心翼翼地、慢慢地穿上薄如蝉翼的丝袜和亮晶晶的小巧的鞋子，最后，穿上了那身漂亮的连衣裙。她照着镜子，都不敢相信那真是她自己。站在镜子前面的女郎，由于喜悦和激动而容光焕发，长得苗条、漂亮，一双乌黑的眼睛满含深情，两瓣鲜红的嘴唇温柔娇媚。是的，她就将这样出现在莫泊桑面前，向他倾吐情怀。

莫泊桑住在市郊的别墅里。她在铁栅栏门口拉响了门铃。莫泊桑的一个朋友来给她开门，这是一个情场老手，色中饿鬼，一个十足的无耻之徒。他微笑着，用目光透过她的衣裳，打量着她的身子，告诉她说，莫泊桑先生不在家，他携着情妇上埃特列太了，要住好几天才回来。

姑娘惨叫一声，转过身子，也顾不得小手上戴着绷得非常紧的羊皮手套，就扶着铁栏杆快步走掉了。

莫泊桑的朋友追上了她，让她坐进出租马车，把她带往巴黎。一路上，她哀哀地哭泣着，前言不搭后语地念叨着要报

---

① 法国等国辅币，等于1/100法郎。

复，就在当天夜里，为了恨她自己，为了恨莫泊桑，就委身给了这个色鬼。

一年后，她已沦落为名震巴黎的雏妓了。而莫泊桑在听到他这个朋友讲起这件事后，并没有把他逐走，并没有打他的耳光，更没有要提出同他决斗，只是微微一笑，因为他觉得这个姑娘的事倒是挺有趣的。是呀，看来倒是一篇不坏的短篇小说的题材。

可此刻他觉得这是多么可怕呀，他无法使时光倒流，回转到这位姑娘站在他家栅栏门口的那一天。她那时像馥郁的春天，把她的心用双手捧着，信赖地要奉献给他！

他甚至不知道她叫什么名字，所以此刻，在他即将离开人世之际，他只好用他所能想到的最温柔的名字呼唤着她。

他痛苦得身子都蜷曲了起来。他，高不可攀的、伟大的莫泊桑，愿意跪下来吻她的足迹，恳求她宽恕。可是这已经于事无补，什么也挽回不了。这么做，只能给布尔热提供素材，好让他再写出一篇轶事，谈谈人的感情之难以理解，以博得大家的一笑。

难以理解？不，此刻对莫泊桑来说，是非常易于理解的！它们，人的感情，是美好的！它们是我们这个很不完美的世界上的诸圣之圣！如今他愿以他的全部才华，运用他的全部技巧来写出这一点，如果没有那盐的话。盐正在腐蚀着他，尽管他一口口地把盐吐出来。人口大口地吐着。

伊凡·蒲宁

不管在这个不可理解的世界上是多么愁闷，这个世界仍然是美好的。

伊·蒲宁

还在念中学的时候，我就迷上了蒲宁的作品。当时我对蒲宁知之甚少，仅从他本人为文格罗夫①编的《作家辞典》所写的传记中知道一点。传记中提到他在叶列茨和叶弗列莫夫市（其时属图拉省）之间的某个乡村中度过他的童年，后来就读于叶列茨中学。

在一九一六年寒冷的四月里，我平生第一次去叶弗列莫夫探望我的亲戚——一位孤老太太。她邀我去她家做客，好让我在浪迹南方多年之后略事休息。

这位老妇人在叶弗列莫夫市立学校执教。就像所有的女教师一样，她经常闹咽喉炎。为了医治这种毛病，她什么办法都试过，甚至试过"蒲宁的巫医治疗法"。

"哪个蒲宁？"我诧异地问。

"叶甫盖尼·阿列克谢耶维奇。作家蒲宁的哥哥。在我们叶弗列莫夫的税务局工作。他发明了一种医疗咽喉炎的办法。用一块晒干的兽皮擦脖子，咽喉炎就会霍然而愈。可惜这种兽

---

① 谢苗·阿法纳西耶维奇·文格罗夫(1855—1920)，俄国文学史家、目录学家。

皮对我无效。叶甫盖尼·蒲宁是个刻板的绅士，令人生厌。他的弟弟，就是那位作家，据说为人非常之好，很招人喜欢。他有时候到我们这个城市来。"

我一听说蒲宁也到叶弗列莫夫来，这个城市在我心目中顿时改观，尽管总的来说，它是个相当荒凉的小县城。可我却一下子觉得它体现了俄罗斯外省所特有的那种舒适。

我国所有偏僻的小城市几乎都一模一样。用契诃夫的话来说，所有这些城市都是叶弗列莫夫型的：修道院的一排排禅房荒废破败；教堂石门上方的圣徒像面如土色；县警察局长三驾马车上的小铃铛发出嘹亮的声响；牧场上耸立着监狱；地方自治会是全城唯一在入口处点有白炽门灯的一幢房子；公墓的菩提树上寒鸦呱呱聒噪；到处都有很深的沟壑。每到夏天，壑中就长满密密麻麻的荨麻，而一到冬天，从炉子和茶饮中倒出来的一段段木炭便在壑中冒出蓝幽幽的烟，连壑中的积雪也被炉灰染成了灰色。

蒲宁的俄罗斯就是当时在叶弗列莫夫印入我脑海的，使我久久为之入迷。

叶列茨就在附近。我决定去观光一下这座蒲宁的城市。

我从少年时代起就有一种不可遏止的癖好，喜欢访问我所喜爱的作家和诗人生活过的地方，或与之有关的地方。我认为（而且至今仍然认为）世上最好的地方莫过于普斯科夫的圣山修道院围墙脚下的那个山冈，普希金就是埋葬在那儿的。从这个山冈上极目远眺，一直可以望到悠邈、洁净的远方，这在俄罗斯是难得的。

在叶弗列莫夫和叶列茨之间行驶着一种诨名叫"马克西

姆·高尔基"的通勤列车。我就是搭乘这种列车去叶列茨的。

我在哐当作响的破旧车厢里迎来了寒气袭人的拂晓。借着摇曳不定的烛光，我打开《现代世界》杂志的一本破旧合订本，阅读收在其中的蒲宁的短篇小说《先知伊里亚》①。

这篇小说就其所描写的椎心泣血的痛苦来说，无疑是俄罗斯文学的杰作之一。小说的每一个细节、每一根线条(甚至像"惨白得好似尸衣一般的燕麦"这个句子)无不使人心如刀割，因为它们预示了灾祸、贫困、孤苦是不可避免的，活勾出俄罗斯当时的厄运。

有时真想头也不回地逃离这样的俄国。但很少有人下得了这个决心。要知道即使母亲是个备受苦楚和屈辱的叫花子，做儿子的也还是爱母亲的。

蒲宁离开了他所爱的唯一的祖国。但他只是表面上离开而已。他，这个极度自尊的严谨的人，直到生命的最后一刻还苦苦思念着俄罗斯，在巴黎和格拉斯的异国之夜里，为俄罗斯流下了许多隐秘的泪水，这是一个自我放逐的游子的泪水。

我乘着火车朝叶列茨驶去。车窗外绵亘不绝地闪过瘦弱的禾苗。风在铁皮的通风器内发出嗖嗖的啸声，驱赶着低压在地面上的乌云。我又阅读了一遍《先知伊里亚》，又阅读了一遍叶列茨县普列德捷钦斯克乡农民谢苗·诺维科夫凄凉的故事。我竭力想探究出这个名副其实的奇迹是怎样创造出来的，用的是什么语言，什么魔法？创作出这样一篇简洁、洗练、有力、

---

① 即蒲宁的短篇小说《牺牲品》。初版时名《先知伊里亚》。小说的主人公叫谢苗·诺维科夫。

悲哀、辉煌的短篇小说无疑是一个奇迹。

在叶列茨我没有去住旅馆。当时我是个穷小子，住不起。整整一天，直到夜晚登上去叶弗列莫夫的回程车以前，我一直在城里走来走去，不消说，累得筋疲力尽。

那天高高的空中布满了彤云。出乎意料地下了一场迟来的小雪。风把雪从马路上卷走，裸露出被马蹄踩坏了的白乎乎的石板路面。

整个城市都是用砖砌成的。这种市容使人觉得有几分像城堡。街道的冷落也给人以这种感觉。我本来听说叶列茨一向是个熙熙攘攘的商业城市，现在见到这个城市这么冷清，不觉大为诧异。后来我才明白，叶列茨的冷落是战争的后果。

叶列茨一度也的确是一座城堡。蒲宁在《阿尔谢尼耶夫的青春年华》中曾经谈起过它：

　　……这座城市……以其悠久的历史自豪，它有自豪的充分权利：它是最古老的俄罗斯城市之一，位于伟大的黑土原野之中。这片半草原①处于那条战祸频仍的地带，越过这条地带，便是曩昔"野蛮陌生的土地"，在苏兹达尔公国②和梁赞公国③的年代里，它属于罗斯最重要的堡垒之列，据编年史讲，这些堡垒首先呼吸到了阴森可怖的亚细亚乌云所带来的风暴、尘土和寒气……

---

① 指山地或森林与草原之间的地带。
② 全称为罗斯托夫-苏兹达尔公国，位于伏尔加河与奥卡河之间，11世纪从基辅罗斯划分出来，在12世纪是罗斯最大的公国。
③ 位于奥卡河中游和顿河上游。12世纪前叶由基辅罗斯划分出来，是俄罗斯诸公国中最先遭到鞑靼人侵袭的国家。

这段引文几乎每个字都以其质朴、准确和生动，给人以艺术享受。单单古老的城市呼吸到了亚细亚侵袭的风暴和寒气一句就足以令人叹为观止！这句句子栩栩如生地描画出了哨兵们如何打着呼哨报警，如何当当地用木槌敲着铁板，召唤合城军民到城堡的土墙上来御敌。

我在一所有花砖墁地的院落的男子中学前站了很久。蒲宁在这所中学里念过书。学校里很静，教室的窗户都关着，里边在上课。

后来我上集市广场去，广场上气味之多使我惊讶。有莳萝的气味，马粪的气味，陈年鲱鱼桶的气味，从正在为什么人举行葬礼的教堂洞开的大门内飘出来的神香的气味，以及果园内的腐叶越过高高的灰色栅栏散发出来的酸味。

我在一家小饭铺里喝饱了茶。饭铺门可罗雀，而且寒气逼人。从饭铺出来，我直奔城郊。离开车还有很多时间。

城郊有好几家黑魆魆的铁匠铺在冒烟，叮叮当当的打铁声不绝于耳。过了铁匠铺就是一长片光秃秃的牧场，一直延伸到低地。牧场上的天空是苍白的。牧场旁边是公墓的一溜围墙。

我信步走进了公墓。每当一阵风吹过，墓前那些瓷花圈上残损了的瓷制的玫瑰花和生了锈的铁皮树叶就发出轻微的飒飒声和嘎嘎声。

有几处的十字架墓碑是铁铸的，塑有华丽的涡形装饰，油漆已经剥落。这些墓碑上镶嵌有椭圆形的金属镜框，框内发黄的照片已被雨水淋皱。

天黑前我回到了火车站。我一生中经常孑然一身，但是绝少像在叶列茨的那个傍晚那样痛苦地感到孤独和茫然。

在附近一幢幢房屋的四壁内，在温暖的房间里，人们在过着欢乐的、光明的，也可能是匮乏的、默默无言的生活。但是我却被排除在这些温暖的墙壁之外。我坐在三等车昏暗的候车室内，闻着煤油的臭气，只觉得寒气直从脚底往上钻。

每个人一生中都常常会碰到一些或是愉快或是伤心的巧合。我也碰到过。在叶列茨车站上的那个傍晚就发生过这种意想不到的巧合。

我在报亭买了一张当天的《俄罗斯言论报》。三等车候车室内光线昏暗得无法看报。我数了数口袋里的钱。够我到灯火通明的车站餐厅去喝杯茶，甚至还可以有一点儿余钱付给醉醺醺的侍应生作小费。

餐厅里有张桌子挨着一只装香槟酒用的白铜空桶。我就在这张桌子旁坐下来，打开了报纸……

我埋头看报，直到一个小时之后车站的司阍摇着铃，故意带着鼻音喊道："去叶弗列莫夫·沃洛沃·图拉的注意，打第二遍铃了！"我这才如梦初醒。

我跳起身来，奔上车厢，缩在黑洞洞的车窗旁，一直到叶弗列莫夫没有动一动。

我的整个身心由于悲伤，由于爱而战栗。我为谁悲伤？爱上的又是谁呢？

我为之悲伤的、我爱上的是个美好的姑娘，就是那个在这儿的火车站上被枪杀的中学女生奥利娅·麦谢尔斯卡娅①。原

---

① 奥利娅·麦谢尔斯卡娅是蒲宁的短篇小说《轻盈的气息》中的女主人公。

来报上登载了蒲宁的短篇小说《轻盈的气息》。

我不知道这篇作品能不能用小说来称呼它。它不是小说，而是启迪，是充满了怕和爱的生活本身，是作家悲哀的、平静的沉思，是为少女的美写的墓志铭。

我深信在叶列茨的公墓里，我曾走过奥利娅·麦谢尔斯卡娅的坟墓，风吹拂着已经陈旧了的瓷花圈，发出怯生生的飒飒声，仿佛在呼唤我立停下来。

可我却一步不停地走了过去，什么也不知道。噢，要是我当时知道就好了！要是我能办到就好了！那我一定把大地上所有的鲜花都撒在这座坟茔上。我已经爱上了这个女郎。她的无可挽回的命运使我不寒而栗。

车窗外忽明忽灭地战栗着乡村稀疏、凄凉的灯火。我眺望着这些灯火，幼稚地安慰自己，奥利娅·麦谢尔斯卡娅是蒲宁虚构出来的，我所以会突如其来地爱上这个已被杀害了的姑娘，并为此而痛苦不堪，无非是因为我倾向于以浪漫主义的态度对待世界罢了。

大概正是在这天深夜，在寒气袭人的车厢里，在俄罗斯黑暗忧郁的旷野中，在被晚风吹得簌簌发响的、还未及长满新叶的白桦林间，我第一次彻底地理解了何谓艺术，以及艺术有多么崇高的、永恒的感染力。

我好几次打开报纸，借着渐渐熄灭下去的烛光，后来又在游移不定的黎明时分那似水一般淡淡的晨光下，反复地诵读描述奥利娅·麦谢尔斯卡娅的轻盈的气息的那些句子，诵读小说结尾的那个句子："如今这轻盈的气息重又在世界上，在白云朵朵的天空中，在料峭的春风中飘荡。"

在第二次全苏作家代表大会上有个发言说，蒲宁应当回到俄罗斯文学中来，这话博得了大会热烈的欢呼。①

蒲宁回来了。至为可贵的蒲宁的作品回到祖国来了，其中包括中篇小说《阿尔谢尼耶夫的青春年华》。

要描述这部中篇小说是困难的，几乎是不可能的，就跟要描述蒲宁本人一样不可能。他是那样渊博、慷慨、多才多艺，能那样无情地看透任何人，从旧金山来的先生②直至雇工阿维尔基③，能那样极度清晰同时又严峻而温柔地洞察每一个最细微的动作和心灵活动，能不脱离人的生活的流程来写自然界，因此要描述他，正如常言所说的，不啻"隔靴搔痒"，几乎是徒劳无益的。

蒲宁的作品只能研读，切不可不自量力，试图用寻常的而不是蒲宁的语言来转述他以经典作家的笔力和精确性所描绘的一切。

我们无法用自己的语言去转述普希金的《阴霾的白天逝去了……》、列维坦的《在永恒的宁静之上》或者莱蒙托夫的《幻船》。这样做是荒唐的，无异于用枯燥的代数去求证莫扎特和其他伟大作曲家的和声。因此我不想劳而无功地去转述蒲宁的作品，不想用迎合"潮流"的观点去阐述它们。

---

① 指费定在1954年召开的第二次全苏作家代表大会上的发言。原话如下："伊凡·蒲宁已经成为苏联公民，但是缺乏回家的力量，他是两个世纪交界时期的俄罗斯经典作家。（鼓掌）在颓废派最时髦的那个时期，无论在散文里和诗歌里他依然是一个现实主义者。我认为，不应该从俄罗斯文学史上去掉蒲宁。（鼓掌）他创作中的一切可贵的东西都应该属于读者，正如库普林遗产中的优秀东西之属于读者一样。（鼓掌）"
② 蒲宁的短篇小说《从旧金山来的先生》中的主人公。
③ 蒲宁的短篇小说《败草》中的主人公。

所谓"潮流"，换言之就是当代的观点和概念。而当代的观点和概念若不同我们时代之前的一切，不同在某种程度上决定了这类观点和概念的一切紧密地联系在一起，就不可能存在下去。

蒲宁的作品之所以出色，就在于它们完完全全属于他那个时代，而同时又和我国人民的往昔血肉相连。

在蒲宁的散文和诗歌中，可以明显地感觉到一个人由生至死的漫长的、基本上是美好的生活历程。这种感觉在《阿尔谢尼耶夫的青春年华》中尤为强烈。

这部中篇小说并不仅仅是对俄罗斯的一曲赞美诗，并不仅仅是蒲宁身世的总结，并不仅仅表达了他对祖国的深厚的、充满诗意的爱，也不仅仅表达了对祖国的忧虑和喜悦——这种喜悦偶尔在小说的字里行间化作有限的几滴泪珠，犹如拂晓时天边寥落的晨星，以及某种别的东西。

这并不仅仅是对一系列俄罗斯人——农民、儿童、乞丐、破产的地主、牲畜贩子、大学生、苦修的基督徒、美术家和可爱的妇女的描绘，总之，并不仅仅是作家对他在各种情况下所遇到的许多人物的栩栩如生的、有时具有惊人的魅力的描绘。

《阿尔谢尼耶夫的青春年华》的好些章节颇似美术家涅斯捷罗夫的《神圣的罗斯》和《在罗斯》。这两幅油画是画家从他的理解出发对他的祖国和人民的最好的表现。

画面上是小树林、山冈、用圆木搭成的发黑了的教堂、荒凉的乡村墓地和小小的村落。以此为背景，勾勒出了整个罗斯！古代的沙皇穿戴着沉甸甸的锦缎皇袍和赤金的皇冠，庄稼汉一个个畏畏葸葸，牧童手里握着长鞭，男女香客戴着小小的圣冠，姑娘们垂下睫毛，那一根根仿佛染黑过的睫毛，把影子投到她们被内心贞洁的光华照耀得容光焕发的白皙的脸庞上。此外还有狂信的基督徒、叫花子、虔诚的老婆子、拄着拐杖的威严的老头子，以及淡色头发的孩童。

在人群中走着列夫·托尔斯泰，离他几步远是陀思妥耶夫斯基。他们同各自的寻找真理的信徒一起，走向光明的然而目前还很遥远的未来。关于这光明的未来，他们两人曾不知疲倦地谈了整整一生。

这两幅油画同蒲宁的书有某种共同之处。唯一的差别是蒲宁笔下的祖国较之涅斯捷罗夫的更质朴，更贫困。

我们俄罗斯的中部出现在蒲宁的作品中时往往是迷人的阴沉的白昼、休眠的田野、雨和雾，有时候是苍白的日光、一大片一大片燃烧着的落霞。

讲到这儿，我不妨顺便说一说，蒲宁的光色感是敏锐得罕见的，而且正确无误。

世界是由色彩和光线的无穷混合构成的。谁能够轻易而又正确地捕捉到这种混合，谁就是个幸运儿，如果他是画家或者作家的话，更是如此。

从这个意义上来说，蒲宁是个非常幸运的作家。他以同样的敏锐洞察一切：无论是俄罗斯中部的炎夏，阴郁的严冬，"晚秋短促的、铅灰色的、宁静的白昼"，还是"突然从野树丛生的山冈后边虎视眈眈地望着我的好似广袤无垠的荒漠一般的黑魆魆的"海洋。

在蒲宁的日记中有一句话，仅寥寥数字。这句话记的是一九〇六年的初夏。"云彩绮丽多姿的时节开始了，"蒲宁这样记道，从而仿佛为我们揭开了他作家生活中的一个秘密。原来蒲宁有一种劳动是同夏季，同"云彩的时节"、"雨水的时节"、"花朵的时节"联结在一起的。随着夏季的到来，这种他所无法摆脱而又深为喜爱的劳动也就临近了。

蒲宁用这短短一句话表明，他即将开始观察天空，研究永远是神秘而又诱人的云彩的变幻。

每次当我读到蒲宁描绘夏日的句段时，我就不由得想起日记中的这句话。蒲宁对夏日的描绘总是令人惆怅的，即使总共只有两行。

> 果园内的花凋谢了，树木披上了绿荫，夜莺整日价在果园内啼啭，所有的窗户也都整日价打开着……

蒲宁对于他一生中所看到的一切东西，都以同样的敏锐和细致加以观察。而他看到的东西是非常之多的。从青年时代起，他就爱好不安定的流浪生活，渴求看到所有从未看到过的东西。

他承认，再也没有比即将启程远行更使他感到幸福的了。

在光线、气味、声音和色彩这些现象之间存在着某种牢固的联系。

这种联系表现在哪里呢？不妨举这样一个例子。当你望着凡·高画上那些为我们所不熟悉的类似大番红花的花朵时，望着画上那束厚实的光时，不觉就会联想到异国某些水果透明的汁水，突然间，你竟闻到了这些水果甜滋滋的诱人的香气和海滨湿漉漉的沙滩的淡淡的清新的气息。这气息仿佛是由清风从异国岛屿徐徐吹到画廊中来的。

阅读蒲宁的作品时，常常会有这类感觉。色彩产生气味，光线产生色彩，声音则再现一系列栩栩如生的画面。而所有这一切又产生出一种特殊的心情，有时使你感到怫郁，不由自主地要凝神沉思，而有时却又使你觉得生活是愉快的、欢乐的，有温暖的和风，有树木的喧嚣，有海洋无休止的轰鸣，有儿童和女人可爱的笑声。

蒲宁在《阿尔谢尼耶夫的青春年华》中，谈到了他对色彩所抱的感情，对自然界的色彩所持的态度：

> 我一眼看到了颜料匣子，不禁浑身为之战栗，自早到晚，我在纸上涂画，我一连好几个小时站在那里，眺望着大热天里在绿荫如盖的树冠上方，在骄阳的对面，空中所呈现出的那种渐渐向淡紫色转化的美不胜收的湛蓝的颜色，那一簇簇的树冠仿佛是在这片湛蓝中沐浴。从此我对天空和地面的各种色彩永远怀着最深厚的感情，体味到了它们真正美好、崇高的意义。我在总结生活所赋予我的一切时，发觉这是最重要的一个总结。从枝丫和树叶的空隙间透露出来的这种渐渐转化为淡紫色的湛蓝的颜色，我是至死也不会忘却的……

这种略呈低沉的色彩是俄罗斯中部所特有的。但是只消蒲宁一谈到南方、热带、小亚细亚、埃及和巴勒斯坦，色彩就变得强烈而又浓重了。

一九一二年秋天，蒲宁客居卡普里岛时，常和他的外甥尼古拉·阿列克谢耶维奇·普舍什尼科夫长谈。

普舍什尼科夫的日记中记载下了这些谈话。日记记得很朴实，让我们看到了蒲宁这个极其矜持的人所难得吐露的心曲。

所有这些日记都证明了蒲宁对生活的热爱。蒲宁从车窗口眺望着机车的烟影渐渐消融在空气中，不禁赞叹道：

"活在世上是多么愉快呀！哪怕只能看到这烟和光也心满意足了。我即使缺胳膊断腿，只要能坐在长凳上望太阳落山，我也会因而感到幸福的。我所需要的只是看和呼吸，仅此而已。没有任何东西能像色彩那样给人以如此强烈的喜悦。我习惯于看。是画家教会了我这门艺术……有些诗人不善于描绘秋天，因为他们不善于描绘色彩和天空。有两个法国人——埃雷迪亚和勒贡特·德·列尔①——在描绘方面达到了少有的完美地步。"

在普舍什尼科夫的日记中有一段不可多得的记录，揭开了蒲宁写作技巧的"秘密"。

蒲宁讲，不管他动笔写什么东西，首先必定要"找到声音"。"一旦我找到了它，其余的就迎刃而解了"。②

"找到声音"是什么意思？显而易见，蒲宁这句话包含的意思比我们乍一看到时所以为的要深刻得多。

"找到声音"就是找到散文的节奏，找到散文的基本音调。因为散文同诗歌和音乐一样，也有内在的旋律。

这种散文的节奏感和音乐感显然不是偶然产生的，同样基

---

① 勒贡特·德·列尔(1818—1894)，法国诗人，巴那斯派的主要代表。
② 这段话的全文如下："我大概是个天生的诗人。屠格涅夫也首先是个诗人。对他来说，短篇小说中最主要的是声音，其余都是次要的。对我来说，主要的是找到声音。一旦我找到了它，其余就迎刃而解了。我已知道，可以一挥而就了。"

于对祖国语言丰富的知识和精深的理解。

蒲宁甚至在童年时代就已经有这种敏锐的节奏感。他还是个孩子的时候，就已在普希金《鲁斯兰和柳德米拉》的《献词》中发现了诗歌轻盈的圆形运动（"没完没了地转着圆圈的妖术"[①]）：

"一只——猫儿——知识——丰富，日日——夜夜——踩着——金链——绕着——圈子——踱步。"[②]

在俄罗斯语言的领域内，蒲宁是一位无出其右的巨匠。

他善于从浩如烟海的词汇中，为他的每一篇小说选择最生动、最富魅力的词汇，这些词汇同小说所描绘的情节之间存在着某种为肉眼所看不到的、近乎神秘的联系，要描绘这样的情节非用这些词汇不可。

蒲宁的每一篇小说，每一首诗都像是一块磁石，能够把这篇小说或这首诗所需要的一切粒子从四面八方吸引过来。

现在要是有一个像赫里斯蒂安·安徒生这样的童话作家，那他也许会写一则童话，讲有个作家拥有一块法力无边的磁石，能把一切意料不到的东西，包括披着霜花的树丛中的一抹阳光和穿着瓦灰色丧服的乌云的碎片，都吸到他身边来，而他，这位作家，按照只有他一个人知道的一种特殊的顺序，将这一切加以排列、组合，然后洒上起死回生的甘露，于是世上就诞生了一部新的作品——一部长诗，一首诗歌，或者一部中篇小说——而且没有任何力量能够剥夺它的生命。只要地球上

[①] 引自蒲宁《阿尔谢尼耶夫的青春年华》第 1 章第 15 节。
[②] 引自普希金《鲁斯兰和柳德米拉》的《献词》。

还有人活着，它就是永生的。

蒲宁的语言是朴素的，朴素得近乎吝啬，也是纯洁的、生动的。但与此同时，就形象性和声音而言，他的语言又是极为丰富的，包容了从铙钹的乐声直到泉水的淙淙声，从有节奏的铿锵声直到柔情绵绵的絮语声，从清越的歌声直到圣经上气势汹汹的训诫声，从所有这一切声音直到活灵活现得令人惊叹的奥廖尔省农民的谈吐。

我只举《阿尔谢尼耶夫的青春年华》为例。这是一部需要精读的中篇小说。

我把《阿尔谢尼耶夫的青春年华》称为中篇小说。这自然是不怎么确切的。这既不是中篇小说，也不是长篇小说。这是一部新型的作品，它的体裁尚未定名。这种体裁是令人惊叹的，绝无仅有的，能把人的心俘虏，使之痛苦，同时又使之喜悦。

人们通常把《阿尔谢尼耶夫的青春年华》视作自传。蒲宁否认这一点。如果是自传的话，那么《阿尔谢尼耶夫的青春年华》就写得过于自由了。

这不是自传。这是一块熔合了人间无数的悲伤、诱惑、沉思和欢乐的合金。这是一部记载了一个人生活中大大小小的事件，包括他的萍踪浪迹，他所到过的城市、国家，他所航行过的海洋的洋洋大观的汇编。这部汇编展现了五光十色的世界，但占首要地位的始终是我们俄罗斯的中部。"冬天的时候是无涯无际的白雪的海洋，而夏天是庄稼、青草和花朵的海洋……笼罩着旷野的是永恒的寂静，是旷野的谜一般的沉默……"

蒲宁在《阿尔谢尼耶夫的青春年华》中，成功地把他自己的生活容纳到一个水晶魔球中，然而跟普希金的水晶球不同的是，这部中篇小说的远景，这位作家的生活的远景勾勒得非常分明，可说是清澈见底。

我依旧把《阿尔谢尼耶夫的青春年华》称作中篇小说，虽然我完全有权称它为长诗或者传说。

《阿尔谢尼耶夫的青春年华》是世界文学中最卓越的现象之一。使我们感到莫大幸福的是，它首先属于俄罗斯文学。

在这本惊人的书中，诗和散文已融为一体，有机地融为一体，从而创造出了一种崭新的、出色的体裁。

对世界的诗意的认识同对世界的散文形式的描绘交融在一起，而在这种交融中存在着某种严峻的，有时还往往是森然可畏的东西。这部作品的风格本身就有某种圣经式的气质。

在这本书中已经无法把诗同散文区别开来。书中有许多字句读后会像烙印一样刻在心中。

只消阅读几行谈及母亲的句子，就足以看出蒲宁为他想讲的一切找到了唯一确切、唯一传神的用语。

阅读这样的句子时，心灵是不可能不为之震撼的：

在遥远的故乡，只留下她孤零零一个，整个世界永远也不会顾及她了。愿她安息泉下，愿她珍贵的名字永远受到赞美。难道长眠在故乡某地，长眠在败落了的俄罗斯县城公墓的树丛下边，长眠在已经湮没了的坟墓下边那个没有眼珠的骷髅、那堆枯骨果真是她吗？果真是那个当初曾经把我抱在手里颠晃的她吗？

《阿尔谢尼耶夫的青春年华》的语言和精确的形象是那么有力，使人为之忧郁、激动，乃至流泪。这是美好的事物所激起的非比寻常的泪水。

《阿尔谢尼耶夫的青春年华》的新颖之处还在于没有一部蒲宁的作品像这部小说那样充分地揭示了人的一种现象，这种现象，我们由于语言贫乏，将其称之为人的"内心世界"。照这种说法，好像在人的内心与外部之间有一道鲜明的界限？好像人的外部同内心并非一个整体。

蒲宁在这本书中所谈的一切，无不看得见、听得到、摸得着，无不有轮廓、有分量，可以长久地使我们快活，或者伤心。我不妨从这本书中摘引几个段落。譬如小男孩初次进城的那一段：

> 城里最使我感到惊奇的东西是黑鞋油。我有生以来在世上所看到过的东西中——而我所看到过的东西多得不胜枚举！——还没有一件东西像我在这个城市的集市上拿在手里的那一小盒黑鞋油那样使我兴奋，快活的。这个圆圆的盒子是用普通的树皮做成的，然而这树皮是多么精致，把树皮做成盒子的手艺又是多么高超，简直无与伦比！还有那黑鞋油本身呢！黑黑的，硬硬的，发出暗淡的光，有一股好闻的酒精味。

蒲宁只用三言两语就生动地写尽了故乡的贫穷和偏僻。

> 我是在哪里出世和长大的，都见到过些什么？没有山，没有河，没有池塘，没有树林，只有沟地上才长着灌木丛，间或

有几丛小树林，偶尔有一两处地方树木稍微多一点，近似树林，那就有个名字了，或者叫扎卡兹，或者叫杜勃洛夫卡，其余的地方尽是旷野，旷野，一望无际的庄稼的海洋……这里是……半草原，地形呈波状，到处是沟地和缓坡。草地大部分都是沙砾土壤，草长得稀稀拉拉，几座荒村散布其间，那些穿树皮鞋的村民仿佛已被上帝遗忘，——他们没有任何奢求，像原始人那样单纯，终日与柳丛和麦秸做伴。

作家们有一句向雕塑家借用来的术语，叫做"塑造人物"。能像蒲宁那样准确、逼真，或者无情，或者感人地"塑造人物"的作家是为数不多的。不妨以他笔下的一个牧童为例：

牧童……是个饶有趣味的半大小子，麻布衬衫和短裤衩上窟窿眼挨着窟窿眼；脚、手、脸都被太阳晒焦烤干了，到处都在蜕皮；嘴唇不是这儿烂，就是那儿烂，因为他一刻不停地嚼着铁锈色的酸树皮，或者牛蒡，或者那种使嘴唇溃疡的羊草；他的一对慧黠的眼睛老是像贼那样滴溜溜乱转，因为他深知我们同他的友谊是大逆不道的，何况他又唆使我们吃了好多天才知道是什么的东西。然而这种大逆不道的友谊却是多么甜蜜呀！他偷偷地、断断续续地、提心吊胆地东张西望着讲给我们听的那一切是何等的诱人。此外，他还能把他那根长鞭抽得噼啪直响，我们忍不住手痒，也试着抽几鞭，结果鞭梢把耳朵抽疼了。这时他总是止不住哈哈大笑……

俄罗斯的景色，它的温柔、它的羞涩的春天，开春时的丑陋，以及转眼之间由丑陋变成的那种恬淡的、带有几分忧郁的美，终于找到了表现它们的人，而这个人是从来不去粉饰它们、美化它们的。俄罗斯的景色中，即使是最微小的细节，没有一处能逃过蒲宁的眼睛，没有一处未被他描绘过。

我们走过了灰褐色的水塘，水塘在被牲畜踩得坑坑洼洼的缓坡脚下的谷地中漫溢开去，发烫的水面变得长长的，落寞地闪着亮光。缓坡上有一两个高高的土墩，几只落得无家可归的白嘴鸦栖息在土墩上想着心事。

《阿尔谢尼耶夫的青春年华》中有一个篇幅不大的章节。这一章的第一句话是：

"我少年时代所处的那个环境中，无一不是地道的俄罗斯式的。"接着蒲宁讲到了斯塔诺瓦亚村附近的一条大道，讲到了强盗，讲到了恐惧，黑夜。他在这里勾勒了不久以前的俄罗斯的一幅惊心动魄的画面。

在斯塔诺瓦亚村附近，大道下降到一条深谷中，我们那儿管这个深谷叫上游。这地方总是使一切乘车或骑马的迟归的人产生一种近乎迷信的恐惧……我本人幼时乘车路过斯塔诺瓦亚村的脚下时，曾不止一次体验过这种地地道道俄罗斯式的恐惧……老是觉得马上就要碰上他们了，瞧，他们正不慌不忙地一字排开，冲着你走来，各人手里都提着利斧，斧背低低地紧贴在大腿上，帽子拉得很低，几乎要遮没凶光毕露的眼睛，突然，他们站停下来，沉着得异乎寻常地低声喝令："站住，掌柜的，留下买路钱……"

在这本书中，精彩的地方是非常之多的。我还未在我国的散文作品中见到过像我在下边援引的两段文字那样描绘冬天的：

> 我至今记得那许多灰溜溜的凛冽的冬日，记得那许多阴郁的遍地泥泞的回暖的日子，每逢这种时候，俄罗斯小县城的生活就特别愁闷，人人都觉得无聊，动辄恶言相向，——俄国人就那么原始，心情还受晨昏寒暑的影响！——世间的一切，就如它们本身的存在一样，都为无法展其所长而感到苦闷、惆怅……

> 我至今记得，有时一连几个礼拜从亚细亚刮来昏天黑地的暴风雪，连县城内的钟楼也只能隐隐约约地看到。我还记得主显节①时天寒地冻的情景，这种情景常常使我想到远古时代的罗斯，想到那种"使地裂一俄丈"的酷寒。每年这种时候，县城就完完全全湮没在雪堆里了，触目都是白茫茫的雪，一到夜里，在漆黑得像乌鸦一般的空中，阴森森地闪烁着白乎乎的猎户星座，而到了早晨，空中就挂着两个模模糊糊的像镜子一样的太阳，不祥地发着光，空气停滞不动了，绷得紧紧的，一有什么声响就发出回声，全城家家户户的烟囱里都缓缓地、怪样地升起红彤彤的炊烟，到处响彻着行人和雪橇滑木尖厉的咵溜声……

---

① 东正教 12 大节日之一，在 1 月 18 或 19 日。

一谈起蒲宁，我就不由自主地变得喋喋不休。老是要把蒲宁著作中出色的地方接二连三地指给读者看。每回都以为这是最后一个地方了。可结果下边还有更好的地方，我无法克制自己闭口不去谈它。比方说吧，他对于青春，对于几乎还是儿童式的爱情的描写就属此列。每个人回忆起业已逝去的童年时，都不免感到伤悲。在童年时代，我们都爱着爱情，以及爱情所带给我们的一切，既包括"那颗在东半天上静静地闪烁着的七彩的星星，它高悬在果园外边很远的地方，高悬在村外夏日田野的尽头，有时从那儿隐隐约约地，因此也就特别迷人地传来一只鹌鹑遥远的啼声"，也包括那个沉睡着的可爱的姑娘的气息——"我在遐思中恍惚看到了丽莎睡在那间屋里，窗户洞开着，窗外树叶淌下涓涓的雨水，发出簌簌的絮语声，从田野上拂来的熏风不时吹进窗户，抚摩着她那几乎还是孩子的梦，比这梦更纯洁，更美好的事物世上不会再有了！我在作此遐思时的感情是难以描摹、难以言传的"。

蒲宁的作品我读得越多，就越清楚蒲宁几乎是无法穷尽的。

总之，要用很多时间才能认识蒲宁所写的一切，才能认识蒲宁急风骤雨般的（尽管这位作家是多愁善感的）、激荡不安的、似湍急的水流那样滚滚流去的生活。

蒲宁一生的经历，有一部分他自己作了描述（通过《阿尔谢尼耶夫的青春年华》以及在某种程度上涉及他生平的许多短篇小说），一部分由他的妻子薇拉·尼古拉耶芙娜·穆罗姆采娃-蒲宁娜叙述了出来。一九五八年她在巴黎出版了一本书，题名

《蒲宁生平》——这是一部收有关于蒲宁的回忆录和资料的很有价值的集子。

蒲宁的一生直到他最后的日子都是在流浪和创作中度过的。

蒲宁是个有胆量的人，忠于自己的信念。他在《乡村》这部小说中揭穿了脱离现实的民粹派们所创造出来的关于俄罗斯农民是上帝化身的神话。他是最早抨击这种甜滋滋的神话的人中的一个。

蒲宁除创作了一系列辉煌的、名副其实的经典性的短篇小说外，还写下了有关犹地亚、小亚细亚、土耳其、希腊和埃及的游记。这些游记无论就画面的精细、观察力的高超，还是对遥远的异国的感受来说，都是罕见其匹的。

蒲宁是纯粹的"卡斯塔利亚"①学派（如果可以这样称呼的话）的第一流诗人。他的诗作至今没有得到充分的估价。其中不乏富有感染力的、善于表达难以捕捉的事物的真正的佳篇。

蒲宁一生期待幸福，描述人的幸福，寻觅通向幸福的道路。他在他的诗歌和散文中，在对生活和祖国的爱中找到了幸福，他曾说过一句至理名言，幸福只给予懂得幸福的人。

蒲宁度过了复杂的，有时是矛盾的一生。他的阅历、知识、爱、恨和写作都是丰富的，他不止一次走上歧途，然而他对祖国、对俄罗斯却始终怀着伟大、强烈、忠实而又温存的爱。

---

① 卡斯塔利亚是希腊神话中帕耳那索斯山上的诗泉名。

麦穗、芳草、蜜蜂、花木，
蔚蓝的天空，中午的酷暑……
大限一到，上帝便问游子：
"你在尘世生活得可幸福？"

可我会把一切都忘掉，
只记得芳草和麦穗间的那条小道，
甜蜜的泪水使我来不及回答，
就伏倒在仁慈的膝下颂祷①。

马克西姆·高尔基

关于阿列克谢·马克西莫维奇·高尔基，人们写的文章已多得铺天盖地，要不是他博大恢弘，你很容易就会望而却步，不好意思再去写他，哪怕只写一行，也无非是人家早已写过的了。

高尔基在我们每个人的生活中都据有重要地位。我甚至可以说，存在着一种"高尔基情结"，这是一种处处都觉得他参与我们生活的感觉。

对我来说，高尔基是整个俄罗斯的体现。就如我无法设想俄罗斯可以没有伏尔加河一样，我也无法设想俄罗斯可以没有高尔基。

他是拥有无穷才华的俄罗斯人民的全权代表。他爱俄罗

---

① 这是蒲宁的一首无题诗，写于 1918 年 7 月 14 日。

斯，对俄罗斯的一切都了如指掌，借用地质学家的术语来说，他对所有的"剖面"，不论是空间的还是时间的，都了然于胸。这个国家中的一草一木、一人一事，他全都用自己的目光，高尔基的目光观察过，无一忽略。

这是一位决定时代的人，像高尔基这样的人是可以开创纪元的。

我第一次见到他时，最为惊讶的是他非凡的气度。尽管他的背有些驼，而且声音嘎哑。当时他的精神已处于成熟和极盛时期，因此完美的内心世界在他的外表上、举止上、谈话风度上、衣着上——在他整个仪态上，刻下了不可磨灭的印记。

无论是他的大手、他专注的目光、他的步态，还是随随便便地，甚至带几分演员式的不修边幅穿在身上的西装，都流露出那种充满自信的高雅的气度。

有一位作家曾去克里米亚的捷谢里海滨，在高尔基的别墅中住过，他告诉过我高尔基的一件事。从此，他所讲给我听的高尔基的那种样子，便常常浮现在我的脑际。

有一天，这位作家一大早就醒了过来，下床走到窗前。海上起了风暴。从南方刮来一阵阵疾风，花园里一片喧声，风向标嘎嘎地响着。

在这位作家所住的小屋附近，有一棵高大的白杨树。要是由果戈理来形容的话，就会说这是一棵参天的白杨。这位作家看到高尔基正站在白杨树旁，拄着手杖，昂着头，凝神地注视着这棵大树。

白杨沉重、繁茂的叶簇，在疾风中颤抖、摇曳，发出飒飒的喧声。所有的树叶都被风吹得竖了起来，露出银光闪闪的反面。整棵树就像一架巨大的风琴，鸣奏出深沉的乐声。

高尔基摘下帽子，有很长时间，一动不动地站在那里，仰望着白杨树。后来，他说了句什么，便朝花园深处走去，一路上还停下来好几次，回首望着这棵白杨。

晚餐时，这位作家壮着胆子问高尔基，他早晨在白杨树旁说什么来着。高尔基并不感到奇怪，回答说：

"好吧，既然您在监视我的行动，我就只好坦白了。我说的是：多么强大的力量呀！"

有一回，我上高尔基在莫斯科城郊哥尔克村的别墅去探望他。那时正值夏天，空中飘着一朵朵蓬松的浮云，将透明的影子投在莫斯科河对岸繁花似锦的翠绿的山冈上，使一座座山冈益发绚烂了。阵阵熏风拂进屋来。

高尔基同我谈论我当时的一部新作——中篇小说《科尔希达[1]》，言语间当真把我当成了亚热带大自然的行家，这使我窘得无地自容。但尽管如此，我还是同高尔基争论了狗究竟会不会发疟子[2]，最后高尔基认输了，甚至和蔼地微笑着，说起他曾在波季亲眼看到过一群发疟子的母鸡，一只只羽毛蓬乱，有气无力地咯咯乱叫。

他讲得活灵活现，妙趣横生，我们现在这些人谁也没有能耐讲得那么好。

那时我刚刚看完我们的一个海员，格尔涅特船长写的一本出色的书。书名叫《冰天雪地中的苔藓》。

---

① 格鲁吉亚西部的古希腊名称。
② 帕乌斯托夫斯基的中篇小说《科尔希达》中有一个细节，描写猎人的一条狗发了疟疾，躺在那儿浑身发抖，牙齿紧咬着舌尖儿。

格尔涅特当年曾出任苏联驻日本的海运代表，这本书便是在日本写的，由他亲自排的版，因为日本的排字工人没有懂俄语的。书总共印了五百本，用的是日本一种非常薄的纸。

在这本书中，格尔涅特船长阐述了他有关使欧洲回复到中新世①亚热带气候的极富远见卓识的理论。在中新世时期，芬兰湾沿岸，甚至斯匹次卑尔根群岛②上，都郁郁苍苍地遍布木兰林和柏树林。

我不可能在这里详细地介绍格尔涅特的理论——这需要花去过多的篇幅。总之，格尔涅特无可辩驳地论证了如果能够使格陵兰岛的冰消融，那么中新世便会重返欧洲，自然界的黄金时代也就来到了。

这个理论唯一的欠缺之处，是根本不可能使格陵兰岛冰消雪融。不过现在，在发现了原子能后，大概也未尝不可以这样想了。

我把格尔涅特的理论讲给高尔基听了。他用手指在桌上敲着鼓点，我觉得，他听我讲无非是出于礼貌而已。我断断没有料到，他竟对这个理论产生了极大的兴趣，被这个理论的凿凿有据，甚至被它的某种气魄迷住了。

他久久地议论着这个理论，越谈越起劲，他要求我把这本书寄给他，以便在俄国大量重版。而且还长时间地谈到有多少我们万万料想不到的聪明、美好的事物在各处等待着我们。

可惜阿列克谢·马克西莫维奇没能来得及重版格尔涅特的

---

① 系地质时代中第三纪的第四个时期，约始于距今2 500万年前，结束于约1 000万年前。
② 位于挪威。

书，因为他不久就故世了。

维克多·雨果

维克多·雨果流亡期间，曾客居英吉利海峡中的杰西岛①，后来，人们在岛上为他树立了一座纪念像。

纪念像建在戳出于大洋之上的悬崖上。纪念像的基座很低，总共二十或三十厘米。基座被杂草淹没了，因此看上去，雨果好像直接站在地上。

雨果被塑成逆着狂风前进的姿态。他微微躬着身子，斗篷被风刮得飘了起来，他用手按住帽子，生怕帽子被风刮走。他正在全身心地同大洋的风暴加之于他的压力作着斗争。

纪念像所在的地方，是人迹罕到的荒野，从这里可以望到《海上劳工》中的水手吉利亚特自尽的那块岩石。②

四围凡目力所及的地方无不是汪洋大海，不平静的大洋在咆哮，用沉重的波涛冲击着悬崖的底脚，掀动着，摇晃着一簇簇的海草，隆隆有声地将它们冲入水下的洞穴。

每当大洋上弥漫着浓雾的时候，便会听到远处一座座灯塔的强音雾笛阴沉的号叫声。而一到夜里，灯塔的光便紧贴在洋面

---

① 1851年路易·波拿巴发动反革命政变，宣布在法国实行帝制，雨果和他的政派发表宣言试图反抗，但遭到失败，遂被迫流亡国外，长达19年之久。流亡期间，雨果先后居住在比利时的布鲁塞尔和大西洋中的英属杰西岛和盖纳西岛。
② 长篇小说《海上劳工》是雨果的主要作品之一，作于1866年。小说写青年水手吉利亚特暗中热恋一个少女，经出生入死，终于取得了与少女结婚的权利，但这时他发现少女的心另有所属，便毅然牺牲自己的幸福，以成全这一对恋人。他在替他们证婚后，便站在大西洋中一块岩石上目送新婚夫妇乘船离去，自己则听任汹涌的海浪将其吞没。

上，一直延伸到水平线。灯光常常陷入水中，时而出现，时而隐没。只有根据这个迹象，才能判断出大洋正在把多么汹涌的浪涛滚滚不绝地推向杰西岛的海岸，因而不时遮没灯塔的光。

每逢维克多·雨果逝世周年，杰西岛的居民总要在纪念像的基座前供上几枝槲寄生。这几枝槲寄生由岛民选出的一个最美丽的少女放到雨果的脚下。

槲寄生的叶子是椭圆形的，很密，很结实，呈橄榄色。根据当地迷信的传说，槲寄生可给生者带来幸福，使死者永受缅怀。

传说应验了。雨果死后，他的叛逆的灵魂至今仍在法国游荡。

雨果是一个像烈火一般狂热、激烈的人。凡生活中所看到的一切，他无不加以夸张，并据此把它们写下。他的视觉就是这样构成的。对他来说，生活是由激昂地、庄重地表现出来的一系列巨大的激情汇集而成的。

他是由·色的精神乐器组成的语言乐队的伟大指挥者。欢腾铿锵的喇叭声、咚咚的定音鼓声、尖厉凄切的长笛声、喑哑嘶叫的双簧管声，这就是他的音乐世界。

他书中的音乐，就像拍岸的巨浪那么壮烈。这乐声使大地为之战栗。也使人类脆弱的心灵为之战栗。

但是他并不怜悯人类的心灵。他狂热地力图用他的愤怒、喜悦和喧嚣的爱情感染全人类。

他不单单是自由的骑士。他还是自由的代言人，自由的报信者，自由的行吟诗人。他仿佛站在世界各地的十字路口，高声呐喊："公民们，拿起武器来！"

他像飓风，像龙卷风，挟着滂沱大雨、树叶、乌云、花瓣、硝烟和由帽子上撕落下来的帽徽，势不可挡地闯入古典主义的枯索的世纪。

这种风就叫做浪漫主义。

他一扫欧洲呆滞的空气，把不可遏止的幻想的气息注满了这个大陆。

我还是个小孩子的时候，就晕头转向地倾倒于这位狂热的作家。我一口气读了五遍《悲惨世界》。刚刚读完全书，当天又从头读起。

我弄到一张巴黎地图，把小说中提到的地方一一在地图上标示出来。我仿佛亲身经历了《悲惨世界》中的情节，直到今天，在我内心深处仍把冉阿让、珂赛特、伽弗洛什视作我童年时代的朋友。

自那时起，巴黎不只是维克多·雨果笔下的人物的故乡，也成了我的故乡。我虽然还未去过巴黎，却已爱上了它。而且这种感情一年强烈似一年。

维克多·雨果的巴黎，是同巴尔扎克、莫泊桑、仲马、福楼拜、左拉、儒勒·瓦莱斯①、阿纳托尔·法朗士②、罗兰③、都德④的巴黎同声相应的，是和维庸⑤、兰波⑥、梅里

---

① 儒勒·瓦莱斯(1832—1885)，法国作家，巴黎公社委员。
② 阿纳托尔·法朗士(1844—1924)，法国作家，共产党人。
③ 即法国小说家罗曼·罗兰(1866—1944)。
④ 都德(1840—1897)，法国小说家。
⑤ 维庸(1431—约1463)，法国中世纪抒情诗人。
⑥ 兰波(1854—1891)，法国诗人，晚期转向象征主义。

美①、司汤达、巴比塞②和贝朗瑞的巴黎同声相应的。

我曾收集有关巴黎的诗歌，把它们抄录在一个专门的本子上。可惜我把这个本子丢了，不过其中许多诗句我还能背诵出来。其中既有华丽的，也有朴素的。

> 经过多少世纪的祈求，
> 您终将来到这神话般的城市漫游，
> 您的灵魂将忘却种种非难，
> 您疲惫的手将瑟瑟发抖。
> 在卢森堡花园里，
> 您将像米尔热③笔下的咪咪，
> 沿着喷泉旁漫长的小径，
> 走向绿荫如盖的梧桐树底……

雨果唤起了我们许多人对巴黎的这种初恋，为此我们感激他。尤其是那些无缘亲眼看到这个伟大城市的人，更是感激他。

插在纽孔中的一朵小玫瑰花

（记尤里·奥列沙）

我曾多次同尤里·卡尔洛维奇·奥列沙相遇。每次相遇都

---

① 梅里美(1803—1870)，法国作家。
② 巴比塞(1873—1935)，法国作家，共产党人。
③ 米尔热(1822—1861)，法国作家。

使我久久难忘。我这就来讲其中一次相遇的情况。

这还是一九四一年七月，战争刚爆发时的事。我由蒂拉斯波尔附近的前线乘军用卡车抵达敖德萨，在火车站附近下车后，便直奔"伦敦饭店"。

我在阒无一人的普希金大街上匆匆地走着。天方破晓，下着瓢泼大雨。

战争爆发没几天，敖德萨的居民就用水把烟炱调稠，抹在南方白色的房子上。人们认为黑房子不像白房子那样容易在空中发现。

把房子抹黑这件相当费力的事，还有一个响亮的名称，叫做"迷彩"，可结果却完全是白费力气。这年夏天雨水特别多。第一场雨下来，就把房子冲得褪了色，只剩下一道道肮脏的水迹。

我沿着普希金大街走去，发觉这座我早就熟悉的可爱的城市已面目全非。这既是敖德萨，同时又不完全是敖德萨。我看着这座城市，觉得我好像是醒着的，同时又是在做梦。

雨水凶险地从落水管中哗哗地宣泄而下。四周除了雨点急促地打在铁皮屋顶上的响声外，没有一息声音。大概只有水淋淋的洋槐树叶发出的气味提醒人们，没有多久前这儿还是骄阳似火的炎夏。

当时不知为什么，我深信战争带来了一种新的空气。它把原先笼罩着大地的老的大气层，柔和的、温馨的、有时是雾蒙蒙的大气层一扫而光，代之以使一切地方，一切东西顿改原形的严酷、冷峭、空无一物的空气。这种新的空气好似稀释的硝酸甘油。它的气味像焦煳味再加上刺鼻的药物味。

想必是由于这种陌生的空气，由于大街小巷中死一般的沉寂，由于雨天的阴湿，我感到极度的孤独，仿佛走进了一座没有人烟的空城。

所以当我在"伦敦饭店"昏暗的前厅里，看到有个胡子拉碴、穿着一件皱巴巴的衬衫、用一条雪青色背带吊着裤子的老头儿时，我大有如释重负之感。

老人正坐在柜台后边看亚历山大·大仲马的《玛戈皇后》。

他面前点着一根黄色的蜡烛头，火苗一动也不动，一缕好不容易才能看到的青色的炭气，像根麻线一样由火苗中盘旋着向上升起。

"您是门卫吗？"我没有把握地问。

"假定是的吧。"

"可以在你们旅馆住宿吗？"

"多么奇怪的问题！"老人见怪了。"旅馆里一个人也没有。房间尽您挑。套间或者单间，悉听尊便。如果您喜欢讲排场，一个人可以住两套房间。哪怕住三套也行。而且分文不收。不顾血本，全部奉送！"

门卫说的这句话是旧社会的生意人和推销员的用语。

"不顾血本，全部奉送！"老人又重复了一遍。"再说您付钱给谁呢，一个人也没有了。旅行社已经撤退。我在这儿看守房子。"

"难道旅馆里一个人也没有？"我问道，因为我听到走廊里响起碎玻璃的声音。

"怎么没有？！"老人气愤地提高了嗓门。"难道您不把尤里·卡尔洛维奇·奥列沙算作人吗？"

"他在这里？"

"那还用说。您倒说说看，他不待在敖德萨，还能待到哪儿去。我早就认识尤里·卡尔洛维奇了。他是在这儿长大，在这儿生活的，那时敖德萨热闹得像旋转木马，整日整夜打着转。那年月，什么没见过呀：轮船、乌托奇金[①]们、时髦的女人、花花公子、船长、江洋大盗、意大利歌剧女主角、名医、小提琴演奏家，我全认识。我不认识，谁认识！现在敖德萨遭难喽。可人家奥列沙当年在这儿，现在仍然在这儿。他是个地地道道的敖德萨人，您懂吗！这会儿，他正一个人待在客房里。他生了一场病。每回空袭警报时，我就劝他去地下室躲躲。可他说什么也不肯去，反而跟我开起玩笑来。他跟我说：'索洛蒙·萨耶维奇，请您看着点儿，德国鬼子轰炸的时候，可别让他们把我的童话《三个胖国王》里写的那几盏路灯给炸坏了。'叫我回答他什么好呢？我只得也跟他开玩笑。我对他说，要是我做得了主，那我准把那几盏路灯给镀上银，让敖德萨永远记住这本书。"

我上楼直奔奥列沙的房间。他正倦容满面地坐在桌子旁，用他那龙飞凤舞的粗人的字体写着什么。

我们热烈地互吻了好几次。奥列沙没修面，一脸扎人的胡楂，人瘦得形销骨立。他刚生过一场赤痢。脸色憔悴蜡黄。可是一对眼睛却仍同往日一样锐利，含着善意的嘲弄。也同往日一样，这双眼睛随时打算燃起幻想和招之即来的灵感的火焰，

---

① 谢尔盖·伊萨耶维奇·乌托奇金(1876—1916)，最早的俄国飞行员之一。

随时打算射出确切而又出人意料的比拟的闪光。他一开口，生活顿时变得有意义了，光明了。是什么使生活变得这样的呢？是他的幽默、诗意和刹那之间就可洞察人的心灵的观察力的火焰。

我总觉得（事实上也许的确如此），尤里·卡尔洛维奇一生都在心里同天才、孩子、快活的妇女和善良的怪人无声地交谈。

他争论问题时是勇敢而又激烈的。他总是无情地、一针见血地击中论敌的要害。

在奥列沙身旁，时而稠密，时而稀薄地存在着一种特殊的生活，这种生活他是从周围的现实中筛选出来的，再饰之以高翔远翔的想像。这种生活在他周围生气勃勃地展开，就像他在《妒忌》一书中所描绘的花艳叶茂的树枝一样。

奥列沙身上有某种贝多芬式的像雷电般雄浑有力的东西。甚至他的声音中也有。他的洞微烛幽的锐目能够发现周围许多使人快慰的美好事物。他总是简练而正确地描写这些事物，因为他深知一条规律：两个字能产生空前强大的力量，反之四个字却比两个字的力量要小掉一大半。

屋角搁着一根自制的手杖，手杖柄上挂着一个方格背包。

"瞧，"奥列沙用头朝手杖和背包那边指了指，说道，"等到最后一小时，最后一分钟到来的时候，我就步行到尼古拉耶夫去，然后再去赫尔松。想要走到那里，一路上就得什么也不想，光走呀，走呀，走呀，只要两只脚还能走得动……顺便麻烦您一件事，请您给我去弄张地图，哪怕是教科书上的也行。

没有地图，我就难以走到那里了。"

我坐在那儿一边听他讲，一边迷迷糊糊地打起瞌睡来。得找个地方躺下来。哪怕睡上一个小时也好。奥列沙陪我走到旅馆空荡荡的走廊里，去挑选一间最好的房间。

几乎所有的窗子都被炸弹爆炸的气浪震碎了。穿堂风在旅馆内窜来窜去，拂弄着一条条满是尘土的厚实的大红窗幔。每当一阵穿堂风吹过，棕榈干枯了的树叶就发出飒飒的声响。

我睡意顿失。我们走进一间间房间，吹毛求疵地加以挑剔，没有一间看得中。一间嫌它有草莓香皂的气味，另一间壁镜打碎了，还有一间，墙上那幅油画《贵族的宴饮》在不久前的空袭中溅上了石灰。

临了，我们选中了一间最小最暗的房间，房间的窗子是朝内院开的。院里有好几棵百年的法国梧桐。

"好一个避弹所！"奥列沙说。"这是旅馆内最保险的一间房间。"

我连衣服也没脱，立刻就睡着了。一群返航的轰炸机的遥远的轰鸣声把我吵醒了。只见夕照映在洞开着的窗户上，老化得出现了鳞状波纹的窗玻璃被染成了金黄色。

我翻身下床，到奥列沙的房间去。他不在那里。后来在旅馆附设的狭长、昏暗的餐厅里找到了他。

这是一个有历史意义的餐厅。套用报纸通讯中的一句老生常谈，"它的四壁见到过"许多名人。曾几何时，这个大厅里还闪耀着水晶玻璃、银器、瓷器和白铜器皿的光芒。一张张餐桌上铺着挺括的浅蓝色台布，硬得像羊皮纸，一碰就发出窸窣的响声。状似葡萄串的枝形吊灯在有精美浮雕的天花板下荧光四射。冰块在一只只银制的小桶里叮当作响，菜单神秘而又豪华。

可现在餐厅内却冷落、昏暗，天花板下只点着一盏战时用的小灯，发出病恹恹的昏光。这盏灯从来不熄掉，两个像敖德萨一样老的侍应生，都是奥列沙的朋友，穿着尽是皱纹的白上衣，晃晃悠悠地在大厅内走来走去，给偶尔才有的顾客端来一杯没有糖的淡茶和滑溜溜的黑挂面。

奥列沙同一个神色忧郁、一声不吭的黑人坐在一张餐桌旁。这位黑人是敖德萨电影制片厂的演员。

"刚刚空袭过，"奥列沙对我说。"您睡着了，没能见着。好，您谈谈吧，对敖德萨有何'观感'？"

我回答说，战争爆发后，这个城市变了样，萧条多了，敖德萨人好像也失去了历来乐天活泼的性格。

"胡——扯——淡！"奥列沙一字一顿地、毫不含糊地说道。"敖德萨人不会灰心丧气，不会坐以待毙。他们的幽默、俏皮是同大无畏的精神糅合在一起的。他们俏皮、机智的谈吐哺育着他们的勇敢。您对敖德萨人抱有偏见。就像，比方说吧，对第欧根尼①抱有偏见一样。"

我当然明白，他这番话并不是针对我的，我从未当他的面谈起过对第欧根尼的看法，因为我对第欧根尼老实说谈不出什么看法来。第欧根尼不过是他的一个借口，想藉以引出一段俏

---

① 第欧根尼（锡诺帕的）（约前404—约前323），古希腊犬儒学派哲学家。他的观点反映了受压迫的贫民和部分自由民对大奴隶主的反抗。

皮的想像来。

"瞧，所有的人，包括您在内，"奥列沙说，"都认为第欧根尼是犬儒主义者的头目。可他算什么犬儒主义者！他是个胆小如鼠、昏聩糊涂的糟老头。顺便告诉您，他是住在酒桶里的。这也是因为他糊涂透顶的缘故。酒桶再差劲，一旦睡了进去，就算是居住的地方了。既然是居住的地方就得付房钱。可第欧根尼，谁都清楚，自打出世以来，身边从未有过一个铜板。酒桶主人三天两头儿威胁说，老头积欠了这么多房钱，非把他撵到大街上去不可。于是第欧根尼只好去找他那帮朋友，涨红了脸，结结巴巴地说：'给我点钱吧，我要付酒桶的款子。'这一下子，天哪，他那帮朋友闹开了，又是骂，又是叫：'给您钱去买酒桶？''无耻！''损人利己''犬儒主义者！'"

那个一声不吭的黑人突然放声大笑。奥列沙瞥了他一眼，说道：

"敖德萨人即使现在，在战争时期，也跟平日一样勇敢，乐天，快活。走，咱们到街上去逛逛，我可以担保，我们准能在什么地方看到不论什么情况下都不灰心丧气的敖德萨老人。这也是英雄主义的一种表现。"

我们走出了旅馆。落日把万里无云的天空染成了玫瑰红。林荫道上的树木发出飒飒的喧声。

在大海上空，有好几个大队的法西斯飞机正在朝奥恰科夫方向飞去。海军高射炮兵在对准它们开炮，传来了重浊而遥远的炮声。

我们朝希腊市场走去。据奥列沙说，那里有一家茶馆直到现在这样危急的时刻还照样营业，出售货真价实的摩尔达维亚绵羊奶干酪。

可我们没能走到希腊市场，我们遇到了空袭警报。民警们连连对空鸣枪（显然是为了警告那些未从收音机中听到警报的人）。除此之外，他们还把所有的行人撵到院子里去躲起来。

我们就近躲进了路旁的一个院子。这是一个典型的希腊式院落。这种院落几乎是无法用语言来描绘的，得亲眼看到它，甚至得在里边住上几天才能领会它的全部妙处。

这类院落是长方形的，四边都是老式的两层楼房。整座院落只朝街开一扇大门，供居民出入。希腊式房屋各层楼的每个单间和每个单元外边都有老式的露天木头阳台，以及同样老式的露天木梯。

顺着每幢房子的墙壁一字排开的露台，人一走上去就摇摇晃晃，发出叽叽嘎嘎的响声。它们是每个单间和每个单元的附加建筑，是人们最喜爱待的地方，因此也最热闹。

人们在露台上用煤油炉煎青花鱼和比目鱼，用"青黄鱼"①的鱼子熬著名的鱼子酱，给孩子们洗澡，洗衣服，同邻居骂架（一层住户跟另一层住户骂架），听留声机乃至跳舞。

我们走进去的就是这样一个院落。院落内空荡荡的。

德寇轰炸机发出钢铁的尖厉的啸声，俯冲而下，炸弹的爆炸声此起彼伏。高射炮弹的弹片啪啪地落在院子的砖地上。

我们躲到二楼的露台下面去躲避弹片。扫院子的老人坐在我们旁边一只木箱上打瞌睡，他肩上挂着一副破裂了的防毒面具。无论隆隆的爆炸声，呼啸声和尘土，都没有使他醒过来。

----

① 即鲟鱼，鲟鱼呈青黄色。

那尘土像一发发排炮似的由大街上直往院子里冲。

我们看到面对我们的门廊里有一扇厚实的门。这门显然通向一套独门独户的单元。门上钉有铜牌，上边刻着一行字："牙科医师伊·斯·瓦因特劳布"。

这个姓氏是按旧俄文拼写的，字尾上还有硬音符号，这说明瓦因特劳布在此地落户已经不知有多少年了。①

"还是革命前就在这儿落户了！"奥列沙指出。"这在现在看来，就跟还在耶稣降生以前或者还在大洪水以前一样久远了。"②

门廊旁边有一扇遮上窗帘的威尼斯式窗口。透过窗帘可以隐约看到橡皮树黑乎乎的叶子。

又有一架飞机嗥叫起来。响起了爆炸时金属炸裂的声音和高射炮的排炮声。

这时我们看到了一桩很普通、很平常的事。顺带说一句，事后我跟奥列沙回想起这件事时，都情不自禁地哈哈大笑，而且笑了很久，可为什么要笑，我直到今天还不理解。

是这么一回事。只见有个人气愤地一把拉开威尼斯式窗户上的窗帘，用手掌猛地砸了下窗子，窗啪的一声打了开来，两扇窗门左右开弓地弹到了两边的墙壁上。

一个上了年纪的犹太人从窗洞里探出身子。这人胡子拉碴，背带放得很松，衬衣皱巴巴。他十之八九就是瓦因特劳布

---

① 在词的末尾附有硬音符号是旧俄语拼写法。1918 年 10 月 10 日苏人民教育委员会制定的正字法新规则取消了词末尾的硬音符号。故有此说。

② 典出《旧约·创世记》，上帝后悔造人于地，使洪水泛滥地上 40 天。此处极言时间之久远。

医师本人。他手里拿着一张报纸，想必是在打瞌睡，用这张报纸盖住脸，免得苍蝇叮他。炸弹爆炸声和飞机号叫声把他吵醒了。

他用手撑住窗台，把身子探出窗外。血管硬化了的眼睛，由于狂怒而涨得通红，望着那架敌机发出魔鬼一般凶狠的厉叫声，低飞着掠过院子的上空。他愤怒地冲着飞机吼道：

"怎么？又来了！流氓！！"

他暴怒地对着飞机的背影啐了口唾沫，砰的一声把窗关上，刷地一下拉上了窗帘。

那个在震天响的轰炸声中也没醒过来的扫院子老人，这时却立刻惊醒了。他打了个哈欠，无可奈何地说道：

"这是我们大院里最不顾死活的人：真正的拿破仑！"

空袭结束了。我们走到街上。天已经在黑下来。

"您看见了吧，"奥列沙讲道，"我没瞎说吧。这就是不论处于什么情况下都不会灰心丧气的敖德萨老人。"

"不过是叫您碰巧碰着了，"我回答说。

我们朝"伦敦饭店"走去。歌剧院附近倒着一棵给连根拔起的洋槐，树根一直翘到一幢老式房子二楼的阳台上，根须挂住了阳台的栏杆。

大门口停着一辆急救马车。一滴滴鲜红的血从二楼的窗台上慢慢地往人行道上滴去。

一缕缕的浓烟在海上弥漫开去。在佩列塞皮沙洲上有什么地方起火了。但也可能是月亮正从沙洲的咸湖后边升起。

《三个胖国王》的路灯安然无恙。我心中的高兴不下于奥列沙本人。

关于奥列沙我还可以谈很多事，不过眼下还难以做到。他不久前故世了，我怎么也忘怀不了他那张美好的脸，这是一位在我们面前沉静地思考着问题的人的脸。我同样也忘怀不了他插在那件老式西装上衣纽孔中的一朵小小的红玫瑰。这件上衣我看到他穿了许多年。

米哈伊尔·普里什文

如果自然界也懂得知遇之恩，感谢人们通晓它的生活，感谢人们赞美它，那么它首先应当感谢的是米哈伊尔·普里什文。

米哈伊尔·米哈伊洛维奇·普里什文——这是他在城市中用的名字。至于在那些他觉得如同在家中一般自在的地方，如护林员的小木屋、雾霭沉沉的河滩地、绵亘在俄罗斯天空的浮云和繁星之下的旷野，人们只简简单单称他为"米哈伊雷奇"①。每当米哈伊雷奇离开他们去城里，他们显然就感到难受。在烦嚣的城市中，只有在铁皮屋顶下营巢的燕子，才能使他联想起"仙鹤之乡"。

普里什文的一生，是一个人摆脱坏境强加于他的一切非他所固有的东西，而只"按心灵的意志"生活的范例。这样的生活方式体现了最健全的理智。一个"按心灵"，按内心世界生活的人，永远是创造者，是造福于人类的人，是艺术家。

假若普里什文始终当农艺师(这是他最初的职业)的话，他

---

① 米哈伊雷奇是米哈伊洛维奇这一父称的简称，是一种表示尊敬的叫法。

的一生会有什么建树就不得而知了。至少他未必能够把俄罗斯的自然界像现在这样作为无比美妙、光明的诗的世界展示给千百万人。因为他不会有那么多的时间。作家要在他心灵中创造出这个自然界的"第二世界",创造出能够用思想充实我们,用艺术家所观察到的自然界的美来陶冶我们性情的第二世界,是必须目不旁骛,必须不间断地思索的。

要是我们把普里什文所写的全部作品仔细地读一遍,那么我们就会发现,他来得及告诉我们的,还不到他对自然界广博的见闻和精深的知识的百分之一。

对于像普里什文这样的大师,对于能够把飘落下来的每一片秋叶都写成一首长诗的大师来说,仅仅活一世人生是不够的。因为落叶是很多的。有多少飘零的树叶带走了普里什文来不及诉说的思想呀,他自己就曾说过,这些思想像落叶一样轻易地飘落了!

普里什文出生于古老的俄罗斯城市叶列茨。蒲宁也是这一带的人,他跟普里什文一样,也善于用人的思想和心绪的色彩点染大自然。

这是什么原因呢?显然是因为奥廖尔省东部的自然界,叶列茨周围的自然界,是极为俄罗斯式的,是极为朴素恬淡的。正是自然界的这种特性,甚至正是它那种一定程度上的森然萧瑟之气,锻炼了普里什文作为作家的洞微烛幽的洞察力。唯其因为是朴素的,就可更清晰地看到故土的优美,就可使目光更锐利,思想更集中。

朴素较之使人眼花缭乱的艳丽,诸如色彩斑斓的落霞、繁星闪烁的夜空、五光十色的热带植物,由绿叶和鲜花汇成的尼亚加拉大瀑布①等，对人的心能起到更强烈、更巨大的作用。

要写普里什文是一大难事。他所讲的话，需要记到秘藏的笔记本中去反复研读，在每个句子中去发现永远是崭新的珍宝。读他的作品，我们就好似顺着勉强可辨的小径进入泉水淙淙、绿茵芬芳的密林，置身在这位具有纯洁的理智和心灵的人的形形色色的思想和心绪之中。

普里什文认为自己"是一个被钉在散文十字架上的"诗人。其实他对自己的这种评价是不正确的。他散文中的诗的汁液，远比许多诗歌要浓厚得多。

普里什文的作品，用他自己的话来说，是"层出不穷的发现的无穷无尽的欢乐"。

我有好几回听到刚刚看完普里什文作品的人，掩上书，异口同声地赞叹说："这简直是真正的魔法！"

在跟他们进一步交谈后，我明白了他们这句赞词是指他们感受到了普里什文所特有的那种难以解释，然而却异常清晰的魔力。

怎么会产生这种魔力的呢？它的奥秘何在呢？他作品成功的窍门是什么呢？像"魔法"、"奇异"这类字眼通常都是用来形容童话的。可普里什文不是童话作家。他是大地之子，是"湿润的大地母亲"的儿子，是他周围世界所发生的一切的目击者。

普里什文的魅力的奥秘，他的魔法的奥秘，正是他这种洞

---

① 系美洲水量最大之瀑布，在北美洲尼亚加拉河上，宽约1 240米，河中一小岛名山羊岛，分瀑布为两段，左属加拿大，右属美国。

察力。

这种洞察力能够在每一件微乎其微的事情中发现有意义的东西，在周围一切貌似无聊的表面现象中，洞烛它们深刻的内涵。

普里什文笔下的一切都闪耀着诗的光辉，就像沐浴在露水中的亮晶晶的青草。一片最微末的白杨树叶都有它自己的生命。

我取过一本普里什文的书，打开来读着：

> 在一轮硕大、皎洁的月亮下，夜离去了，拂晓前，今年最早的一股寒流在大地上蔓延开来。万物染上了一层苍白的颜色，但水洼并没有上冻。当朝阳升起、大地回暖的时候，树木和青草便被大颗大颗的露珠冲洗一新，从昏暗的树林里伸出来的云杉的枝丫上也都缀满了熠熠闪光的花纹，即使动用全世界所有的钻石，怕也难以装点出这样一幅景象。

在这一小段真正由钻石镶成的文字中，并无华丽的辞藻，一切都简朴、准确，充满了不朽的诗意。

只消读一遍这段文字，你就会同意高尔基对普里什文的一句评语。他说普里什文具有一种"将普通词汇灵活搭配，给予你一种身临其境的感觉的十全十美的本领"。

但仅有这种本领还是不够的。普里什文的语言是人民的语言。这种语言是俄罗斯人在同自然界密切的接触中，在劳动中，凭借人民纯朴、睿智的性格形成的。

"在一轮硕大、皎洁的月亮下，夜离去了"，虽只寥寥数字，却活灵活现地勾画出夜在沉睡着的地域上空默默地、庄严地流逝的景象。此外，像"寒流在大地上蔓延开来"，"树木被大颗大颗露珠冲洗一新"，这都是生动的人民的语言，决不是拾人牙慧，或者是从笔记本上抄来的句子，而是出于作家自己的心裁。因为普里什文是人民中的一员，而不只是为了"搜集创作素材"，在一旁冷眼观察人民的人，遗憾的是，有不少作家却往往安于做一名旁观者。

植物学家有个术语，叫杂类草。这个术语通常用之于遍地野花的牧场。杂类草——这是河滩上繁茂得像一片片湖泊似的数以百计的各种各样欢乐的野花的总称。

普里什文的散文完全有权被称为俄罗斯语言的杂类草。普里什文的语汇像盛开的花朵一般闪耀着鲜艳的光泽。它们时而像百草一般簌簌细语，时而像清泉一般淙淙流淌，时而像小鸟一般唧啾啼啭，时而像最初的冰块那样叮当作响，最后，它们犹如行空的繁星，排成从容不迫的行列，缓缓地印入我们的脑海。

普里什文的散文所以具有魔力，正是因为他知识渊博。人类知识的任何领域都蕴藏有取之不竭的诗意。诗人们早就该明白这一点了。

要是诗人们熟谙天文学，那么他们所喜欢吟咏的星空在他们笔下就会壮丽得多。

吟咏夜晚，可是却不知什么星叫什么名称，因而只能泛泛地描绘星空，这是一回事，而诗人如果知道天体运行的规律，如果知道映在湖水中的不是笼统的星光，而是美丽明亮的猎户座，尽管吟咏的是同一个夜晚，却完全是另一回事了。

即使最不重要的知识也能向我们揭示美的新领域，这类例子是举不胜举的。在这方面，每个人都有自己的经验。

此刻我想起了一件事，普里什文仅用一个句子就给我解释清楚了我一向认为是偶然的一个现象。而且不仅止于解释，我认为，他还把一种合乎规律的美注满了这种现象。

我早就发现，奥卡河畔茂草丰美的春泛地上，有些地方一簇簇的野花繁茂得好似一个个单独的生机蓬勃的花坛，而有些地方在普通的青草中间，突然会出现一条由同一种野花构成的逶迤曲折的花带。这从小飞机"Y－2"上看得尤为清楚，这种飞机常常到草地上空去喷洒农药，消灭水塘和沼泽中的蚊蚋。

多少年来，我欣赏着这些由茁壮芬芳的野花构成的花带，在赞叹之余，总闹不清怎么会出现这种现象的。不过说句老实话，我对此从来没动脑筋去思考过。

后来，在普里什文的《一年四季》中，我找到了解释这种现象的答案，这个答案仅一句话，写在名叫《鲜花之河》的那一小节里：

在春汛时一条条水流经过的地方，如今到处都是一条条鲜花之流。

我读完这个句子，立刻恍然大悟，原来花带就生长在春汛流经的地方，因为汛水退后留下了肥沃的淤泥。这就像是一幅用花朵绘制成的春汛图。

在离莫斯科不远的地方有一条河，叫杜布纳河。数千年来，人们一直居住在这条河的两岸。这是一条尽人皆知的河流，已标入地图。它缓缓地流经莫斯科郊外绿油油的丘岗和平野，流经一座座开满啤酒花的小树林，流经像德米特罗夫、维尔比洛克、塔尔多马这样古老的城市和乡村。千千万万的人到过这条河畔。其中有作家、艺术家和诗人。可是没有一个人觉得这条河有什么特别惹眼的地方值得加以描绘。在它的岸边走过时，谁也没有如入奇境之感。

可是普里什文不但有如入奇境之感，而且还描绘了这条河。于是质朴的杜布纳河，在他笔下成了一次地理上的发现，透过朦胧的雾霭和微燃着的落霞，闪耀出了奇光异彩，成为我国最富于诗情画意的河流之一，有自己独特的生活，独特的植物，独特的景观以及沿河居民独特的生活方式和独特的历史。

我国过去有现在仍然有好些学者同时又是诗人，例如季米里亚泽夫[①]、克柳切夫斯基[②]、凯戈罗多夫、费斯曼[③]、奥布鲁切夫[④]、缅兹比尔[⑤]、阿尔谢尼耶夫[⑥]，再如年纪很轻就死去的植物学家科热夫尼科夫[⑦]。他写过一本纯科学的然而却引人入胜的书，专门谈植物生活中的春秋两季。

同样，我们过去有现在仍然有好些作家善于把科学写进中

[①] 克利门特·阿尔卡季耶维奇·季米里亚泽夫(1843—1920)，俄国自然科学家、植物学家，生理学家，达尔文主义者。

[②] 瓦西里·奥西波维奇·克柳切夫斯基(1841—1911)，俄国历史学家。

[③] 亚历山大·叶夫根尼耶维奇·费斯曼(1883—1945)，苏联地质化学家和矿物学家。

[④] 弗拉基米尔·阿法纳西耶维奇·奥布鲁切夫(1863—1956)，苏联地质学家，地理学家，冻土学家。

[⑤] 米哈伊尔·亚历山德罗维奇·缅兹比尔(1855—1935)，苏联动物学家。

[⑥] 弗拉基米尔·克拉夫季耶维奇·阿尔谢尼耶夫(1872—1930)，苏联远东考察家，民族学家和作家。

[⑦] A.B.科热夫尼科夫，苏联植物学家，生卒年月不详。

篇小说和长篇小说中去，而且是作为小说必不可少的组成部分写进去的。这样的作家有梅利尼科夫-彼切尔斯基[①]、阿克萨柯夫、高尔基、皮涅金等等。

但是普里什文在这些作家中占有特殊地位。他是个知识渊博的人，通晓民族志学、物候学、植物学、动物学、农艺学、气象学、历史、民俗学、鸟类学、地理、方志学以及其他领域的科学。他的所有这些知识都有机地进入了他的作家生涯。这些知识并非一大堆死的重荷。在他身上，它们是活生生的，不断地被他的经验，被他的观察所丰富，被他那种得天独厚的禀赋所丰富，这种禀赋就是他能一眼看出科学现象的最富于诗意的形态，并能通过不论是大的还是小的，然而始终是出人意料的例子来加以表现。

普里什文在写人的时候，仿佛总是微微眯起他的眼睛，以便洞烛人的心底。他对花哨的外表毫无兴趣。他感兴趣的是每个人心底的理想，不管这个人是伐木工人、制鞋工人、猎人还是赫赫有名的学者。

把人秘之于内心的理想揭示出来，这就是他的任务。可是要做到这一点是困难重重的。人身上再也没有比理想隐藏得更深的东西了。这也许因为理想经不住最轻微的嘲弄，即使是开一两句玩笑也会受不了，当然，更不用说听任冷漠的手去触摸它了。

只有对志同道合的人才肯把理想和盘托出。而普里什文正

---

① 巴维尔·伊凡诺维奇·梅利尼科夫(1818—1883)，俄国作家，笔名安德烈·彼切尔斯基。

是我国这些藉藉无名的理想家们的志同道合的人。即使举他的短篇小说《鞋子》为例也足以证明这一点了。这篇小说写了好几个来自玛丽亚林的像陀螺一样终日忙碌的制鞋工人，他们的理想就是给共产主义社会的妇女们制作世界上最精致、最小巧的皮鞋。

普里什文身后留下大量的笔记和日记，记下了他就写作技巧所作的思考和他的许多见解。他对写作技巧的了解，就如对自然界的了解一样透彻。

他有一篇议及散文的朴素简练的短篇小说，我认为，就思想的正确性而言，这篇小说堪称典范。小说名叫《著作家》。其中写到作家本人和一个牧童就文学所作的一席对话。

我这就援引于下。牧童对普里什文说：

"'你要是能照实写就好了，可你写的东西，没准儿全是编造出来的。'

"'不全是，'我回答说，'有那么一小部分是编造的。'

"'要换了我，我才不那么写呢!'

"'全都照实描写?'

"'对。哪怕描写黑夜也行嘛，描写沼泽里的黑夜是怎么过去的。'

"'你倒说说看，是怎么过去的?'

"'就这么过去呗! 夜。在深水潭旁边有一棵很大很大的灌木。我坐在灌木下边，小野鸭斯威斯、斯威斯地叫着……'

"他把话停了下来。我以为他大概是在寻找词汇，或者在等待形象出现吧。可就在这时，他突然掏出牛角风笛，开始在上边钻起第七个孔眼来。

"'那么下文呢?'我问。'你不是要把夜照实描写出来吗?'

"'我已经描写了,'他回答说,'全都是照实描写。一棵很大很大的灌木!我坐在灌木下,小野鸭子一宿斯威斯、斯威斯地叫个不停。'

"'太简短了。'

"'瞧你说的,太简短,'牧童诧异地说。'叫了整整一宿,斯威斯,斯威斯。'

"我回味着他讲的话,不觉称赞说:

"'太好啦!'

"'难道不好吗,'他说。"

在写作的事业中,普里什文是一个胜利者。我不由得想起了他的一段话:"……即使只有荒芜的沼泽目击你的胜利,它们也会像怒放的鲜花一样,变得异常美丽,于是春天将永驻在你身边,而且仅仅只有春天,那赞美胜利的春天。"

是的,普里什文的散文的春天将永驻于我国人民的生活之中,永驻于我们苏维埃文学中。

亚历山大·格林

在我青少年时代,我们中学生们都对《万有文库》着了魔,每出版一卷就一口气读完。这都是些小开本书,用小号铅字印,一色黄纸封面。

书价极其低廉。只消花十个戈比就可以读到都德的《达拉斯贡的戴达伦》或者汉姆生①的《神秘》，花二十个戈比便可读到狄更斯的《大卫·科波菲尔》或者塞万提斯的《堂吉诃德》。

《万有文库》只是作为例外才出版一两本俄国作家的作品。所以有一回我买了一本书名很怪，叫《捷卢里的蓝色瀑布》的新出版的《万有文库》丛书，见到封面上的作者名字叫亚历山大·格林，便自然而然地以为格林是个外国人了。

这本书收了格林的几个短篇小说。我至今记得，买了这本书后，我就站在书摊旁边，信手翻开书，读了起来：

世上再也没有比利斯更混乱、更奇妙的港埠了……这座语言庞杂的城市活像一个终于决心在偏远的居留地定居下来的流浪汉。一幢幢房子杂乱无章地散布在街道之间，其实这哪里是街道，不过是有一两分近似而已，利斯根本不可能有名副其实的街道，因为这座城市是坐落在断崖峭壁和山冈丘陵之上的，是靠阶梯、小桥和狭窄的山道连接起来的。所有这一切都掩映在蓊郁葱绿的热带植物中。在扇子状的绿荫下，闪烁着妇女像孩子一般纯洁、像火一般热情的眼睛。到处是黄灿灿的岩石，墨绿的树影，古老的墙壁上美丽如画的裂纹；在一座依丘而建的院落里，有个赤足的、抽着烟斗的孤僻的人正在修理一条大木船；远处飘来了歌声，歌声在一条沟壑中激起了回响；在帐幕和大伞下，一个个货摊架在木桩上；无处不是刀斧的寒光、鲜艳的连衣裙和馥郁的花香，那一阵阵的香气，使人像坠入梦

① 汉姆生(1859—1952)，挪威作家，原姓彼得森。

中那样暗暗地渴望着爱情和幽期；港口脏得像个扫烟囱的小伙子；高高收拢的风帆，它们的梦，像插有翅膀似的倏忽而逝的早晨，绿油油的海水，嶙峋的峭壁，和长天融成一色的海洋；一到夜间，满天燃亮着催人入睡的星光，一艘艘小艇载着欢笑声在海上游荡——瞧，这就是利斯港！

我站在繁花满枝的基辅栗树下，爱不释手地读着，直到把这篇像梦一般奇幻的不同凡响的作品读完。

猛然间，我感到一阵难以言说的愁闷，郁郁地向往着灼灼生光的熏风、海水淡淡的咸味，向往着利斯，向往着它炎热的曲巷、女人似火一般的眼睛、残留着白色贝壳的黄灿灿的粗糙的岩石，以及急速地飞向湛蓝的太空的玫瑰红的云烟。

不，岂止是一般的向往！我不可遏止地渴望亲眼见到这一切，不可遏止地渴望无忧无虑地去过这种自由自在的海滨生活。

就在这时，我想起，这个五光十色的世界中的一些景色，我曾经见到过。这位陌生的作家格林不过是把所有这些景色集于一页而已。可是我在哪儿见到这些景色的呢？

我没有花很多时间就回忆起了，这当然是在塞瓦斯托波尔，是在那座仿佛从大海的滔滔绿波中升腾至光耀夺目的太阳下，并由苍翠如碧空的树荫划成一条条的城市中看到这些景色的。塞瓦斯托波尔的全部欢乐的混乱，都在这里，在格林的作品中了。

我继续翻阅这本书，读到了一首水手的歌谣：

南十字座明亮地闪耀在遥远的穹旻，

只等第一阵风起，罗盘就离开梦枕，

上帝呀，保佑海船吧，

多多降福于我们！

那时我还不知道，格林小说中的歌谣都是他自己编的。

人们陶醉于醇厚的葡萄酒、灿烂的阳光、无牵无挂的欢乐、绚丽多彩的生活（这生活永不懈怠地为我们展示出它那迷人的角落中璀璨的光辉和习习的凉风），陶醉于"崇高的感情"。

所有这一切，都见之于格林的作品。它们犹如清新芳香的空气，令我们这些来自闷热、烦嚣、乌烟瘴气的市廛中的人陶然欲醉。

我就这样认识了格林的作品。后来，当我得知格林是俄国人，真名叫亚历山大·斯捷潘诺维奇·格林涅夫斯基时，并未感到特别惊讶。这也许是因为在此之前，我早已认定格林是黑海人，是巴格里茨基、卡达耶夫和其他黑海作家所属的那个作家群体中的代表人物了吧。

可是当我知道了格林的经历，知道了他是一个背叛者，一个无家可归的流浪者，过的是极端坎坷的生活时，我不由得大为诧异。真是难以理解，这个命途多舛的孤僻的人，虽然遭受了这么多苦难却仍能始终保持丰富、纯洁的想像力这种伟大的天赋，却仍能始终保持对人的信任和羞涩的微笑。无怪他在一篇文章中谈到自己时说，我"总能在陋屋的废物和垃圾之上，看到云彩的景色"。

法国作家儒勒·勒纳尔说过："我的故乡在那飘浮着最美丽的云彩的地方。"格林也完全有权把这句话用之于他。

即使格林逝世时，只给我们留下一部散文体的长诗《红帆》，也足以使他跻身于那些召唤人们去攀登尽善尽美的理想境地，并以这种召唤激励人心的优秀作家之列。

格林几乎以他的全部作品为幻想进行了辩护。为此我们应当感激他。我们知道，我们为之奋斗的未来，产生于人类的不可摧毁的天性——善于幻想，善于爱。

爱德华·巴格里茨基

可以事先警告为爱德华·巴格里茨基写传记的人，他们必定会大伤脑筋，或者如俗话说的，"吃足苦头"，因为巴格里茨基的生平是难以查证的。

巴格里茨基生前曾就自己的经历讲过许多子虚乌有的事情，讲得神乎其神，以致同他真实的生活紧密地混杂在一起，使人有时无从分清哪是真的，哪是假的。因此要再现真实，"仅仅是真实，除真实之外没有任何其他东西"，是不可能的。

再说，我也拿不准是否有必要花那么多力气去做分辨真伪这种吃力不讨好的事。巴格里茨基所杜撰的那一切，已成为他身世中具有典型意义的一部分。他自己也打心里相信这都是确有其事的。

没有这部分杜撰的经历，就无从想像这位长有一对笑盈盈的灰眼睛，说起话来气喘吁吁然而声音却很悦耳的诗人。

在爱琴海沿岸，住有一个叫做"黎凡特人"①的美丽种族，人人生性快活、精力充沛。这个种族是各个民族的人——希腊人、土耳其人、阿拉伯人、犹太人、叙利亚人和意大利人的融合。

我们苏联也有自己的"黎凡特人"。这就是"黑海人"。他们也是由许多不同民族的人融合而成的，全都乐天活泼，喜好说笑，勇敢无畏，全都神魂颠倒地热爱他们的黑海、灿烂的阳光、海港的生活、"敖德萨妈妈"、杏子、西瓜以及五光十色的沸腾的海滨生活。

爱德华·巴格里茨基就是属于这个种族的。

他有时像赫尔松橡木大船上懒洋洋的水手，有时像敖德萨捕鸟的"顽童"，有时像柯托夫斯基部队里那名放荡不羁的士兵，有时像梯尔·欧伦施皮格尔。

这些乍一看来似乎互不相容的气质，再加上对诗歌的忘我的爱和渊博的诗学知识，构成了这个人纯净的、富有魅力的性格。

我第一次见到巴格里茨基，是在敖德萨港的防波堤上。他刚刚写完一系列关于西瓜的诗歌——这不啻一首真正的史诗，诗中感觉与语言之丰富强烈，仿佛黑海在风暴大作时把汹涌的波涛溅入了他的诗中。

我们两人用那种有长长的牵绳的排钩在海里捕捉杜父鱼和鲱鱼。一艘艘由奥恰科夫驶来的黑色的橡木大船，张着缀满补

---

① 黎凡特指地中海东部诸国和岛屿，包括叙利亚、黎巴嫩在内的自希腊至埃及这一广大地区。黎凡特人则指这些国家和岛屿的人与法、意等民族的人所生的后裔。

丁的风帆，载着堆得像小山那么高的条纹西瓜，打我们旁边经过。刮起了大风，橡木大船颠来晃去，船舷不时没入海水中，在船的四周激起了水花。

巴格里茨基舔了舔咸滋滋的嘴唇，气喘吁吁地开始曼声吟咏起《西瓜》来。

诗中讲，有个姑娘在海边拾到了一只被海浪冲到岸上的西瓜，瓜上刻着一颗心，显然，这只西瓜是由翻掉了的小驳船上漂来的。

> 但是这里没有人能够告诉姑娘，
> 她手中捧着的是我的心灵！……

他喜欢背诵任何一位诗人的诗。他的记忆力是罕见的。他背诵诗时，即使背的是人人都能倒背如流的诗，也能出人意料地使其出现崭新的铿锵的音律。无论在巴格里茨基之前还是之后，我再也没听到过有人能把诗吟咏得这么好。

他把每一个字和每一句诗的所有音素都以完美的、回肠荡气的、催人落泪的声调吟咏出来。无论是彭斯的《姜大麦之歌》、勃洛克的《骑士的脚步》，还是普希金的《为了遥远的祖国的海岸》，一经巴格里茨基吟诵，听的人都会激动得喉咙哽塞。

打一大早起，我们俩就来到了防波堤上，所以还没吃过一点东西。我们由港口直奔希腊市场。那里有一家茶馆，每客茶还附带供应一份糖精、一小片黑面包和一块绵羊奶干酪。

当时敖德萨有一个乞丐老头儿，全城的人见了他都怕，因为他乞讨的方式与众不同。他从不低三下四，从不伸出瑟瑟发抖的手，用难听的鼻音央求说："老爷们，行行好！可怜可怜我这个残废吧！"

不，他才不这样呢！他高高的个儿，满脸斑白的胡子，一双血管硬化了的眼睛终日红彤彤的。他哪儿都不去，只去茶馆行乞，人还没进门，就用嘶哑的、打雷一般的嗓音咒骂起茶客来。

《圣经》中最厉害的先知耶利米①，历来被认为是无出其右的咒骂大师，但是如果他碰见这个叫花子，用敖德萨人的话讲，怕也要"甘拜下风"的。

"你们的良心哪里去了？你们还是不是人？！"老头儿厉声喝问，随即自己回答了这个取之于演说术的问题："你们这帮家伙算什么东西，自个儿坐在这儿又是吃面包，又是吃油汪汪的羊奶酪，却不顾别人的死活，我老汉打一大早起还没吃过一点东西，肚子空得像只桶！要是你们的娘老子知道你们变得这样没有心肝，准会高兴自己死得早，总算没见到你们丢人现眼。喂，同志，您干吗见到我就扭开头去？您耳朵聋了吗？我看您还是帮帮我这个饿肚子的老汉吧？好让您的黑心黑肺好受些！"

所有的人都掏钱给这个乞丐。谁都吃不消他的谩骂。据说，老头儿把讨的钱用来做盐的投机买卖，还做得挺大哩。

来到茶馆后，我们买了茶和不可思议的辣乎乎的绵羊奶干

---

① 基督教先知耶利米除由其助手巴录记下他的言论，成《耶利米书》和《耶利米哀歌》，收于《旧约》之外，还有《耶利米的信》。内容均为抨击、咒骂异族神祇的。

酪。干酪包在一块湿麻布里。吃了这种干酪，牙床都要发疼。

就在这时，那个老乞丐来了，人还没跨进门槛，就大声咒骂起来。

"好呀！"巴格里茨基恶狠狠地说。"这下他自投罗网了。只要他敢到我们跟前来。只要他敢过来试试！只要他有胆量过来！"

"过来了又怎么样？"我问。

"过来了就叫他倒霉，"巴格里茨基回答说。"哼，叫他倒大霉！只要他敢到我们桌子跟前来。"

老乞丐盛气凌人地走了过来。临了，他在我们身旁站停下来，有好几秒钟用狂怒的眼睛盯着那块干酪，喉咙里一个劲地发出咯咯的声音。老头儿大概由于气愤到了极点，连气都喘不上来，也就无法把怒火发泄出来了。可隔了一会儿，他终于清了清喉咙，厉声喝道：

"这两个后生小子什么时候才能天良发现！瞧他们把干酪急忙往嘴里塞的那副熊样，旁边的人都看得出，他们生怕分四分之一的干酪给我这个可怜的老人，我就不说二分之一了。"

巴格里茨基站了起来，把一只手按在心口上，目不转睛地逼视着血管硬化了的老头儿，开始轻声地、热情地、声音打着战，眼里噙着泪花，用一种悲剧式的紧张口吻念起诗来：

> 我的朋友，我的兄弟，疲惫的、受苦受难的兄弟，不管你落到什么样的境地，也不要灰心丧气……

老乞丐突然住口了，死死地盯着巴格里茨基看。他的红彤形的眼睛发白了。后来，他一步步地朝后退去，等巴格里茨基念到"你要相信，总有一天连巴尔①也会死去"的时候，他掉过身子，碰翻了一把椅子，撒开两条瘸腿，逃出了茶馆。

"瞧见没有，"巴格里茨基一本正经地说，"连敖德萨的叫花子也怕纳德松②！"

茶馆里哄堂大笑。

常常一连好几天，巴格里茨基连影子都不见。他跑到干咸湖那边的草原上，用套索捕鸟去了。

巴格里茨基在莫尔达万卡街的那间用石灰浆刷白的房间里，挂着好几十只鸟笼，里边养的尽是褪毛的小鸟。他见人就夸这些鸟，特别是夸那几只叫什么朱尔巴伊的鸟，据他说还是珍禽。这是一种长相难看的草原云雀，而且跟其他的鸟一样，羽毛也褪得不像样了。

从鸟笼里不断有啄碎了的谷粒窸窸窣窣地掉下来，落到客人们和主人的头上。

为了购买这些鸟的饲料，巴格里茨基花光了他仅有的一点儿钱。

敖德萨各家报馆付给他的稿酬低得可怜，那么精彩的诗，每首只给五至十个卢布。而这些诗，没过几年，就在全国青年当中广为传诵了。

巴格里茨基显然认为付给他这么低的稿酬是公平的。他不知道自己的真正价值，再说，他也怕银钱交往这类事，在这方

---

① 是《古兰经》中提及的偶像之一。系古叙利亚-腓尼基人崇拜的主要偶像。
② 谢苗·雅科夫列维奇·纳德松(1862—1887)，俄国诗人。

面，他的胆子是很小的。他头一次到莫斯科来时，从来不敢一个人上出版社和编辑部去，总要拖个朋友去给他"壮壮胆"。跟出版社交涉时主要由朋友开口，他自己一声不响，只在一旁微笑。

那次他来莫斯科，就住在奥贝丁胡同我家的地下室里。整整一个月，他只上街去了两次，其余的时间，就像土耳其人那样盘着腿，坐在沙发床上喘气，他患有哮喘病，老是咳嗽。

他四周摆满了书籍、别人的诗稿和空烟盒。他的诗就是写在这些烟盒上的。有时他把烟盒丢了，只难过一会儿就丢置脑后了。

没隔多久，他就正式迁居到莫斯科来了。这回他不再养鸟，而养了几大玻璃缸的鱼。他的房间简直成了水底世界。他常常会一连好几个小时坐在沙发上，出神地望着这些五颜六色的鱼沉思。

他从敖德萨防波堤上望见的那个神秘的水底世界差不多也是这样的——像珊瑚那样的水草的茎也是这样晃动，而蓝色的水母则张缩着身子，排开海水，慢慢地游着。

巴格里茨基还没有来得及静下心来，还没有来得及做好准备，以便如他所说的再去攻下几座诗歌的险峰，就过早地死了。

他出殡时，在他灵柩后边，有一连骑兵护送，马蹄铁敲着花岗石的马路，发出响亮的嘚嘚声，使人不禁联想起《奥帕纳斯之歌》[①]，联想起他笔下柯托夫斯基那匹"闪耀着像精制块糖

[①]《奥帕纳斯之歌》是诗人巴格里茨基所著的一首长诗，问世于1926年。

一样的亮光"的坐骑，联想起瑰玮的草原之诗。这诗和巴格里茨基手携手地一同走在尘土飞扬的灼热的大道上，这诗是《伊戈尔远征记》^①和塔拉斯·谢甫琴科的继承者，像薄荷的香味一样浓烈，像沿海的姑娘一样黝黑，像飘拂在故乡黑海上空的清风一样欢快。

---

① 系俄罗斯古代文学中的一部重要史诗，于1185—1187年间由一位不知名的作者所写。

洞察世界的艺术

绘画教人怎么去看和怎么才能看见（看与看见是不同的两件事，只有很少的人才能把两者统一起来）。因此绘画保存了儿童所特有的那种生趣盎然的、天真未凿的感情。[①]

亚历山大·勃洛克

令人驻足赞叹的往往是对人的生活并无任何用处的东西，如触摸不着的倒影，无法播种的巉岩，天空奇妙的色彩。

约翰·罗斯金[②]

有一些无可争议的真理常常由于我们的懒惰与无知而备受冷遇，未能对人类的活动产生影响。

这类无可争议的真理中，有一条同作家的技巧，尤其是同散文作家的技巧有关。这条真理是：所有与散文相邻的艺术领域——诗歌、绘画、建筑、雕塑和音乐——的知识，能够大大丰富散文作家的内心世界，并赋予他的散文以特殊的感染力，使之充满绘画的光与色、诗歌语言所特有的新鲜性和容量、建筑的和谐对称、雕塑线条的清晰分明、音乐的旋律和节奏。

所有这一切都是散文的附加财产，仿佛是它的补色。

我对那些不喜欢诗画的作家是不信任的。这种人很可能是草包，至少治学态度不严谨，有几分懒惰和傲慢。

一个作家如果是行家而不是匠人，如果是一个财富的创造者，而不是庸人，只知道像嚼美国口香糖那样一味地从生活中吸吮安乐，那么他就不应当忽视任何可以开阔他视野的东西。

我们往往在看完一个短篇小说或者中篇小说，甚至长篇小说后，什么印象都没有留下来，除了一堆混杂在一起的单调乏味的人物之外。你竭力想看清这都是些什么人，可是却看不清楚，因为作者没有赋予他们丝毫生动的特征。

这类短篇小说、中篇小说和长篇小说的情节是在某种没有光和色的凝冻的日子中发生的，是在作者只知其名而从未见到过的事物中发生的，因此他无从告诉读者这些事物究竟什么模样。

这类小说尽管写的是当代题材，然而却是平庸之作，作者写小说时的那种劲头，往往只不过是虚火而已。除了虚火上升，他在写作时并没有感受到欢乐，特别是劳动的欢乐。

所以会出现这种可悲的局面，不只是因为这类小说的作者缺乏激情，缺乏文化修养，而且还因为他们的眼睛如同鱼目一般迟钝。

读到这样的中长篇小说，真想一拳把它们砸碎，就像走进满是灰尘的闷热的房间后想一拳砸碎密封的玻璃窗一样。只消

---

① 引自勃洛克的文章《色彩与语言》。
② 罗斯金(1819—1900)，英国作家，政论家，艺术评论家、画家。

碎玻璃哐啷啷地四溅开去，那么外面的风雨声、孩子的嬉闹声、机车的汽笛声、湿漉漉的马路的闪光便会立即涌进屋来——整个生活，连同生活中乍一看来杂乱无章，然而却异常美好、异常丰富的光、色、声，便会纷至沓来。

我们有不少书仿佛是由瞎子写的。可这些书却偏偏是写给明眼人看的。这就是出版这些书荒唐之所在。

为了能洞烛一切，不仅需要睁开眼去看周围的事物。而且还必须学会怎样才能看见。只有热爱人们，热爱大地的人，才能清楚地看见人们和大地。一篇散文作品如果写得苍白无色，像件破褂子，那是作家冷血所造成的恶果，是他麻木不仁的可怕症状。但有的时候，也可能是因为作者水平差，缺乏文化修养。如果是后者，那就像常言说的，尚可救药。

怎样才能看见，才能认识光和色呢？这事画家能够教会我们。他们比我们看得清楚，而且他们善于记住他们所看见的东西。

我还是个青年作家时，一位我认识的画家对我说：

"您，我的亲爱的，看东西不怎么清晰。有点儿模模糊糊，而且浮光掠影。根据您那些短篇小说可以判断，您只看见了原色和色彩强烈的表面。至于色彩的明暗层次，以及间色、再间色等等，在你眼里看出去，都混合成某种千篇一律的东西了。"

"这我有什么办法！"我辩解说。"天生这么一双眼睛。"

"胡扯！好的眼睛是靠后天培养出来的。好好地锻炼视力，别偷懒。要像常言说的，一丝不苟。看每一样东西时，都必须抱定这样的宗旨，我非得用颜料把它画出来不可，您不妨试这么一两个月。坐电车也罢，坐公共汽车也罢，不管在哪里，都用这样的眼光看人。这样，只消两三天后，您就会相信，在此之前，您在人们脸上看到的，连现在的十分之一还不到。两个月后，您就可学会怎么看了，而且习惯成自然，无须再勉强自己了。"

我照这个画家的话做了，果然，人也好，东西也好，都比我以前浮光掠影地去看他们时要有趣得多。

于是我为自己糊里糊涂地浪费掉了那么多一去不复返的光阴而感到痛惜。若非如此，在过去的岁月里，我可以看到多少美好的东西呀！多少有趣的东西就这么逝去，再也不可能追回了！

这就是画家给我上的第一课。第二课是比较直观的教学。

有一年秋天，我由莫斯科去列宁格勒。但不走经过卡里宁和博洛戈耶的那条路线，而由萨维洛沃车站上车，经过卡利亚津和赫沃伊纳亚。

许多莫斯科人和列宁格勒人甚至压根儿不知道有这么一条铁路线。这条路线虽说要绕点儿弯，但比人们通常走的那条去博洛戈耶的路线要有趣得多。这条路线之所以饶有趣味，因为要经过荒野和森林地带。

与我同坐一个包房的是个矮个儿，穿的衣服又肥又大。一对眼睛又小又窄，但是却炯炯有神。这人带一只装满油画颜料的大箱子和好几卷打好底子的画布。不难猜出这是一位画家。

我们攀谈起来。我的同车人告诉我说，他去季赫文市郊区，他有个朋友在那里当护林员，他将住在护林哨所里，描绘秋天。

"那何苦要跑这么远，到季赫文郊区去？"我问。

"我在那里看中了一个地方，"画家很信任我地回答说，"是个好得不能再好的地方！上哪儿也找不出第二个这样的地方了。清一色的白杨林！只是偶尔才有几棵云杉。一到秋天，白杨树就披上了华丽的盛装，没有一种树能比得上白杨。它的树叶可说是五彩缤纷。有绛红的、淡黄的、淡紫的，甚至还有黑色的，上边洒满金色的斑点。在阳光下像是一堆灿烂的篝火。我在那里画到秋末。冬天，我就上列宁格勒那边的芬兰湾去。您知道吗，那里有全俄国最好看的霜。像这样的霜我在哪儿都没见到过。"

我跟我的同路人说，当然只是开开玩笑，他既然有这样渊博的知识，何不给画家们写一本旅行指南，告诉他们上什么地方去画什么，一定很有价值。

"您怎么这样想呢！"画家一本正经地回答道。"写本指南并不难，就是没什么意义。现在各人分头去给自己寻找美的地方，可出了本指南，大伙儿就会拥到一个地方去。那就远不如现在了。"

"为什么？"

"因为像现在这样，国家就可以更加千姿百态地展现出来。俄罗斯的土地是那么美，够我们所有的画家画上几千年。可是，您知道吗，"他忧心忡忡地加补说，"不知为什么，人现在开始糟蹋和毁坏土地。要知道，土地的美，是一种神圣的东西，是我们社会生活中的一种伟大的东西。这种美是我们的终极目的之一。我不知道您怎么看，反正我是深信这一点的。一个人如果不理解这一点，还算得上是什么先进的人呢！"

午间，我睡着了，可没多久我的同车人就把我推醒了。

"您可别见怪，"他讪讪地说，"不过我还是劝您起来的好。出现了一幅惊人的图画——九月的雷雨。您看看吧！"

我朝窗外瞥了一眼，只见南边高高地升腾起密密层层的乌云，遮没了半个天空。乌云不时被闪电劈开。

"我的妈呀！"画家惊叹说。"多少色彩呀！像这样的明暗层次，即使你是列维坦，也画不出来。"

"什么样的明暗层次？"我茫然地问道。

"天哪！"画家绝望地说道。"您这是往哪儿看呀？瞧那边——那儿的森林暗得发黑了，没一点亮光；这是因为乌云的阴影把它遮住了。你再往远处看，那儿的森林上却星星点点地洒满了淡黄和淡绿的斑点，说明朦胧的阳光穿过云堆投到了那上边。而再远一些，森林还完全处在阳光之下。看见了吗？那一条森林像是用赤金打成的，整个儿玲珑剔透。活像是一堵雕花的金墙。或者像是由我们季赫文的绣花能手用金线绣成的一条长长的围巾，铺展在天的尽头。您现在往近一点儿的地方看，看那排云杉。您看到针叶上青铜色的闪光了吗？这是那堵金色林墙的反光。金墙把它的光投到云杉上，丁是出现了反光。这种反光是很难画的，一不小心就会弄巧成拙。您瞧那上边，只有一点儿非常微弱的光，色彩明暗的层次是那么细腻，依我看，非炉火纯青的大手笔是画不出来的。"

画家看看我，笑道：

"秋天的树林的反光的力量有多大呀！整个包房好像洒满了落日的余晖。尤其是您的脸。要是能这样给您画张像就好了。但是遗憾得很,这一切都是倏忽即逝的。"

"画家的本领就在于此,"我说,"使倏忽即逝的东西得以保留好几百年。"

"我们在设法尽力做到,"画家回答说。"假如这种倏忽即逝的东西,不是像现在这样意想不到地出现,使我们措手不及的话。说实在的,当画家也够烦的,须臾不得离开颜料、画布和画笔。你们作家就好办得多了。你们把这些颜料都存放在记忆里。您瞧,这景色瞬息万变。森林一会儿光华熠熠,一会儿又昏暗无光,变得多快呀!"

许许多多被扯碎了的白云,赶在酝酿着雷雨的乌云前面朝我们奔驰而来。果然,它们正以迅捷的运动,把大地上的各种色彩糅合在一起。在森林的远方,紫红、赤金、白金、翠绿、绛红和深蓝等等色彩,开始混杂在一起了。

偶尔有一线阳光,穿过浓密的乌云,落到几棵白桦树上,于是这几棵白桦便一棵接着一棵突然放出光焰,犹如一把把金色的火炬,但随即就熄灭了。雷雨前的狂风一阵接着一阵刮来,更加深了这种色彩的混杂。

"啊,天空呀,什么样的天空呀!"画家喊道。"您瞧!它能创造出什么样的奇迹呀!"

酝酿着雷雨的乌云冒着灰蒙蒙的烟气,急遽地降至地面。乌云全是黑页岩的颜色。但是每当迸发一道闪电,乌云中就会现出淡黄色的凶险的龙卷云,出现蓝色的洞穴和被昏暗的、玫瑰色的火焰从里边照亮的曲曲弯弯的裂罅。

雷电刺眼的强光在乌云深处变成熊熊燃烧的铜汁般的光焰。而在贴近地面的地方,在乌云和森林之间,已垂下一道道暴雨的雨带。

"真是蔚为壮观!"画家激动地喊道。"像这样的壮观可不是经常能看得见的!"

我们两个人从包房的窗口转移到走廊的窗口。风把拉拢的窗帘吹得颤抖不已,这就益发加剧了光线的闪烁明灭。

大雨倾盆而下。列车员急忙过来拉上车窗。一股股斜雨顺着窗玻璃哗哗地向下流去。顿时天昏地暗,只有在很远很远的地方,已在地平线上了,透过雨幕,还可看到最后一抹森林在闪耀着金光。

"您记住点什么没有?"画家问道。

"稍微记住了一点。"

"我也只稍微记住了一点,"画家伤心地说。"等到雨过天晴,色彩还要强烈。您明白吗,那时太阳就会把水淋淋的树叶和树干照得发出金光。我建议您不妨在阴天下雨之前,仔细地观察一下光线。您会发现雨前是一个样,下雨时是一个样,等到雨停了又是一个样,跟雨前截然不同。这是因为潮湿的树叶能使空气中增添一种微弱的光。一种晦暗、柔弱、温暖的光。总的来说,我的亲爱的,研究光和色是一种莫大的享受。即使再好的职业请我去十,我也宁愿当画家,决不愿意改行。"

半夜里,画家在一个小站下车了。我走到站台上同他告别。站台上点着一盏煤油灯。机车在前面沉重地喘着大气。

我羡慕这位画家。在羡慕之余,我不禁有点愤愤然,为什么我要被杂务缠住身子,逼得我必须继续前行,而不能在北方哪怕逗留几天时间。要知道,这里每一枝帚石南都能唤起你那么多的联想，足够你写好几篇散文诗。

此时此刻，我特别感到难受和委屈，何以在生活中，我一如所有的人，不允许自己随心所欲地生活，而要终日忙于那些刻不容缓的非办不可的事情。

自然界中的光和色单靠观察是不够的，而应当全力以赴地加以研究，并乐此不倦。对于艺术来说，只有那种在心中占有牢固地位的素材才是有用的。

对于散文作家来说，绘画之所以重要，并不仅仅在于绘画可以帮助他们看到并且爱上光和色。绘画之所以重要，还在于画家往往能看见我们视而不见的东西。我们总是要等到他们画了出来，才会开始看见他们所画的东西，并且大为诧异，自己过去怎么没有看见。

法国画家莫奈①到伦敦后，画了一幅威斯敏斯特教堂②。莫奈是在伦敦通常的雾日内作这幅画的。在莫奈的这幅画中，教堂的哥特式轮廓在雾中若隐若现。是一幅至精之品。

可是展出这幅画时，伦敦人却为之哗然。他们感到惊愕，莫奈怎么把雾画成紫红色的，雾分明是灰色的，这是尽人皆知的事。

莫奈的鲁莽起初引起了人们的愤怒。可是这些愤怒的人走到伦敦的大街上，仔细地观察过雾后，平生第一次发现雾果真

---

① 莫奈(1840—1926)，法国画家，印象画派的创始人之一。
② 系英国伦敦基督教新教教堂。相传始建于公元616年，后各世英王均有扩建。为英国国王加冕和重要的皇家与国务活动场所，也是国王及著名人士卜葬之地。牛顿、狄更斯、达尔文等均葬于此。

是紫红色的。

于是人们开始寻找雾何以发红的原因。他们都同意这样的解释，雾所以会发红，是因为伦敦的烟太多了。加之伦敦的房屋又都是用红砖砌的，因此雾也染上了红色。

不管怎样解释，反正莫奈胜利了。自从他画了这幅画之后，所有的人都开始用这位画家的目光来看伦敦的雾。人们甚至称莫奈为"伦敦之雾的创造者"。

不妨举一个我自己生活中的例子。我在看了列维坦的画《在永恒的宁静之上》以后，平生第一次发现俄国的阴天拥有丰富的色彩。

在此之前，在我的眼里，阴天只有一种单一的忧郁的色调。我曾经认为，阴天之所以勾起人们的愁思，正是因为它吞没了一切色彩，把灰暗的阴霾遮蔽了大地的缘故。

但列维坦却在这种阴郁的氛围中，看到了某种庄严乃至壮丽的色调，进而在其中发现了许多纯净的色彩。从此阴天就不再使我感到压抑。相反，我甚至爱上了阴天，爱阴天空气的清新、令人面颊发烧的寒冷、河上泛起的银灰色涟漪和乌云沉滞的移动。最后，我之所以爱阴天，还因为每逢这种天气，我就分外珍惜人间那种最普通的安乐——温暖的农舍、俄罗斯式火炉中的火焰、茶炊的吱吱声、在干草上罩一条粗布床单的地铺、打在屋顶上的令人昏昏欲睡的雨声和甜蜜的睡梦。

几乎每一位画家，不论他属于哪一个时代或哪一个流派，都向我们揭示了现实的某些新的特征。

我曾有幸多次参观德累斯顿绘画陈列馆①。那里除了拉斐尔②的《西斯廷圣母》外，还有古代美术大师们的许多作品。在这些作品前站停下来是危险的。它们将不放你走开。你会一连好几个小时乃至一连好几个昼夜地观看它们，而且观看得越久，心头那种莫名的激动就会越厉害。这种激动会发展到使你热泪盈眶的地步。

何以会热泪盈眶呢？因为在这些油画中，精神的完美和天才的威力敦促我们也力求使自己的思想趋于纯洁、坚定和高尚。

当我们在观赏美的时候，心头会产生一种骚动感，这种骚动感乃是渴求净化自己内心的前奏，仿佛雨、风、繁花似锦的大地、午夜的天空和爱的泪水，把荡涤一切污垢的清新之气渗入了我们知恩图报的心灵，从此永不离去了。

印象派画家似乎把阳光倾满了他们的画布。他们总是直接利用外光描绘对象，有时也许故意加强色调。所以在他们画中，大地始终辉耀着某种欢快的光。

大地变成了欢快的大地。这又有什么罪过呢，就像任何能给人增添即使一丝欢乐的东西一样，是无罪可言的。

印象画派就像过去的时代一切丰富的遗产一样，是属于我

---

① 世界著名艺术博物馆之一。在德国德累斯顿市，从 16 世纪萨克森王族在宫廷中设立艺术室，收藏历史、自然珍品及少数美术品开始，后经 18、19 世纪大量收集和不断补充，成为拥有西欧名画最丰富的宝库之一。其中以意大利文艺复兴时期的作品尤为突出，有提香、拉斐尔、鲁本斯、丢勒、贺尔拜因、委拉斯开兹和伦勃朗等画家的作品。
② 拉斐尔(1483—1520)，意大利文艺复兴盛期画家和建筑家。《西斯廷圣母》是他的代表作之一。

们的。否定印象画派，岂不等于有意和自己过不去，硬逼着自己画地为牢吗？要知道，我们谁也不至于去否定《西斯廷圣母》，虽然这幅才气横溢的杰作画的是宗教题材。对我们来说，革新家毕加索[①]，印象派画家马蒂斯[②]、凡·高或者高更有什么危险可言？顺便提一句，高更曾参与反对法国殖民者的斗争，以争取塔希提岛人的独立，这样的人对我们来说有什么危险可言呢？

这些画家的创作中究竟有什么危险的或者不好的东西呢？得要有什么样的嫉贤妒能或者见风使舵的脑袋才会想出必须从人类文化，包括俄罗斯文化中排除掉这样一群璀璨生辉的画家的念头？

我与那位画家告别后到达了列宁格勒。这个城市的广场以及谐和的建筑物的那种庄严的格局重又展现在我面前。

我久久地望着这些建筑物，想洞烛它们在建筑术上的奥秘。这奥秘便是：这些建筑物事实上并不高大，为什么会给人以宏伟的印象。即以参谋总部大厦来说吧。它是最出色的建筑物之一，位于冬宫对面，展开成徐缓的弧形，最高处不过四层楼。可它显得比莫斯科的任何一幢高楼大厦都要宏伟得多。

答案是很简单的。建筑物的宏伟取决于它的对称，取决于它的谐和的比例和适可而止的装饰——窗框上的装饰面板、花样装饰和浅浮雕。

仔细观察这些建筑物，你就会懂得高明的审美力首先表现

---

① 毕加索(1881—1973)，法国画家，原籍西班牙，真姓是路易斯。
② 马蒂斯(1869—1954)，法国野兽派画家，他的艺术根植于后期印象派。

为分寸感。

我始终认为局部与局部之间的对称和朴实无华(正是这种朴实无华才能显示出每一根线条,给人以真正的享受)这两个规律,与散文有某种关系。

一个热爱古典建筑的完美形式的作家,是不会让自己写出叠床架屋、结构繁复的散文作品的。他必然力求使散文的各个局部之间谐和对称,使遣词造句严谨朴实。他必然避免过多地使用装饰物,即所谓的图案装饰风格,因为这种风格只可能使散文作品淡而无味。

散文作品的结构必须精炼到不能删去一句,也不能增加一句,否则就会损害作品要叙述的内容以及事件的合乎规律的进程的那种地步。

我像每次在列宁格勒时一样,把大部分时间都花在俄罗斯博物馆和艾尔米塔什博物馆①内。

艾尔米塔什博物馆各间大厅内那种闪耀着镀金颜色的微微有点昏暗的光线,在我心目中是神圣的。我步入艾尔米塔什博物馆时,总有如入人类才华的宝库之感。我还是个青年时,在艾尔米塔什博物馆内,第一次觉得做个人是幸福的。并且懂得了人怎样才能成为伟大的人,成为好人。

起初我流连于阵容强大的画家队伍之间。色彩的丰富和浓重,使我头晕眼花,为了休息一会儿,我走进了雕塑陈列厅。

我在那里坐了很久。我越是长久地望着由无名的希腊雕塑

---

① 世界著名艺术博物馆之一。在俄罗斯的圣彼得堡。18 世纪时,在宫廷藏品的基础上建立起来。现藏有珍贵的原始及古代文物、东方各国金银和青铜器皿及西欧文艺复兴时期各代表画家的作品。

家们雕塑的人像或者由卡诺瓦雕塑的挂着一抹若隐若现的微笑的妇人，就越是清楚地理解所有这些雕塑本身都是对美的召唤，是人类无限纯洁的朝霞的先声。到了那一天，诗歌将主宰人心，而那种社会制度，即我们以长年累月的劳动、操心和毫不懈怠的精神向其走去的那种社会制度，将建立在正义的美之上，建立在良知、心灵、人们的关系和人们的肉体的美之上。

我们走的这条道路是通向黄金世纪的道路。这个世纪是必然会来到的。当然，遗憾的是我们活不到那一天。但是我们应该感到幸福，因为这个世纪的风已在我们周围飒飒地吹响，使我们的心跳动得更加剧烈了。

无怪海涅每次去罗浮宫博物馆，都要一连好几个小时坐在米洛斯的维纳斯雕像①前哭泣。

他哭什么呢？他哭人的完美遭到了玷污。哭通向完美的道路是艰辛的，遥远的，而他，海涅，一个把自己智慧的毒汁和光辉都奉献给了人们的人，当然不可能到达迦南②，可是这个地方却是他不安的心所终生向往的。

这便是雕塑的力量，没有这种力量内在的火焰，就不可能想像会有进步的艺术，尤其是我们国家的艺术。从而也就不可能想像会有扣人心弦的有分量的散文。

在转而谈诗歌对散文的影响之前，我想先谈儿句音乐，何况音乐和诗歌有时是不可分割的。

① 指 1802 年在希腊米洛斯废墟发现的著名的维纳斯像。
② 典出《旧约·出埃及记》第 3 章。所谓迦南即"美好宽阔流奶与蜜之地"。

这段涉及音乐的议论是很简短的，所以只能局限于谈我们所谓的散文的节奏和音乐性。

真正的散文总是有自己的节奏的。

散文的节奏首先要求作者在行文时，每个句子都要写得流畅好懂，使读者一目了然。契诃夫在给高尔基的信中就曾谈到这一点，他说，"小说文学必须在顷刻之间，在一秒钟之内"，就使读者了然于胸。

一本书不应当让读者看不下去，弄得他们只好自己来调整文字的运动，调整文字的节奏，使之适应散文中某个段落的性质。

总而言之，作家必须使读者经常处于一种全神贯注的状态，亦步亦趋地跟在自己后面。作家不应让作品中有晦涩的或者无节奏感的句段，免得读者一看到这里就不得要领，从而摆脱作者的主宰，逃之夭夭。

牢牢地控制住读者，使他们全神贯注地阅读作品，想作者之所想，感作者之所感，这便是作者的任务，便是散文的功能。

我认为散文的节奏感靠人为的方法是永远难以达到的。散文的节奏取决于天赋、语感和良好的"作家听觉"。这种良好的听觉在某种程度上同音乐听觉是相通的。

但是最能够丰富散文作家语言的还是诗学知识。

诗歌有一种惊人的特性。它能使词恢复青春，使之重新具有最初那种白璧无瑕的处子般的清新。即使那些"陈词滥调"的词，对我们来说已完全失去了形象性，徒具空壳了，可一旦进入诗歌，却能放出光彩，响起悦耳的声音，吐出芬芳的气息！

我不知道这该怎么解释。据我看，在两种情况下，词可以显得生气蓬勃。

一是在词的语音力量（声能）得到恢复的情况下。而要做到这一点，在琅琅上口的诗歌中远比在散文中容易。正因为如此，词在诗作和抒情歌曲中，要比平常讲话时更能强烈地感染我们。

另一种情况是，词被置于旋律悦耳的诗行之中。在这种情况下，即使已经用滥了的词，也仿佛充满了诗歌的总旋律，和谐地同其他所有的词一起发出铿锵的声音。

此外还有一点，诗歌广泛使用头韵。这是诗歌的一个可贵的长处。散文也有权运用头韵。

但这并非主要的。

主要的是散文一旦臻于完美，实际上也就是真正的诗歌了。

契诃夫认为莱蒙托夫的《塔曼》[①]和普希金的《上尉的女儿》证明了散文同丰满的俄罗斯诗歌之间具有血亲关系。

列夫·托尔斯泰写道："我永远也弄不清散文和诗歌的界限在哪里。"他在《青年时代的日记》中，以他少有的激烈口吻问道：

> 为什么诗歌同散文，幸福与不幸会有这样千丝万缕的密切关系？应该把兴趣放在什么上边呢？是竭力把诗歌与散文融为

---

① 系莱蒙托夫的长篇小说《当代英雄》中的 5 个中篇之一。

一体，还是先尽情地享用其中的一个，然后再全神贯注于另一个？

理想中有胜于现实的地方；现实中也有胜于理想的地方。惟有把这两者融为一体才能获得完美的幸福。

这些话虽说是在仓促中写下的，却包含着一个正确的思想，即：文学最高、最富魅力的现象，其真正的幸福，乃是使诗歌与散文有机地融为一体，或者更确切地说，使散文充满诗魂，充满那种赋予万物以生命的诗的浆汁，充满清澈得无一丝杂质的诗的气息，充满能够俘虏人心的诗的威力。

在这种场合下，我不怕使用"俘虏人心"这一说法。因为诗歌的确能够俘虏人，征服人，用潜移默化的方式，以不可抗拒的力量提高人的情操，使人接近于这样一种境界，即真正成为能够使大地生色的万物之灵，或者用我们先人天真而又诚挚的说法，成为"受造物之冠"。

弗拉基米尔·奥多耶夫斯基曾说过这样一句话："诗歌是人类进入不再汲汲于获取东西，而开始应用已获取到的东西这种境界的先兆。"[①]他这句话在一定程度上是不无道理的。

[①] 引自俄国作家和音乐批评家弗拉基米尔·费奥多罗维奇·奥多耶夫斯基(1803—1869)所著《心理学札记》。

在卡车的车厢里

一九四一年七月，我由德涅斯特河上的雷布尼察乘军用卡车去蒂拉斯波尔。我坐在驾驶室内那个沉默寡言的司机身旁。

从车轮下扬起一股股被烈日晒得滚烫的褐色尘土。周围的一切——农舍、向日葵、洋槐和枯萎的杂草——无不覆盖着一层这种粗粒的尘土。

淡得没有颜色的空中，太阳在冒着烟气，连铝制军用水壶中的水也给烤得发热了，喝起来有一股子橡胶的气味。德涅斯特河对岸隆隆的炮声不绝于耳。

车厢内乘着几个年轻的中尉。他们好几回用拳头砸着驾驶室的顶盖，高喊："空袭！"司机连忙刹车，我们跳下车子，跑到离公路尽可能远的地方匍匐下来。刚刚趴下，德寇的几架黑魆魆的"梅塞"①便发出了幸灾乐祸的啸声，朝公路俯冲下来。

有时，他们发现了我们，便用机枪朝我们扫射。子弹掀起一股股尘柱。"梅塞"飞走了，而我则由于匍匐在晒得发烫的地上，只觉浑身燥热，脑袋里嗡嗡直叫，口渴难熬。

在一次这样的空袭后，司机出乎我意料地问我：

"您趴在子弹下边时，都在想些什么？回想过去的事吗？"

"回想的，"我回答说。

"我也回想的，"司机沉默了一会儿，说道。"回想我们家乡科斯特罗马的森林。要是我能够活下来，复员后我就要求回家乡去当护林员。带着我的老婆——她脾气好，人又长得俊——和小闺女一块儿去，住在护林哨所里。您信不，每当我想到森林时，我的心就一会儿跳，一会儿停。可当司机是不可以这样的。"

"我也老是在回想我们那儿的森林，"我回答说。

"你们的森林棒吗？"司机问。

"棒。"

司机把船形帽拉到额头上，发动了汽车。此后我们再也没有谈一句话。

大概我从来没像在战时那样魂牵梦萦地思念我所爱的那些地方。我发现自己总是迫不及待地盼着天快黑，好让车子在草原上找个干燥的幽谷停下来，我就可躺在车厢里，盖上军大衣，开始慢慢地、从容不迫地神游我所眷恋的那些地方。我对自己说："今天我上黑湖去，明天我要是还活着，就到普拉河边或者特烈布季诺去走走。"于是我的心由于预感到即将开始的神游而激动得好像要停止跳动了。

有一回，我就这样躺在军大衣下，想像着去黑湖路上的各种最微小的细节。我觉得世间再也没有比重游这些地方、忘却

---

① 指德国生产的梅塞施米特飞机。

一切烦恼和痛苦，只听得见心脏怎样在胸中轻快地搏动更大的乐事了。

每当我神游故园的时候，我总是幻想着自己怎样一大清早就步出我在乡间的住所，顺着铺有沙砾的村道向前行去，两旁是一幢幢老式的农舍。家家户户的窗台上，尽是一株株盛开的火红的凤仙花。花是种在空罐头听里的。当地人管凤仙花叫"水灵灵的瓦尼亚"。大概是因为每当阳光笔直地照到它粗大的茎秆上时，茎秆就变得透明了，现出了其中水汪汪的碧绿的汁液，有的时候，甚至还可看到汁液中的气泡。

井台边，终日响彻着叮叮当当的水桶声，汲水的都是一些光着脚丫，穿着褪了色的印花布连衣裙的唧唧喳喳的小妞儿。走到井台附近后，就该拐进一条小胡同，或者按当地的土话说，拐进一条"弄堂"。胡同末梢的一幢农舍里，养有一只驰名全区的漂亮公鸡。它常常作金鸡独立之状，站在阳光最烈的地方，浑身的羽毛活像是一捧火炭，熊熊地燃烧着。

走过这只公鸡，就再也没有房子了。前面是一条像玩具一样的窄轨铁路。路基呈徐缓的弧形，伸入远方的森林。奇怪的是这条路基斜坡上的花草跟周围的全然不一样。在被太阳晒热了的铁轨两旁，长着一簇簇菊苣，这在附近一带是哪儿也见不到的。

在窄轨铁路的另一边，耸立着密如围墙的难以穿行的幼松林。其实只是在远处看去难以穿行。这片树林在任何季节都可穿过，不过，当然啰，幼松的针叶会刺痛你，使你的手指粘上黏糊糊的松脂。

在幼松间的沙砾地上长满了干燥的劲草。每根草秆的中央都是灰色的。可四周却是墨绿的。这种草能把手扎破。在深草丛中开着许多黄花，那是手指一碰就会簌簌发响的有鳞片的蜡菊的花。此外，还有雪白的香喷喷的石竹，石竹乱蓬蓬的花瓣上洒着淡红的斑点。在松树的紧下边长着一簇簇乳白色的蘑菇。菇柄上沾满了一粒粒灰白色的洁净的沙子。

过了幼松林便是高耸入云的老松林了。老林边上有一条杂草丛生的路。

穿过闷热的幼松林后，走到第一棵绿荫如盖的松树下躺一会儿，歇一口气，那是十分惬意的事。你仰天躺着，隔着薄薄的衬衫感受着土地的凉意，双目眺望着天空。甚至还可睡上一觉。因为那一朵朵边缘发亮的白云会催你入睡。

俄语中有一个字眼叫"慵倦"。近年来我们已完全废弃了这个词，不知为什么甚至都不好意思把这个词说出口来。可是当你在和煦的早晨，躺在树林中，仰望着白云朵朵（这无尽的白云起自远处某个地方的碧空，又不停地飘往不知什么地方）的晴空时，袭上你心头的那种宁静的、略微有点困意的精神状态，若要加以形容的话，莫过于慵倦一词了。

每当我仰卧在这样的林边时，往往不由得忆起勃留索夫[1]的诗句：

　　……我要当一个自由而孤独的人，
　　迎着无垠的原野上庄严的寂静，
　　迈着自由的步伐大踏步前进，

---

[1] 瓦列里·雅科夫列维奇·勃留索夫(1873—1924)，俄罗斯诗人。

既无未来，也无过去的踪影。
摘下如罂粟一般短暂的花朵，
吸入像初恋一样明亮的光泽，
我倒下，死去，在黑暗中沉没，
无须去经受一次次复活的那种痛苦的欢乐！

这些诗句虽然提到了死，却充满了生，以致我只想久久地躺着，仰望着苍天思索，遐想。

那条杂草丛生的路横穿古老的松林。松林从一个砂丘伸展至另一个砂丘。一个个砂丘犹如宽阔的海浪，匀称地此起彼伏。这些砂丘是冰川沉积的遗迹。在砂丘顶上盛开着风铃草的花，而在低地上则密密麻麻地长满了鳞毛蕨。鳞毛蕨叶子的背面尽是孢子，望去就像沾着一层淡红色的尘土。

在砂丘顶上，松林里是明亮的，洒满了阳光，可以望到很远的地方。

这座松林是狭长的，约摸两公里宽，不会再多了。一出松林便是沙质土壤的一马平川，种满了绿油油的庄稼，一阵风吹过，就会掀起滚滚的波浪。在这一马平川后边又是一座郁郁苍苍的松林，一直绵亘至天际。

在一马平川的上空，云朵分外的多，分外的华美。也许因为那里地势开阔，可以望见整个天空吧。

顺着庄稼地里长有牛蒡的田埂，可以穿行于这片一马平川之间。田埂上有好些地方滋生着一簇簇绿莹莹的坚硬的球花风铃草。

此情此景都是我此刻神游时见到的，然而这还不过是真正的森林的门户而已。你一走进森林，就像进入了一座阴森森的宏伟的教堂。最初必须沿着池塘边狭窄的林间小道向前走去，小道上覆满品藻，活像是铺着一条质地坚硬的绿得发亮的地毯。要是你在池塘边停下来，就会听到轻微的咂嘴声。这是鲫鱼在水底下吃水草。

此后便到了一片面积不大的湿润的白桦林，树干上披着好似绿色天鹅绒一般闪闪发亮的青苔。在白桦林里，无时无刻不发出一股腐叶的气味，那都是去年秋天飘到地上的落叶。

（我躺在卡车的车厢里，冥想着这一切。夜已经深了。从拉兹杰利纳亚车站的方向传来隆隆的爆炸声。在轰炸那个地方。爆炸声停下来后，响起了怯生生的蝉鸣。蝉被炸弹声吓坏了，眼下还心有余悸，不敢放声聒噪。我头顶上有一颗淡蓝色的星星，像曳光弹一样，往下坠落。我发觉自己正不由自主地注视着这颗星星，并侧耳倾听着：它要到什么时候才会轰隆一声爆炸开来？可是这颗星并没有爆炸，它在眼看着就要碰到地面的时候，无声无息地熄灭了。这儿离开那片小小的白桦林，离开那庄严肃穆的森林是多么遥远呀！那儿现在也是深夜了，然而却是万籁无声的夜，散发出来的不是汽油味和火药味——也许应当说是"爆炸"的气味吧——而是林中一池池深邃的止水和璎珞柏的针叶的气息。）

过了小白桦林，林中的道路便陡然升上砂崖。卑湿的低地落在后面了。只有轻风偶尔才把低地上那种碘酒般的气息吹到这儿，吹到干燥、炎热的森林里来。

爬上小丘后，就到了第二个可以稍事憩息的地方。我在满地发烫的针叶上坐了下来。不管碰到什么，无论是早已空心了的陈年的松球，无论是幼松像羊皮纸那样会窸窣发响的、透明的、黄色的树皮，无论是被太阳里里外外晒透了的树桩，还是毛糙糙的、有一股清香的树枝，全都是干燥的，热乎乎的。甚至连草莓的叶子也都是热乎乎的。

老树桩只消用手一掰就碎裂了。于是就可抓起一把热乎乎的褐色的木屑倒在手掌心里。

周围无处不是炎热、寂静。这是盛夏的宁静的永昼。

一只只红翅膀的小蜻蜓停在树桩上醋睡。淡紫色的、结实的伞形花朵上落满了丸花蜂。它们把花压得垂到了地上。

我查看了一下自己所绘制的地图，离黑湖还有八公里。这张地图上标示了沿路所有的地物：路边的一棵干枯了的松树、标桩、卫矛丛、蚂蚁堆，然后又是一片低地，那里总是开着毋忘草花，在低地那边是一棵松树，树皮上用刀刻出了一个"湖"字。走到这棵树跟前，就得笔直拐进森林，根据树上的砍痕向前走去。这些痕记还是一九三二年砍下的。年复一年，砍痕正在渐渐愈合，结满了松脂。得重新砍过了。

每找到一处砍痕，你必然会停下来，用手抚摩着它，抚摩着那上边结起的几近乎琥珀的松脂。有时你会掰下一滴发硬了的松脂，端详着那贝壳状的断口。你会看到阳光在断口中燃起一捧捧淡黄色的火焰。

快近黑湖时，森林中开始出现一个个大坑。坑很深，里边密密层层的长满了赤杨树，你休想钻过这些树，下到坑底去。这些坑想必是当年的池塘吧。

然后又是山坡，坡上是一丛丛的璎珞柏，结满了黑色的干果。临了，终于出现了最后一件地物——挂在松树枝上的一双晒得干透了的树皮鞋。走过树皮鞋后,是一片狭长的野草遍地的林中空地。穿过林中空地便是陡峭的悬崖了。

森林到此为止。前方低处是干涸了的沼泽,是苔藓地,苔藓地上是小树林,有小松树、小白桦树、白杨树和赤杨树。

这儿是最后一个歇息的地方了。白昼已经过去一半。它发出低沉的嗡嗡的声响,像有一大群看不见的蜜蜂在营营地飞来飞去。每当一阵轻风拂过,哪怕是最微弱的风,暗淡的日光也会像波浪一样掠过这片小树林。

就在那边,在离这儿约摸两公里的地方,黑湖隐匿在沼泽苔藓地中间。那是黑沉沉的湖水、浸在水中的断树和硕大的黄色的睡莲之国。

在沼泽苔藓地上走路得步步留神,因为在厚厚的苔藓中戳起着小白桦树的残株。由于长年累月地风蚀,这些残株尖利得像长矛。不小心踩着了它,就会把脚扎破。

小树林中又闷又热,散发出一股腐烂味,每走一步,脚下就会咕嘟咕嘟地渗出黑糊糊的泥炭水,树木就会摇晃、颤抖。你必须一往直前地向前走去,千万别去想,在你脚下,在仅仅只有一米厚的一层泥炭和腐殖土之下,是深不可测的地下湖。据说,在地下湖中有一种黑得像炭一样的鱼,叫沼泽狗鱼。

湖岸的地势较沼泽苔藓地高,因此要干燥一些,可你也不要在一个地方久站,否则你的脚印里一准会注满水。

到湖边去的最好的时候莫过于迟暮,那时周围的一切——湖水和最初的星星的微光、正在熄灭的余晖,以及纹丝不动的树冠——都和那种充满警惕心的寂静不可分割地融合在一起了,使人觉得似乎正是这种寂静孕育了这一切。

坐在篝火旁，一边倾听树枝噼噼啪啪的响声，一边想生活是异常美好的，要是你不畏首畏尾地惧怕生活，襟怀坦白地迎接生活的话……

我就这样在回忆中先漫步于森林，继而又畅游涅瓦河两岸，或者登上风光并不旖旎的普斯科夫由于长满了亚麻而呈蔚蓝色的山冈。

我想起这些地方时，只觉得一阵阵刺痒的疼痛，仿佛我已永远失去了这些地方，此生再也见不到它们了。显然，正是由于这种心情，我意识到它们的美是异乎寻常的。

我问自己，过去我怎么没有发觉这一点呢。我立刻找到了答案，这一切我过去当然都看到了，都感觉到了，但直到背井离乡之后，我内心的视线才洞烛了故乡景色的那种扣人心弦的美。可见应当把整个身心都融入自然，就如每一个乐声，即使是最微弱的，融入到音乐的整个音响中去一样。

只有当我们把自然界当作人一样对待时，只有当我们的精神状态、我们的爱、我们的喜怒哀乐，与自然界完全一致时，只有当我们所爱的那双明眸中的亮光与早晨清新的空气浑为一体，我们对往事的沉思与森林有节奏的喧声浑为一体，难以区别的时候，自然界才会以其全部力量作用于我们。

风景描写对于散文来说，并非添枝加叶的东西，也并非装饰品。假如你在雨后把脸埋在一大堆湿润的树叶中，便会感觉到树叶那种沁人心脾的凉意、芳香和气息，便会沉浸在这种氛围之中。散文也如此，必须沉浸在风景描写之中。

简而言之，应当爱自然界，而这种爱就像其他一切爱一样，会找到正确的方法充分地把自己表达出来的。

与自己话别

我论述作家劳动的第一部札记写到这里就告一段落了，然而我清清楚楚地感觉到这项工作才刚刚开始，今后还有许许多多的事要做。还有很多东西是非谈不可的，诸如我国文学的美学标准，它在培养具有丰富、崇高的思想感情体系的新人方面所起的极为深刻的作用，文学的题材，幽默，人物性格的塑造，俄语的演变，文学的人民性，浪漫主义，高尚的文学趣味，原稿的修改等等。总之需要谈的很多，举不胜举。

我在写这本书的时候，觉得自己好像是在不怎么熟悉的国家旅行，每走一步，都看到新的远景，新的道路。这些道路通至哪里还不得而知，但必然会让我看到许多意想不到的东西，提供给我思考的养料。因此，即使是不充分地，如常言所说的大致地弄清楚这些错综复杂地交织在一起的道路，也是富有诱惑力的，而且是大有必要的。

1955—1964

图书在版编目(CIP)数据

金蔷薇 / (俄罗斯)帕乌斯托夫斯基著;戴骢译.
—上海:上海译文出版社,2010.8(2025.8 重印)
(译文经典)
ISBN 978 - 7 - 5327 - 5150 - 1

Ⅰ.①金… Ⅱ.①帕… ②戴… Ⅲ.①散文-作品集-
俄罗斯-现代 Ⅳ.① I 512.65

中国版本图书馆 CIP 数据核字(2010)第 132992 号

К. Паустовский

ЗОЛОТАЯ РОЗА

本书根据 Государственное издательство
художественной литературы
1982 年版译出
简体字中文本版权由中华版权代理公司代理

金蔷薇

〔俄〕帕乌斯托夫斯基 著　　戴骢 译
责任编辑 / 吴健平　装帧设计 / 张志全

上海译文出版社有限公司出版、发行
网址:www.yiwen.com.cn
201101　上海市闵行区号景路159弄B座
浙江中恒世纪印务有限公司印刷

开本 787×1092　1/32　印张 11.25　插页 5　字数 184,000
2010 年 8 月第 1 版　2025 年 8 月第 26 次印刷
印数:158,001—164,000 册

ISBN 978 - 7 - 5327 - 5150 - 1
定价:45.00 元